LES HAINES PURES

EMMA LOCATELLI

LES HAINES PURES

roman

ALBIN MICHEL

1

Nous sommes nées d'un père absent et d'une mère acariâtre. D'un coup de vent sur un roncier malade. Il en est tombé deux fragiles épines : Louise et moi.

Je m'appelle Gabrielle. Gabrielle Magne. Je n'ai pas dit un mot depuis dix ans. Je laisse mourir les heures, assise sur le banc, à côté de la vieille yeuse, une naine à cinq troncs qui ne parle pas non plus, qui est là depuis des siècles, comme moi. Je n'attends rien. Je vis seule. J'ai toujours été seule. Ils m'appellent « la Désolée ». Le frère de Maria m'a donné la ferme des Roccetti. Après le drame, il a envoyé un courrier au notaire dans lequel il a dit : « Laissez-la-lui. Que voulez-vous que j'en fasse ? Vendre ce machin, ce serait toucher l'argent du malheur. »

Personne ne vient plus jamais ici. C'est tant mieux. Un matin, pourtant, une automobile a roulé jusqu'au mas. Une drôle d'auto jaune, tout en courbes, avec des portières rondes. Un homme en est sorti, il portait des lunettes austères et un short à rayures, il cherchait la route de Bayon. Je lui ai indiqué son chemin du doigt, sans ouvrir la bouche, sans quitter des yeux la voiture. Il m'a dit que c'était un nouveau modèle, une 2 CV, qu'il en était très satisfait. Il a fanfaronné, comme un slogan publicitaire : « Quatre roues sous un parapluie. » J'ai essayé d'étirer les lèvres pour sourire mais je ne sais plus faire. Et puis ce qu'il chantait était absurde, il ne pleut jamais en cette saison.

Une petite fille l'accompagnait, elle devait avoir vécu cinq ou six étés, pas davantage, elle avait l'air d'un chaton endimanché avec ses grands yeux peu farouches et ses rubans. Elle m'a demandé :

« Pourquoi tu parles pas ? »

J'ai tendu la main vers ses couettes blondes. Elle sentait le savon et la prêle.

J'ai murmuré, c'était la première fois depuis bien longtemps :

« Tu ressembles à Louise. »

La gamine a reniflé.

« C'est ta fille ? T'as des enfants ? »

Je me suis entendue répondre une phrase qui est venue de loin, de très loin :

« J'ai eu un petit garçon. Un petit garçon qui avait peur des bombes… »

Son père l'a prise par la main et ils sont repartis dans leur drôle de voiture.

Dix ans que ça s'est passé. Et pourtant, lorsque je regarde autour de moi, je pourrais croire qu'il n'est jamais rien arrivé. Parce que rien ne change jamais ici. C'est toujours le même silence. Le même décor. Un paysage de poussière et de cailloux. Immuable dans le flamboiement de midi.

2

Je suis revenue à Bayon le 2 juillet 1945. L'autocar m'avait déposée à Soulagnes et j'avais fait le reste du trajet à pied, seize longs kilomètres sous un soleil atroce qui me jetait sa chaux en plein visage. Je portais ma petite valise en osier, celle que je traînais avec moi depuis le jour de mon départ pour Paris et qui m'avait suivie dans l'exode. Ma petite valise écorchée qui, en six ans, avait vu les larmes du Nord et les fureurs de l'Océan, traversé les villes du Centre, de la Loire et des Charentes, qui partait en éclisses et revenait mourir au berceau.

Comme toujours à cette époque, le pays hurlait sa soif. La terre n'était plus qu'écorchures et crevasses, une pauvre couenne qu'on avait cuite jusqu'au vif. Devant les Rians, les friches du père Brignoles exhibaient leurs croûtes laides entre de rares bandeaux d'herbe brûlée. Au loin, la chaîne ondulante des collines fermait le décor, une succession de croupes galeuses dont les poils de bruyère jetaient, dans le bleu insolent du ciel, des reflets de cuivre et de rouille.

La ferme de mes parents n'avait guère changé. Le crépi des murs continuait de craquer et de tomber par plaques.

Sous le houppier du pin parasol, près de la barrière vermoulue, la grande mare n'était plus qu'une flaque d'eau dans laquelle pourrissait, vautré sur un lit d'aiguilles, le cadavre d'une grenouille.

La mère était dans sa cuisine lorsque j'ai poussé la porte. Je me rappelle qu'elle portait une robe grise et un tablier blanc, ou plutôt beige, parce que ici la lumière est trop crue pour que le blanc des tabliers, comme le blanc des fleurs, puisse être vraiment pur. Ce n'est qu'un blanc crème, un blanc sale, un blanc d'œuf.

J'ai posé ma valise. Elle a posé son torchon. Nous sommes restées un long moment à nous observer, sans parler, étrangères l'une à l'autre, comme avant.

« Bonjour, maman. »

Elle aussi m'a souhaité la bienvenue :

« Reste pas plantée là, imbécile. Ferme la porte. Et essuie tes pieds. »

Elle s'était ratatinée en une petite chose laide et noueuse, elle avait perdu des cheveux et sans doute quelques dents, mais elle avait conservé intact son pouvoir de me faire mal. Avec les yeux ou les mots, elle avait toujours le choix des armes.

Mon frère aîné était dans la pièce, affalé sur une chaise. Quelque chose d'inhabituel dans son allure et son expression m'a tout de suite frappée. Sa chemise entrouverte. Les savates. L'égarement du regard. L'hébétement de la bouche. Je me suis approchée de lui, j'ai touché son épaule.

« Jean ? »

La mère s'est penchée sur lui à son tour, elle a écarté quelques mèches dans sa chevelure hirsute, pour me montrer un bourrelet de chair rosâtre.

« Il s'est pris une balle, l'été dernier. »

Pendant plusieurs secondes, elle a tenu fermement ses doigts maigres sur le crâne de mon frère, afin de bien exposer à mon regard la cicatrice boursouflée.

« Les Allemands lui ont tiré dessus pendant une embuscade. Il avait rejoint l'Armée secrète. »

J'ai essayé de ne rien laisser paraître de mon incrédulité mais quelque chose, dans mon visage ou dans mon regard, quelque chose d'imperceptible à toute autre personne qu'elle, a dû me trahir.

« T'as l'air étonné. Qu'est-ce que tu crois ? Dans cette maison, il y a jamais eu un mot de sympathie pour ce vieux con de Pétain, jamais une courbette devant les Boches. »

Ses doigts ont lâché la tignasse de son fils. Elle m'a dévisagée, mauvaise.

« Il y a des jours où je me demande si c'était bien utile, ce sacrifice. Quand on voit la reconnaissance qu'il en a tirée, le malheureux. Même pas une médaille. »

Jean a ouvert les lèvres pour parler mais sa gorge n'a émis qu'un gargouillement lamentable.

« Que disent les médecins ?

– Ils disent que c'est déjà un miracle qu'il arrive à se tenir debout.

– Jean ? »

Elle a eu un mouvement d'humeur.

« Il te reconnaît, mais il trouve pas les mots pour parler. Il est redevenu comme quand il est né.

– Ça va s'arranger, non ?

– M'étonnerait. »

Je n'ai pas insisté. Je les voyais tous les deux, je voyais les prunelles hébétées de Jean, sa bouche vernie de salive qui buvait le vide, je voyais l'œil de ma mère, son œil d'oiseau de proie, hostile, rivé sur moi, mais tout cela n'avait plus d'importance.

J'ai regardé en direction des chambres.

« Si tu cherches Louise, m'a lancé la mère, elle est partie en ville. »

Elle s'est mise à gratter férocement le cul de la poêle, au-dessus de l'évier.

« Depuis deux ans elle travaille dans un salon de coiffure, rue des Maures.

– Comment va-t-elle ?

– Elle a pris des grands airs. Surtout depuis qu'elle coupe des cheveux. »

Louise. Ma sœur. Je l'appelais rarement par ce prénom parce qu'il sonnait à mon oreille comme un coup de trique, un prénom de bonne ou de vieille chatte. Je disais le plus souvent Lou. C'est elle, la première, qui m'a surnommée Gaby, à l'époque où sa petite bouche ronde ne savait pas encore prononcer les *r* ni former les mots en entier.

La mère m'a toisée avec méfiance.

« Qu'est-ce que tu vas faire ?

– Je ne sais pas, maman. »

Elle n'a pu cacher sa contrariété. Son torchon a claqué sur l'évier avec un bruit de cravache.

« C'est un peu fort, quand même. Tu disparais sans dire un mot, tu donnes aucune nouvelle pendant six ans, et voilà que tu reviens, comme ça, avec tous tes mystères.

– Je ne resterai pas longtemps. Je te l'ai dit dans ma lettre.

– Pourquoi t'es pas restée à Paris ?

– J'ai quitté Paris quand les Allemands sont arrivés.

– Alors, t'as vécu où, ces cinq dernières années ?

– À Royan.

– Qu'est-ce que tu foutais à Royan ? »

Elle a ouvert le vantail du buffet pour prendre un oignon et trois gros œufs, bien rangés dans leur nid en carton. Elle a épluché et coupé l'oignon en fines lamelles, le dos tourné.

« T'es toujours pas mariée ?

– Non.

– Tu finiras vieille fille.

– J'ai eu un ami. »

Je l'ai entendue ricaner.

« Un ami ? Toi ?

– Il s'appelait Denis.

– Et pourquoi il t'a pas épousée ?

– Il est mort à Dunkerque. »

Je ne l'ai pas vue sourire mais j'aurais parié qu'elle souriait, en marmonnant :

« T'as eu ton malheur, toi aussi, comme les autres. Faut bien qu'il y ait une justice. »

Longtemps, j'ai cru qu'elle pourrait changer, que la vieillesse finirait par éveiller en elle un peu de mansuétude ou de compassion. Mais après toutes ces années d'absence je l'ai retrouvée telle qu'elle avait toujours été et telle qu'elle sera probablement toujours. Elle a quitté son évier pour aller martyriser le fourneau à grands coups de tisonnier.

« Je comprends pas pourquoi t'es revenue. »

Les lambeaux d'oignon ont grésillé dans la poêle avec fureur. Ça a fait un crépitement du diable, comme si elle avait jeté dans l'huile bouillante une grosse poignée de grillons encore vivants. La touffeur de la cuisine s'est alourdie de la chaleur du fourneau, l'air est devenu si épais que j'ai eu la sensation d'un sirop coulant sur ma peau.

« Je peux repartir, si c'est ce que tu souhaites. »

Elle a haussé les épaules.

« Fais ce que tu veux… Du moment que tu m'aides au ménage. »

J'ai parcouru du regard l'intérieur de notre cuisine, son agencement immuable, sa laideur désolante, tout ce que j'avais cru digérer m'est remonté d'un coup, dans un violent haut-le-cœur, l'odeur de lait caillé, les pissées de rouille sur le poêle, la table cirée par le frottement des coudes et des culs d'assiette, les taches de graisse qui maculaient le dossier des chaises, qui collaient aux doigts comme du papier tue-mouches. Un seul changement rompait le charme, un seul. Dans le renfoncement du mur, entre la cheminée et la huche à pain, solidement fixée à un tenon, pendait une lourde chaîne au bout de laquelle on avait accroché un collier de chien.

J'ai trouvé la chose plutôt étrange parce que la mère a toujours eu les animaux domestiques en horreur. Un jour, mon père a eu l'audace de revenir à la maison avec un épagneul qu'il avait trouvé je ne sais où. C'était une belle bête, d'un roux d'automne, au poitrail de lutteur et aux muscles durs, très calme, gentil au point de ne pas oser déranger une mouche. On ne l'a pas gardé longtemps. La mère l'a tellement battu qu'il en est crevé. On l'a retrouvé au bord de la route, allongé dans le fossé, la gueule saignante, les pattes raides, les yeux emplis d'effroi, comme s'il s'était retenu encore un peu de mourir. J'ai vu alors mon père faire une chose dont je ne l'aurais jamais cru capable : il a pris l'épagneul dans ses bras et lui a caressé le ventre jusqu'à ce que son souffle s'apaise. Le chien a couché ses oreilles et il est parti dans un long grondement bas. J'ai dit à Lou que Pacifique s'était fait mordre par une vipère. C'est de ce jour, sans doute, que m'est venue l'habitude des feintes et des petites trahisons, par omission ou par faiblesse, l'habitude aussi de croire que la paix de l'âme vaut bien quelques mensonges. L'année de mes douze ans, j'ai commis la même erreur que mon père en ramenant chez nous une portée de trois chatons découverts dans la grange abandonnée des Signoret. Trois chatons sauvages, affamés et feulant, pas plus gros que des oranges, trois petites boules chaudes et cotonneuses rayées de fauve, jolies comme des tigres. Elle n'a pas mis trois jours à les faire disparaître.

Je me suis approchée de la chaîne qui pendait au mur.

« Vous avez eu un chien ? »

Elle a de nouveau ricané.

« On peut dire ça comme ça. »

J'ai reculé vers la fenêtre, j'ai laissé mon regard s'échapper vers l'extérieur, vers les landes de bruyères, vers les longs bandeaux d'herbe rêche et roussie qui rebutent même les biques et les taons. J'ai songé que ce devait être inscrit quelque part, ces évasions sans cesse avortées, ce retour au destin, cet engourdissement de ma volonté qui, comme un petit animal mal dressé, m'a toujours ramenée à mon point de départ.

Je suis le personnage d'un conte absurde. J'ai semé derrière moi un chemin de cailloux pour pouvoir retrouver le seul endroit où je n'aurais jamais dû revenir.

3

Il faut que je parle un peu des Roccetti avant de revenir aux autres. Ils n'ont jamais joué aucun rôle dans cette histoire et pourtant, ils ont toujours été là. Pas sur la scène. Derrière le rideau. Ou peut-être ont-ils tenu la première place dans cette tragédie. Je ne sais plus. Qui serait capable de dire où tout a commencé et par la faute de qui ? Sous les chênes kermès et les touffes de buis, il m'est arrivé plus d'une fois de trouver ces boulettes dégoûtantes que les aigles ou les effraies vomissent pour se purger l'estomac, dans lesquelles s'agglomèrent les restes de leurs victimes, des fragments de peau en décomposition, des griffes, des dents et des os piquants comme des poinçons, mais également, accrochées à la chair sanglante, des petites touffes de poils soyeux ou des plumes blanches, propres, encore chaudes et douces. Lorsque je fais remonter mes souvenirs, c'est un amas qui ressemble un peu à ça, à une grosse pelote recrachée par le bec d'un rapace, où je trouve de tout, du bien comme du mal, du beau comme du laid, de l'amour, des sacrifices, de faux justes et de vraies charognes.

Les Roccetti avaient une ferme située à une centaine de mètres de chez nous. C'était la seule habitation voisine dans notre paysage désolé, la seule enclave de vie dans ce tableau brûlant et muet où la vue ainsi que les rêves n'ont pas d'horizon pour s'étendre et se heurtent, dès qu'ils cherchent à s'envoler, à la panse bedonnante et aride des collines. Elle avait l'allure d'un modeste mas coiffé de tuiles rouges, sans autre prétention que d'abriter cette tribu d'émigrés italiens venus vingt ans plus tôt de Taleggio, un village de montagne isolé, épuisé de misère.

Je les ai tous connus, les Roccetti. Et je les ai tous aimés. Leur fille aînée, Julia, avec laquelle je suis allée à la communale et que la tuberculose a emportée à seize ans. Pietro, le père, brun, plus sec qu'un cou d'échassier mais avec un cœur assez gros pour engloutir toutes les montagnes du Piémont. Son épouse, Maria, au visage nimbé d'une mélancolie singulière. César et Luigi, leurs deux garçons, et puis Angèle, la petite dernière, belle comme l'enfant du diable et de la Madone.

Petite, j'ai souvent caressé le rêve qu'une cigogne paresseuse, pour s'épargner quelques battements d'ailes, m'avait lâchée devant la mauvaise porte, celle de mes parents. Je m'imaginais que l'erreur finirait par être reconnue et qu'un agent préposé au service du dépôt viendrait m'arracher à mon foyer provisoire pour me ramener chez les Italiens. Dans la solitude des collines, je clamais à voix haute ce nom que je voulais tant être le mien : Gabrielle Roccetti. Trois syllabes que je répétais inlassablement, que j'étirais, que je suçais à l'envi, qui prenaient en bouche la consistance d'une confiserie molle et fondante ou que je tentais parfois de prononcer très vite, avec maints effets de gorge, en les roulant sous la langue comme des billes.

J'ai laissé courir mon regard jusqu'au mas. Les volets bleus étaient fermés. Celui de la cuisine, en partie détaché de ses ferrures, collait au mur ses battants de travers. À droite de l'entrée, les portes des clapiers étaient ouvertes. L'étroite meurtrière de l'étage, qui ouvrait le grenier à foin, était bouchée par des planches. Le jardin semblait à l'abandon depuis plusieurs mois.

« Les Roccetti sont partis ? »

La mère n'a pas répondu. Elle est allée poser un verre et une assiette sur la table, en face de Jean.

« On dirait que la maison est vide.

– Ça, pour être vide, elle est vide.

– Où sont-ils allés ?

– Ils sont pas partis, ils sont morts. »

J'ai porté la main à ma bouche. L'horreur de cette nouvelle a dû m'aspirer tout le sang du visage.

« Qu'est-ce que tu dis ?

– C'est Pietro, il a eu un coup de sang. Un après-midi, il a pris son fusil et il a tué ses gosses.

– Ce n'est pas possible…

– En tout cas, c'est ce qui s'est passé. »

J'ai titubé, les jambes soudain sciées. J'ai dû tirer une chaise pour m'asseoir.

« Pourquoi est-ce qu'il a fait ça ?

– J'en sais rien. Tout ce que je sais, c'est que ce cinglé a abattu ses trois enfants. Et qu'après, il s'est tué aussi, ce saligaud, comme si ça pouvait effacer son crime. »

La mère est allée prendre des couverts, tranquillement. La pourriture qu'elle avait dans la bouche ne l'a pas empêchée de cracher sur les dents de la fourchette, comme à son habitude. Elle les a essuyées avec la manche de sa blouse, elle avait sa figure de tous les jours. J'ai avalé péniblement ma salive.

« Et Maria ? »

De nouveau, elle a mis un certain temps pour répondre, en m'observant de biais :

« Maria, il l'a pas tuée. Elle est morte plus tard. Elle a pas supporté son malheur.

– Je ne comprends pas…

– Elle s'est suicidée. »

Le silence est tombé. Je me souviens encore du bruit qu'il a fait ce silence, un bruit lourd et mat, pareil à celui de la terre que la pelle jette sur le bois d'un cercueil. La mère s'est retournée, elle a essuyé ses paumes sur ses flancs.

« Si tu passes au salon de coiffure, dis à Louise de me ramener une paire de ciseaux. Faut que je coupe les cheveux de ton frère, on dirait une fille. »

J'ai acquiescé par un mouvement de la tête, mais j'avais du mal à reprendre mes esprits. Tandis que la mère cassait les œufs et qu'elle les coulait dans la poêle, j'ai répété :

« Pourquoi est-ce qu'il a fait ça ?

– T'as pas fini de m'emmerder avec tes questions ?

– Un homme ne massacre pas toute sa famille sans raison. Il a bien dû arriver quelque chose, quelque chose qui a poussé Pietro à…

– Fous-moi la paix. Ce qui s'est passé dans la tête de Pietro Roccetti, personne le sait. Et personne veut savoir. D'ailleurs, ça fait longtemps qu'on parle plus de cette histoire. »

Après ces mots, elle s'est fermée, ses paupières n'ont laissé passer que deux minces filets de regard noir, identiques aux fentes que portent les masques du théâtre antique. J'ai reçu en plein cœur l'éclat familier, tranchant, métallique, de son mépris. Jean s'est recroquevillé sur sa chaise, les jambes repliées, le menton posé sur ses genoux. Il s'est mis à taper du coude contre la table.

« Il a faim », a bougonné la mère.

Je suis revenue à mon idée :

« Tu étais là, le jour où Pietro a tiré sur ses enfants ? »

Elle a noué autour du cou de mon frère une large serviette à carreaux rouges. De satisfaction, Jean s'est tortillé sur son siège en caressant son bavoir.

« Si tu étais là, tu as dû entendre les coups de feu…

– J'étais aux commissions.

– C'est monstrueux… Je n'arrive pas à y croire… Ça ressemble tellement peu à Pietro… »

Elle m'a regardée fixement.

« Parce que tu le connaissais, toi, ce timbré de Macaroni ? Qu'est-ce que tu peux savoir, hein ? Tu parles pour rien dire, ma pauvre fille. »

Elle a posé sur la table sa poêlée d'oignons et son omelette. Je savais qu'elle ne lâcherait plus rien. J'ai préféré me lever et sortir. En franchissant le seuil, je me suis retournée, je l'ai regardée faire manger mon frère. Je suis restée plusieurs secondes à observer la scène. Jean, bouche ouverte, attendant la becquée. La mère, dans un rôle inconnu, armée d'une patience inhabituelle, attentive à lui enfourner des petits morceaux d'omelette en prenant soin de ne pas en perdre une lichette. Elle semblait heureuse, finalement. Heureuse de voir son grand fils, son héros, retombé au landau. Un immense écœurement m'a envahie.

Vers quatre heures, Lou est enfin arrivée. J'ai vu venir de loin, sur une bicyclette, sa silhouette blanche auréolée d'un halo blond. Elle m'a fait l'effet d'un mirage, d'une flamme, d'un feu follet, qui pédalait en dansant sur le petit chemin, dans les vapeurs de la terre brûlante, entre les crêtes d'herbes sèches.

J'avais quitté une adolescente aux longues nattes, maigre et fragile, une esquisse de jeune fille dont les teintes et les courbes, à peine ébauchées, composaient dans mon souvenir un lavis frais et maladroit. J'ai retrouvé une merveille. C'est difficile de décrire la beauté sans risquer de l'enlaidir par de pauvres loques de mots. Tout ce que je peux dire, c'est que ma sœur était devenue superbe. Longue et souple mais avec des rondeurs de hanches et d'épaules à faire pleurer un saint. On aurait pu la contempler pendant des heures, regarder l'ovale parfait du visage, la bouche enflée, le nez délicat, la courbe émouvante et mobile des sourcils et surtout, surtout, les yeux immenses, des yeux d'aquarelle, dont le bleu dilué avait la transparence de l'eau.

Elle m'a serrée dans ses bras, incrédule. Je me suis perdue un instant dans la ligne pure de son cou. Et puis elle s'est penchée au-dessus de moi – elle était maintenant plus grande d'une bonne tête – et elle a ri.

« C'est bien toi ? »

Elle a touché mon bras, pour être sûre.

« C'est bien toi ? »

J'ai baissé les yeux. J'aurais voulu lui dire qu'elle se trompait, que ce qu'elle voyait n'était rien, rien qu'une infime, ridicule et dérisoire partie de moi, que le reste avait disparu l'année dernière dans une rue de Royan. Je n'ai pas pu. Alors, j'ai dit simplement les mots qu'elle attendait :

« Mais oui, je suis là. »

Je me suis méprisée, encore une fois, de n'avoir pas eu le courage d'en finir. De répéter les gestes quotidiens, de me soumettre aux besoins ordinaires, aux futilités de l'existence, de continuer à parler à mes semblables et à leur accorder encore un minimum d'attention, comme à ce moment précis.

« Tu restes ? Cette fois, tu restes pour de bon, dis ?

– Oui. »

Lou m'a tapoté la main avec un air de conspiratrice.

« Ce soir, on va dormir ensemble, comme avant. Tu sais quoi ? On gardera la lumière allumée jusqu'à minuit et la mère en gonflera de colère à s'en faire péter les varices. »

Je me suis entendue lui répondre :

« Oui, comme avant.

– Tu me parleras de ta vie à Paris ? Tu me raconteras tout ?

– Il y a très peu à raconter. »

Elle a haussé les épaules, l'air navré.

« Pauvre Gaby, il ne t'arrive jamais rien, à toi.

– C'est aussi bien.

– Tu n'as rencontré personne, là-bas, dans le Nord ? »

J'ai répondu sans hésiter, comme une actrice accoutumée à répéter cent fois la même réplique, jusqu'à l'écœurement :

« Si. Mais il a été tué à Dunkerque. Il s'appelait Denis. Nous nous sommes très peu fréquentés. Alors, vois-tu, il n'y a pas grand-chose à en dire. »

La mère est sortie et a interrompu notre conversation. J'ai vu ma sœur se raidir, comme si elle attendait un coup. La mère s'est adressée à moi :

« J'ai besoin de basilic, pour la soupe. Va m'en couper un peu. »

Puis elle a lancé à la bicyclette :

« Toi, tu retournes au salon. Ramène-moi des ciseaux. »

Lou a levé le menton, les traits crispés, j'ai senti qu'elle ramassait toutes ses forces pour répliquer :

« J'ai fini ma journée. T'en as vraiment besoin pour aujourd'hui ? »

Le regard de la mère est passé sur elle avec la même indifférence que si elle écrasait un insecte sous sa chaussure.

« Non, pour la semaine des quatre jeudis. Pauvre gourde. »

Là-dessus, elle a fait demi-tour, Lou est remontée sur son vélo et m'a fait un petit signe de la main, avant de s'éloigner sous l'averse de feu. Je suis allée sur le côté de la maison, là où on cultive le pistou, entre le chiendent et les chardons. Le thym et le romarin sauvages expiraient en silence le long du muret. Sous la fenêtre de la chambre, le parterre de fenouil avait presque entièrement fondu. Lorsque je suis revenue dans la cuisine, la mère égrenait des haricots rouges sur la table, en bougonnant dans sa barbe je ne sais trop quoi.

« Reste pas dans mes pieds », a-t-elle aboyé sans lever les yeux.

Je ne me suis pas fait prier. Je l'ai plantée là, en compagnie de Jean qui s'amusait à broyer les restes des cosses dans sa paume et à les étaler sur la toile cirée. J'ai dit : « À tout à l'heure, Jean », mais il n'a pas réagi. Sa bouche ne parvenait même plus à articuler des bribes de mots, ses yeux n'exprimaient plus rien, à part des réactions instinctives, des joies simples et débiles, le contentement de manger, de boire, de se soulager.

Dehors, dans la cour, j'ai tourné en rond un moment. Et puis, sans trop savoir pourquoi, j'ai pris le sentier. Mes pas m'ont menée chez les Roccetti.

J'ai retrouvé la vieille clôture en bois croulant sous son enchevêtrement d'épines. J'ai retrouvé la grange. Le poulailler. La remise. Le puits et sa rondelle de bois sur laquelle César et Luigi s'amusaient à sauter. L'arrosoir cabossé. La mangeoire en pierre. Le haut piquet auquel Maria attachait Roseline, sa « belle de Corse », comme elle la surnommait, une petite chèvre brune aux cornes tordues. Les claies sur lesquelles Julia et moi faisions suer les figues. J'ai retrouvé les clapiers et le billot entaillé par la hache de Pietro quand, à la fin de l'été, il fendait le bois sec et dur. J'ai même retrouvé la souche du prunier déraciné en 36 par la foudre, qui gisait toujours au même endroit, avec ses racines raides et noires comme les pattes d'une grosse cigale qu'on aurait grillée et retournée sur le dos.

Rien n'avait changé et pourtant rien n'était plus tout à fait pareil. Tous ces objets, ces formes familières, avaient entamé une décomposition inéluctable. J'avais l'impression que la maison elle-même poussait une sorte de lamentation, une plainte qui montait de ses fondations, coulait de ses murs, de ses moellons, de ses tuiles. Et cette plainte s'adressait à moi. La maison me reconnaissait, j'en étais certaine. Elle me reconnaissait et me suppliait de l'accompagner dans sa mort lente.

J'ai pleuré pendant deux heures. Je voudrais pouvoir affirmer que j'ai pleuré sur Pietro et les enfants. Ou sur Maria. Mais en vérité, je crois bien que j'ai pleuré sur mon sort, cet après-midi-là.

4

En rentrant, j'ai trouvé la table dressée et Lou affairée à remuer la soupe d'un geste las. Elle avait passé, sur sa jupe blanche et son corsage à pinces, une blouse chasuble de ménage, grise, très laide, en accord parfait avec le décor de notre cuisine. Jean était déjà couché. La mère m'a toisée.

« Où tu étais passée ?

– Chez les Roccetti.

– Qu'est-ce que tu faisais là-bas ?

– Rien.

– T'as l'intention d'occuper ton temps à ça ? À te tourner les pouces ? »

Je me suis posée sur la paille rêche de la chaise tandis qu'elle continuait de cracher sa bile :

« J'avais oublié que t'as jamais été bonne à grand-chose. Je crois que t'as pas fini de me le rappeler. »

Nous avons pris le repas toutes les trois, la mère assise en bout de table, à la place de mon père, vide depuis plus de dix ans. Lou et moi avons mangé sans prononcer un mot, attentives à ce que le bruit de nos cuillers ne vienne pas offenser le silence que nous imposait la mère, retenues, comme lorsque nous étions enfants, sous le fer de cette créature encore tellement puissante, ce joug qui continuait de nous rendre, même devenues adultes, ridiculement craintives et muettes. Après sa dernière lampée de soupe, la mère s'est enfin levée et a quitté la cuisine.

« Elle est solide, hein ? a ricané ma sœur avec un sourire troublant. Elle me fait penser aux blattes. Tu peux leur arracher une patte, puis deux, puis la tête, elles s'acharnent à vivre encore des jours et des jours… »

Elle s'est mise à caresser le dos de sa cuiller.

« Un jour, je lui casserai les jambes, à cette vieille salope. On verra bien si elle continue de courir… »

Je voyais une adulte de dix-neuf ans, dont la physionomie entière, de la courbe des épaules à la plénitude des hanches, était l'expression même de la maturité et cependant je persistais à garder dans ma mémoire l'image de la petite fille maigrichonne, coiffée de tresses sages, qui jouait devant la maison sans chaussettes ni souliers. L'enfant innocente que j'avais quittée six ans plus tôt ne semblait pas vouloir disparaître de mes souvenirs. Elle s'imposait par la force, bousculait sans ménagement l'autre Lou, la vraie, celle qui se tenait face à moi, avec ses seins arrogants, ses secrets, ses yeux allumés d'une férocité que je ne connaissais pas.

Je l'ai regardée attentivement, j'ai cherché une brèche, une faille, qui me mène jusqu'à la fillette aux pieds nus. Je n'ai pas trouvé. J'ai buté plusieurs secondes contre sa poitrine, son front, sa bouche charnue devenue soudain maussade et j'ai renoncé. C'est à ce moment-là, je crois, que j'ai songé que la nouvelle Lou resterait pour toujours une énigme. Ma sœur était comme une superbe porte de bronze et d'or, admirablement sculptée par la main des dieux, mais une porte mieux scellée que celle d'un coffre-fort. Je ne savais pas encore que derrière cette porte magnifique, dans les profondeurs d'une antichambre obscure, s'agitaient les démons qui préparaient notre chute.

Nous sommes allées nous coucher vers neuf heures, dans la chambre verte. Nous l'avions surnommée ainsi parce que les seuls éléments de couleur dans cette pièce blanchie à la chaux étaient une paire de rideaux et un couvre-lit imprimés de fleurs verdâtres, ainsi qu'une petite nappe céladon, posée sur la table de toilette, sous la bassine.

Nous nous sommes déshabillées rapidement. Nous avions perdu l'habitude de nous montrer nues l'une à l'autre. Je n'ai pas osé regarder le corps de Lou. Je lui ai tourné le dos. J'ai sorti de ma valise ma chemise de nuit en cretonne la moins élimée, celle que j'avais achetée dans une boutique de lingerie à Paris, boulevard Saint-Marcel. Étendue sur le lit, j'ai laissé mon regard balayer les murs et les objets familiers. Il n'y avait plus rien de vert dans la chambre. Le napperon n'était plus qu'un morceau de tissu défraîchi qui avait viré au beige crasseux. Les rideaux avaient été décrochés. Derrière la vitre sale, nous pouvions voir la pleine lune, pâle réplique d'un soleil infiniment plus cruel, qui essayait de briller au milieu des étoiles.

J'ai eu envie de m'endormir vite et j'ai prié, comme tous les soirs, pour ne jamais me réveiller. Mais Lou a insisté pour que je lui parle de la capitale. Alors, sans trop me faire prier, je lui ai décrit brièvement l'Opéra, Montmartre, la tour Eiffel, le Sacré-Cœur. J'ai évoqué tout aussi rapidement, pour satisfaire sa curiosité en même temps que mon envie d'en finir, mon petit meublé de la rue Monge dans le 5e arrondissement, le bistrot des *Gloires* où il m'arrivait, avant la guerre, de prendre un vrai café, parfois un verre de beaujolais. Lou avait du mal à contenir son excitation. Elle m'a demandé si j'étais allée danser, si j'avais rencontré des artistes, Maurice Chevalier, Tino Rossi. Je lui ai dit qu'un jour, j'avais aperçu Arletty sortant d'une limousine, sur les Champs-Élysées. Je lui ai confié aussi que je n'étais pas souvent allée au cinéma, ni sortie au théâtre, mais que j'avais été voir quelques pièces de boulevard au théâtre de l'Étoile et à Marigny, et que Denis m'avait emmenée au music-hall, une fois, pour écouter Mistinguett.

« Qu'est-ce que tu faisais comme travail ?

– J'ai passé une année chez Pigier. On m'a appris à taper à la machine et à prendre en sténo. Pour payer mes cours, je travaillais le samedi chez un fleuriste, et quatre soirs par semaine, je servais dans un restaurant du Quartier latin.

– Cette chance ! »

Je n'ai pas osé lui avouer que ma vie à Paris avait été prodigieusement creuse. Un long monologue sans guère d'intérêt. Mes seuls amis avaient été un poste de TSF et une horde de pigeons vicieux qui venaient déféquer chaque matin sur les rebords de ma fenêtre. Je connaissais mieux les mûriers du square Montagne que mes voisins de palier, et si j'avais tenu, en une année, une conversation de plus de dix minutes avec ma logeuse, c'était encore beaucoup.

« Et à Royan, de quoi tu vivais ?

– J'avais un emploi de secrétaire à la mairie.
– Ton fiancé, tu l'as connu comment ?
– Chez le charcutier.
– C'est tout ? Chez le charcutier ? »

Elle a poussé un soupir désenchanté qui a fait voler, sur sa tempe, quelques petites mèches ondulées.

« À quoi il ressemblait ce fiancé ? »

Je me souvenais de cheveux châtains, d'un nez fin, légèrement busqué, d'un long corps planté de longues jambes et de longs bras tombants. Mais le reste se dissolvait dans ma mémoire comme le souvenir d'une toile médiocre sur laquelle on ne s'est pas attardé très longtemps.

J'ai répondu :

« Il était gentil. »

Dès notre première rencontre, j'ai tout de suite deviné quel genre de garçon était Denis. Un être insignifiant dont la vie n'importe à personne. Et j'ai tout de suite su qu'il me serait impossible de m'attacher à lui parce qu'il m'est impossible d'aimer qui me ressemble. Cependant, nous n'avions pas que des points communs. Il riait souvent, fumait, parlait beaucoup pour ne rien dire. Il aimait les bals, l'accordéon et pensait pouvoir déguiser sa banalité sous des cols mous et des chapeaux feutre à la mode. Il m'appelait « chérie » mais je n'écoutais pas. Il me prenait parfois la main mais je la retirais toujours. Il était content que je sois là alors que j'étais ailleurs. La vérité, c'est que nous nous sommes très peu connus, Denis et moi, et que la guerre nous a vite séparés.

Il était parti faire sa drôle de guerre le cœur en goguette. Je me souviens qu'il faisait le faraud, le jour de sa mobilisation, dans sa capote et son pantalon golf en gabardine. Le matin de son départ, tout au long du chemin qui nous avait menés à la gare de l'Est, il n'avait pu s'empêcher d'admirer le reflet de sa silhouette en uniforme sur les vitrines des boutiques. Son manège m'avait irritée. Je l'avais trouvé grotesque et naïf, avec son air crâneur de petit garçon qui s'en va jouer au soldat. Sur le quai, pourtant, il m'avait observée étrangement, à croire qu'il regardait pour la dernière fois, à travers moi, dans le flot des familles rassemblées sur le quai, l'îlot fragile de son pauvre bonheur. Il était quand même monté fièrement dans le train, un adieu sur le bout des lèvres, et moi, j'avais agité mon mouchoir, imitant la foule émue et pleurnicharde. Lorsque le wagon s'était éloigné en vibrant sur les rails, sa carcasse de métal bien farcie de sa chair à canon, j'avais éprouvé un étrange sentiment, tiède et rassurant. J'étais contente, finalement, de l'avoir rencontré, et contente qu'il parte au front. Même si nous ne nous étions jamais touchés, même si nous n'étions unis que par le fil ténu qu'avaient cousu nos solitudes, j'avais imaginé avoir trouvé, comme les autres, une fausse bonne raison d'attendre la fin de cette guerre. Et je m'étais dit que même si Denis ne devait jamais revenir, alors tant pis, il me resterait au moins le souvenir de l'absent pour meubler mes conversations avec les pigeons.

Lou ne m'a pas posé d'autres questions sur mon fiancé. Le sujet a dû lui paraître trop ennuyeux.

« C'est vrai que les Parisiennes ne sortent jamais la tête nue ? Qu'est-ce qu'elles mettent ? Du tulle ? des voilettes ?

– Je ne sais pas. J'ai quitté Paris il y a cinq ans.

– Ici, on ne trouve plus aucun chapeau digne de ce nom. Même à Soulagnes. Juste d'affreux bibis, bons pour coiffer les épouvantails. »

Je lui ai fait remarquer que là d'où je venais, les femmes avaient d'autres préoccupations que leur toilette. Lou a montré un certain étonnement.

« Il n'y a plus d'habitations. Les gens vivent dans les caves ou dans les gravats des maisons effondrées. Il n'y a plus d'eau, ni d'électricité. Les rues n'ont toujours pas été déblayées. On voit des rats partout. Et cette horreur dure depuis des mois.

– Pourquoi est-ce qu'ils ont bombardé Royan ? La guerre était presque finie. »

Je n'ai pas répondu, j'ai serré les dents, pour contenir cette marée nauséeuse qui chavirait tout dans ma poitrine.

« C'est pour ça que tu es revenue ? Parce que tu ne savais plus où loger ? »

Je n'ai pas voulu lui mentir :

« Oui.

– Alors, c'était pas pour moi... »

Il n'y a eu aucun reproche dans sa voix, seulement une sincère, une profonde déception. J'ai détourné les yeux en direction de la fenêtre.

« Où sont les rideaux ?

– C'est la mère, elle les a décrochés pour s'en faire une robe de chambre cet hiver. Elle s'est aussi tricoté des bas de laine avec tous les vieux gilets du père. Tu parles d'un temps de chien qu'on a eu ! »

J'ai essayé d'endiguer le flot des souvenirs, j'ai tenté de faire barrage, de toutes mes forces, à cette vague effrayante. Ne pas me rappeler l'hiver dernier. Ne pas penser à mon petit. Ne pas penser à mon manteau indigo. Oublier que je l'avais taillé pour lui confectionner un costume plus chaud. Chasser les images. Prolonger mes inspirations, contrôler les muscles de mon visage, faire de mon corps un bloc d'airain. Ne pas me souvenir de son air radieux lorsqu'il avait quitté ses culottes courtes pour enfiler son « pantalon d'homme », comme il disait. Laisser se perdre dans la nuit de l'oubli la vision de ses mollets tendus, de ses genoux cagneux, de chacune des petites égratignures qu'avaient inscrites au stylet, sur la peau tendre de ses jambes, ses premières chutes à trottinette, ses courses folles sur la plage et ses combats d'enfant.

« Demain, a dit Lou, j'aimerais bien qu'on se promène en ville quand j'aurai fini ma journée.

– Si tu veux. »

Elle s'est éventée en agitant la main devant son visage.

« C'est l'enfer, une chaleur pareille ! Tu trouves pas ?

– Non. »

Je connaissais l'enfer. Ce n'était pas cette haleine de fournaise. L'enfer, c'était l'absence de mon fils. Un vide immense et étouffant, en dedans de moi. Une asphyxie continuelle.

Les lèvres de Lou ont esquissé une mimique boudeuse.

« Pourquoi est-ce que tu ne m'as pas emmenée à Paris ?

– Tu n'étais qu'une enfant.

– Et alors ?

– Tu n'avais que douze ans.

– Peut-être, mais j'en avais déjà plus que toi.

– Quoi donc ?

– Des nichons. »

Sa remarque aurait pu me faire sourire si elle n'avait éveillé en moi un autre souvenir, celui de Julia et du printemps 1934. Nous avions alors quinze ans, l'âge où les filles ont les cuisses dures et les mamelons qui pointent sous leur corsage. L'âge où les garçons, eux, ont toutes leurs idées ramassées dans le pantalon. Un après-midi, en sortant de l'école, Julia s'était fait agresser par une bande de garçons à peine plus vieux que nous. Le plus costaud, Benjamin Calisti, lui avait tenu les bras derrière le dos pendant que son complice, Daniel Borel, ouvrait sa blouse et s'occupait de lui pétrir les seins. En apprenant l'outrage qu'avait subi sa fille aînée, Pietro avait pris son fusil de chasse et s'était rendu chez le père Calisti, qui tenait à l'époque un magasin de pièces détachées, puis chez le père Borel, le boucanier. Personne n'a jamais su ce qui s'était dit, ce jour-là entre les murs des maisons, mais le soir même, Calisti et Borel ont obligé leurs deux nigauds de fils à venir présenter des excuses à toute la famille Roccetti.

Malgré ça, Julia a cessé de venir à la communale. La chair souillée de leur fille et les sourires gourmands des garçons avaient laissé une grande tache dégoûtante sur l'honneur des Italiens. Tous les repentirs, les fausses politesses, les ronds de jambe, les petits soulèvements de chapeau, les yeux baissés, les menus services pour faire passer l'offense, n'effacent jamais la honte des honnêtes gens. À la fin du mois de juin, alors que je passais mon certificat d'études, Julia quittait l'école et entrait au service d'une famille aisée du bourg, comme bonne à tout faire. L'année suivante, elle attrapait la tuberculose et rendait son dernier soupir à l'hôpital de Soulagnes, dans la salle commune des pauvres.

« À quoi tu penses ? » m'a demandé Lou.

Je ne parvenais pas à imaginer que l'été précédent, ce père si aimant, qui avait défendu l'honneur de sa fille avec une si farouche détermination, qui avait suivi son cercueil en hurlant, s'était saisi d'un fusil pour massacrer ses trois autres enfants.

« Je pense à cette tragédie, chez les Roccetti. J'ai encore du mal à y croire. »

Lou a tordu sa jolie bouche mais n'a fait aucun commentaire.

« Tu étais là, le jour où c'est arrivé ?

– Non, j'étais chez Fernande, l'apprentie. Je lui apprenais à poser des bigoudis.

– Comment Pietro a-t-il pu faire une chose aussi terrible ? »

Elle s'est contentée de tourner son index sur sa tempe.

« Je ne comprends pas. Pietro n'a jamais montré le moindre signe de folie… »

Elle a repoussé les draps jusqu'à sa taille, puis elle a croisé les bras sous sa tête.

« J'ai envie de me teindre les cheveux en roux, comme Rita Hayworth. La fille Robardet, je ne sais pas si tu t'en rappelles, Michèle Robardet, la fille du boulanger, celle qui a les yeux qui se disent au revoir et une bouche de rascasse, elle dit que les rousses sont vulgaires. Elle dit que Rita est vulgaire. Tu le crois ? »

Elle ne m'a pas laissé le temps de répondre à ces enfantillages. Elle s'est mise aussitôt à chantonner *À Honolulu*, le dernier refrain à la mode.

Je me suis laissée glisser vers le sommeil. J'étais presque endormie lorsque j'ai entendu Lou murmurer à mon oreille, avec le timbre de voix ravi d'une petite fille à laquelle on a rendu sa poupée :

« Je suis contente que tu sois revenue. C'est le plus beau jour de ma vie. »

J'ai ouvert les yeux. Elle ne mentait pas, son visage n'avait jamais été aussi rayonnant.

La honte m'a serré la gorge parce que, en cet instant, moi, j'aurais donné n'importe quoi pour être très loin d'ici.

5

Je n'aime pas les cimetières mais j'y suis habituée. Celui de Bayon n'est pas plus grand ni plus beau qu'un autre mais c'est là que vit mon oncle Félicien, le frère aîné de ma mère. Il paraît que c'est dans cet endroit que j'ai posé pour la première fois un pied devant l'autre. C'est étrange, quand on y songe, de faire ses premiers pas en marchant sur le corps des morts.

Félicien, il a été marié longtemps à une femme qu'il a passionnément aimée, une femme très laide que les gens du bourg avaient surnommée « la Tartugo », parce qu'elle marchait exagérément voûtée et très lentement, à la façon des petites tortues de terre qu'on trouve dans la garrigue. Lorsque les mégères de son quartier l'affublaient de ce sobriquet, la Tartugo répondait que ce n'était pas une carapace mais l'amour de son mari qui lui pesait sur le dos. Et elle ajoutait en riant qu'elle ne leur souhaitait rien de meilleur que d'avoir, elles aussi, à porter un si précieux fardeau.

Quand elle est partie, Félicien a demandé l'autorisation de creuser sa fosse et d'y descendre lui-même le cercueil. Il a dit que ce serait un déshonneur de laisser un autre homme rendre ce dernier hommage au corps de sa bien-aimée. Depuis ce jour, depuis l'enterrement de la Tartugo, il n'a plus jamais quitté le cimetière. Il est devenu le fossoyeur et le veilleur des gisants. Il accomplit chaque jour les mêmes gestes, avec la même application bornée, entretient les tombes et les allées, écarte les cailloux, arrose les fleurs, traque le chiendent et la mousse. Son univers se limite à cette petite nécropole où, par la seule puissance de sa volonté, le temps n'existe plus, où la vie et la mort s'enchevêtrent dans une éternité absurde.

« Viens », m'a-t-il dit en me prenant par le coude.

Nous avons cheminé côte à côte parmi les sépultures, entre les bras de croix tendus dans la lumière.

« Alors ? Qu'est-ce que tu as fait toutes ces années ?

– Rien. »

Ce n'était pas vrai. J'avais cueilli les premiers sourires de mon fils, guetté ses premières dents, soigné ses premières fièvres, consolé ses premiers chagrins. Je l'avais bercé aux heures troubles du crépuscule, je lui avais appris à marcher, parler, chanter, attraper sa cuiller, lacer ses souliers, compter ses billes, tenir son crayon de bois, fermer ses boutons. Je lui avais expliqué les océans, les montagnes, les éclipses, les saisons, menti sur les Belles au bois dormant, les princes charmants et les bébés dans les choux.

« Rien ? »

Mon oncle m'a regardée de biais. Son nez s'est plissé, comme s'il flairait mon mensonge.

« Rien, ai-je répété. Rien qui mérite d'en parler. »

Félicien n'a pas insisté. Il me connaît mieux que les autres. Il sait qu'il y a chez moi, depuis l'enfance, une vocation pour le silence.

J'ai porté mon regard le plus loin possible, au-delà du mur de clôture, je me suis efforcée de prendre un air détaché. Mais sous l'étoffe de mon chemisier, ma poitrine se soulevait par saccades. L'étouffement lent. La souffrance. Familière. Tenace.

« Regarde mes rosiers ! a lancé Félicien pour rendre la conversation plus légère. Regarde un peu comme ils ont poussé ! Ils vont bientôt passer de l'autre côté du mur… Les jaunes, ils m'ont fait plus de trente pompons par tige cette année… Je leur parle tous les matins. Il faut parler aux plantes si on veut qu'elles soient fortes. »

J'ai cessé depuis longtemps de croire aux balivernes de Félicien. Je sais que si la terre des cimetières est plus verte et plus fertile que partout ailleurs, ce n'est pas à cause des bons soins de ses gardiens mais parce qu'elle se nourrit des macchabées. Je sais, depuis que je suis née, que la terre vorace suce tout ce qu'on lui donne, la sueur, le sang et la moelle des hommes.

Nous nous sommes arrêtés devant une tombe, celle de mon père. Je n'y ai jeté qu'un coup d'œil rapide et j'ai repris ma marche dans l'allée.

« Tu ne veux pas lui dire quelque chose ?

– Non.

– Dommage. »

J'ai haussé les épaules.

Joseph Magne était de ces hommes que l'on peut côtoyer une vie entière sans jamais les connaître. Une ombre familière, présente à certaines heures de la journée, qui vient et qui disparaît, que l'on remarque à peine, que l'on oublie dès qu'elle s'est effacée.

« Nous n'avons jamais échangé plus de dix mots lorsqu'il était vivant. Ce n'est pas maintenant que je vais commencer à lui faire la conversation.

– Ça lui ferait du bien. À toi aussi.

– De toute façon, qu'est-ce que j'aurais à dire à un débris qui pourrit dans une boîte de chêne ? »

Félicien a poussé un soupir gros comme mon poing.

« Avant, tu n'aurais jamais dit une chose comme celle-là. Avant, tu avais du respect pour les morts. »

J'ai allongé le pas mais il m'a rattrapée et il m'a retenue par l'épaule, doucement.

« Ton père et ta mère, ils étaient pas faits l'un pour l'autre. Mais quand ils s'en sont rendu compte, c'était trop tard.

– Je sais.

– Non, tu ne sais pas. Ta mère, elle est née un pied dans la terre. Ça lui fait comme un boulet qui l'empêche d'avancer. Ton père, lui, c'était le contraire. Il n'avait pas de racines, il était venu au monde avec des ailes. Deux grandes ailes, qu'elle lui a coupées, pour l'empêcher de s'envoler… »

J'ai répondu d'une voix morne :

« Ça m'est égal leur histoire. »

Félicien s'est détourné, avec un air vaguement désolé, je l'ai entendu murmurer « Tête de mule » puis il s'est penché sur une tombe couleur de sable, une jolie tombe coiffée d'une stèle arrondie, luisante et polie.

« Comment ça va, ce matin, mademoiselle Roussel ? Oh, regardez-moi ça… vos hortensias sont tous fanés… »

Il s'est mis à dégager les fleurs desséchées qui recouvraient la dalle.

« Une gentille fille… Elle est arrivée il y a trois mois. Et discrète. Jamais un mot plus haut que l'autre.

– Tu discutes toujours avec les morts ?

– Ça dépend lesquels. Il y en a qui n'ont pas beaucoup de conversation… »

Il s'est adressé à une tombe voisine :

« Pas vrai, madame Chauvin ? »

Sa voix a baissé d'un ton :

« La mère du pharmacien. Quatre-vingt-dix ans. Je crois qu'elle se plaît pas trop ici, la pauvre vieille. Faut dire aussi… ils l'ont mise à côté du fils Jouve, un gamin de huit ans. Du coup, elle s'ennuie, elle a personne à qui causer. Tu parles d'une idée ! Mon avis, c'est qu'elle aurait été bien mieux avec la mère Sautet, une femme de son âge, ça lui aurait fait de la compagnie… La jeunesse avec la jeunesse, les vieux avec les vieux. C'est comme ça qu'on devrait faire. Mais personne n'écoute mes conseils. Je sais bien ce qu'ils disent, que je suis bon qu'à creuser les trous… »

Nous avons repris notre promenade le long des tombes. J'ai reconnu le petit mausolée de l'ancien curé, pas plus haut qu'une niche mais paré de couronnes comme une jeune mariée, j'ai retrouvé l'austère chape noire sous laquelle devait bâiller d'ennui le directeur de la Caisse d'épargne, celle de la Tartugo, croulant sous les roses pompon et coincée entre deux sépultures anonymes. J'ai effleuré du regard les épitaphes gravées sur les stèles. C'est sur ces pages de pierre que j'ai appris à lire, quand, petite, Félicien me promenait dans les allées et me racontait déjà les morts. Je les ai lues cent fois, ces inscriptions dans lesquelles des épouses, des parents, des enfants, ont épanché leurs larmes et leurs regrets. Moi, je n'ai pas pu. Je n'ai rien fait écrire sur la tombe de mon fils. On ne peut pas graver un cri.

Arrivée au bout du cimetière, j'ai remarqué un trou béant, profond, frais du matin, qui ouvrait grand sa gueule noire, prêt à avaler sa bière. J'ai eu envie de me coucher à l'intérieur.

« Allez, m'a dit Félicien, c'est l'heure de casser la croûte. »

Il s'est posé sur une tombe en marbre blanc, toute semée de paillettes d'argent. Il m'a fait signe de venir s'installer à côté de lui.

« Tu ne t'en souviens plus ? C'était ta préférée, quand tu étais minotte. »

J'ai hésité.

« T'inquiète pas, il n'y a personne dessous.

– Il y a écrit Sébastien Mercadier.

– Le gamin est mort dans une tranchée de la Marne, en 18. Éparpillé par un obus. C'est un cercueil vide qu'on a descendu dans le trou. »

Je me suis assise, j'ai lissé ma jupe sur mes genoux.

« Une vacherie de guerre, celle-là aussi, a marmonné Félicien. Je peux en parler, j'y étais. On n'était plus des hommes, on était des vers, à ramper dans nos boyaux... des vers... à gratter et à bouffer de la boue. »

Il a ouvert sa sacoche de cuir écorché, tanné par les saisons, à l'image de sa figure de vieux pâtre de cimetière. Il en a sorti son déjeuner : pain noir, fromage de chèvre, olives vertes et mauvais vin de pays. Il a souri, pour s'excuser de ce repas de pauvre.

« Le rouge, c'est pour me fouetter le sang. Les olives, c'est pour huiler mes vieux os... »

Il a planté ses dents fragiles dans son bout de pain. Tout était calme, immobile, sans vie. Il n'y avait plus d'hommes, plus d'animaux, plus d'oiseaux, plus d'insectes, pas même un lézard caché dans la fêlure d'une pierre. J'aurais pu me sentir bien, assise sur le lit du soldat fantôme, dans ce monde en suspens, ce monde vide et muet, si seulement Félicien n'avait pas cassé le silence. Il s'est penché sur la tombe voisine, le visage éclairé d'un sourire amical.

« J'avais oublié une bonne nouvelle pour vous, madame Seguin ! Votre fille, Monique, elle a eu son cinquième avant-hier ! Un garçon, je crois bien. Ça vous fait neuf petits-enfants ça ! Qu'est-ce que vous en dites ? »

Puis il s'est tourné vers la droite, le sourcil contrarié.

« Soyez pas jalouse, la mère Favre ! Vous en auriez eu, vous aussi, un mari et des minots, si seulement vous n'aviez pas été aussi garce... »

Il a chuchoté à mon oreille :

« La mère Favre, c'est une envieuse. Elle était déjà comme ça, quand elle était vivante. Méchants avant, méchants après... Ça les rend pas meilleurs d'être morts. »

Il a bu une grande rasade de rouge.

« C'est comme la guerre. On dit que c'est elle qui fait les gens mauvais. Mais c'est faux, c'est pas la guerre, ni la faim, ni le deuil. Tu sais ce que je pense, moi ? Je pense qu'il y en a qui viennent au monde avec une graine de saloperie dans le cœur. Ils l'ont en eux du jour où ils ouvrent les yeux. Une putain de graine qui pousse, qui sème ses germes, qui profite de toutes les horreurs et de tous les malheurs de la vie pour grandir. »

Je me suis levée.

« Tu t'en vas déjà ?

– Je vais voir Louise. Elle m'attend en ville.

– Ça fait longtemps que je l'ai pas vue, ta sœur. Mais c'est normal, va, elle est jeune. Quand on est jeune, on est bête. On a peur des cimetières. »

Je m'apprêtais à partir lorsque je me suis ravisée. J'ai pensé soudain aux Roccetti qui étaient là, eux aussi, sous mes pieds, dans cette terre qui leur avait dévoré les chairs et les yeux. J'ai demandé :

« C'est toi qui as enterré les Roccetti ?

– Oui, tous les cinq.

– Tu sais ce qui s'est passé ?

– Je sais ce qu'on a bien voulu me dire.

– Pietro adorait ses enfants. Comment est-ce qu'il a pu faire ça ? »

Félicien a cessé de mâcher son pain noir. L'air chaud s'est soudain coagulé en un gros caillot de silence.

« Tu l'as connu, toi aussi. Tu sais que c'était un bon père.

– Ça fait tellement longtemps que je ne parle plus aux hommes, Gaby. Je ne sais plus de quoi ils sont capables.

– Maria, comment est-ce qu'elle est morte ?

– Après le drame, elle s'est enfermée dans sa maison. Elle n'en est plus jamais ressortie. Elle ne s'est même pas montrée à l'enterrement de ses petits. »

Il a posé sa main sur la mienne.

« La suite, je préfère ne pas te la dire. »

Malgré ses paroles, ses yeux exprimaient une faim de parler qu'il n'avait pas encore assouvie. Je n'ai eu qu'à le pousser d'un soupir pour qu'il poursuive. Il s'est penché en avant, les épaules courbées. Ses doigts se sont crispés sur le bord de la pierre tombale.

« Le lendemain des obsèques, je suis monté à la ferme pour lui rendre la montre de son mari. C'est moi qui avais demandé à Martinez, le gars des pompes funèbres de la ville, de la lui enlever du poignet. Les morts n'ont pas besoin de lire l'heure, pas vrai ? J'ai trouvé les volets rabattus et la porte verrouillée. J'ai frappé mais elle n'a pas répondu. Alors j'ai pensé : "Laisse-lui le temps. Laisse-la seule avec sa peine, puisque c'est ce qu'elle veut." Marthe Delorme et Françoise Besnard sont allées là-bas, elles aussi, dans la semaine qui a suivi, mais Maria a refusé de leur ouvrir. Un samedi, j'y suis retourné. Je ne voulais pas garder la montre de Pietro. À chaque fois que je posais les yeux sur ce foutu bracelet, j'avais l'estomac qui me remontait dans la bouche. Et puis, qui sait, on aurait pu m'accuser de dépouiller les morts… J'ai collé l'oreille contre la porte et j'ai entendu Maria qui parlait en italien.

– À qui ?

– À personne. Elle était seule dans la maison. »

Son front transpirait une odeur aigre de chèvre et de vin. Il s'est épongé le visage avec le revers de sa manche.

« J'ai frappé pour m'annoncer, trois coups, secs et forts. Alors, elle s'est mise elle aussi à battre les murs. Je ne sais pas avec quoi elle tapait, mais on aurait dit qu'elle voulait démolir la maison tellement elle cognait. Et puis elle s'est arrêtée et ensuite elle s'est mise à rire, d'un rire affreux. Je suis parti. Il faisait une chaleur à fondre le plomb cet après-midi-là et pourtant, tu le croiras si tu veux, sur le chemin du retour, j'ai été tout secoué de frissons. Le rire de Maria m'avait glacé le sang. »

Sa voix s'est enrouée. Il s'est raclé la gorge pour pouvoir continuer :

« Les gens se sont vite désintéressés de *la fada*, comme ils l'appelaient. Même moi, j'ai trouvé plus commode de l'oublier. J'ai honte en disant cela, mais je le dis. Je ne vaux pas mieux que les autres… »

De nouveau le silence. Un long silence qui s'est étiré entre les dalles et les croix de pierre.

« Et après ?

– Au bout de deux semaines, les gendarmes ont quand même fini par se remuer. Ils se sont déplacés jusqu'à la ferme. »

Félicien s'est arrêté de nouveau. J'ai accroché mon regard dans le sien, je ne l'ai pas lâché.

« Je sais pas si je peux te raconter ça… j'ai le cœur qui se fend en deux quand j'y repense. Tu comprends ? »

J'ai fait oui de la tête.

« Ils ont enfoncé la porte. Ça puait tellement à l'intérieur qu'ils ont dû se boucher le nez avec le pan de leur uniforme… Maria s'était cloîtrée avec ses bêtes. On l'a retrouvée enfermée avec son chien et ses poules. On a jamais su de quoi elle était morte. Mais c'est pas difficile de deviner qu'elle s'est laissée partir, tout simplement. Le chagrin, c'est bien plus puissant que le poison ou le fusil. Les gendarmes ont découvert son corps dans la cuisine… Enfin, le peu qui restait de son cadavre… »

Il a fixé le bout de ses chaussures. Durant plusieurs secondes son regard n'a plus quitté ses galoches, comme si elles étaient devenues les deux choses les plus précieuses dans ce bas monde.

« Un chien affamé, c'est pire qu'un porc... ça bouffe n'importe quoi... »

Il a posé une main sur sa poitrine, pour comprimer son émotion.

« Je t'avais bien dit que ça me fendrait le cœur de te raconter ça. »

6

Lou m'avait fait promettre de l'attendre à cinq heures, place des Augustins. Je suis passée à la maison. J'ai relevé mes cheveux en un chignon strict. J'ai choisi ma jupe la plus évasée, celle à plis larges, qui efface bien mes hanches. J'ai enfilé un chemisier terne et je l'ai boutonné jusqu'au cou. Lorsque je suis sortie, la mère était dans la cour. Pliée au-dessus du billot, elle s'apprêtait à débiter un lapin. Le soleil allumait des reflets d'argent sur la lame de son couteau.

« Je vais en ville. »

Elle n'a pas cillé. Elle a levé le bras. Elle a tranché la tête du lapin. Un coup net, précis, entre les vertèbres.

« Je vais voir Louise. »

Son couteau à dents a fait craquer les pattes de l'animal dont les os ont éclaté en fines aiguilles sur le tronçon de bois.

« Je serai rentrée pour dîner. »

Ses mains ont plongé dans la cage thoracique pour en sortir le foie, le cœur et les rognons, tout couverts de graisse blanche. Le sang a coulé sur le billot. J'ai tourné les talons.

Sitôt franchie la clôture, j'ai emprunté le chemin qui mène à Bayon. C'était toujours le même petit sentier de terre sèche, de poussière fumante, couvert de cailloux, bordé de longues plaies herbeuses et de ronces. J'ai marché une centaine de mètres jusqu'au calvaire. Passé la croix, j'ai débouché sur le pas des Gillières, au croisement des routes de Virenargues et de Saint-Maximin, la « grand-route » comme l'appellent pompeusement les gens du coin, mais qui n'est en réalité qu'un ruban de pavés goudronnés, tout juste assez large pour le passage d'un chariot à bœuf. Il m'a fallu marcher encore dix bonnes minutes avant d'arriver au bourg. J'ai emprunté l'artère principale, qui traverse la ville jusqu'à l'église, entre les silhouettes tourmentées des oliviers et des yeuses. J'ai reconnu le silence des villes mortes, à l'heure de la sieste. À Royan, au plus fort de l'été, les rues bouillonnaient de bruits et de mouvements. Mais ici, tout était différent. Le temps persistait à s'arrêter entre midi et seize heures, comme si les feux du soleil avaient fondu les aiguilles de son horloge.

Place des Augustins, je me suis rendue au *Cyrano*, un modeste bistrot, assez peu fréquenté, qui possède une terrasse abritée sous une pergola, ou plutôt un treillage rudimentaire d'échalas et de lattes. Colette Leclerc, la propriétaire, est venue m'accueillir. Elle avait gardé son buste épais et ses seins lourds mais au-dessous de la taille, elle avait toujours ses pauvres petites fesses et son bassin étroit auxquels s'accrochaient des jambes maigrelettes qui lui donnaient l'air d'avoir été montée sur des allumettes. Lorsque j'étais plus jeune et que je venais au bistrot voir sa fille Brigitte, la mère Leclerc me faisait déjà penser à ces bonshommes de papier que les enfants s'amusent à découper puis à reconstituer en mélangeant les différentes parties de leurs corps, créant des silhouettes difformes qu'on croirait dessinées par une main d'ivrogne.

Nous nous sommes embrassées. Colette n'a pas eu l'air étonné de me voir, elle ne m'a posé aucune question, comme si elle avait toujours su que je finirais par revenir, comme si elle jugeait naturel que je retrouve le terreau pourri dans lequel j'avais germé et grandi.

Elle a tourné la tête vers les tables vides.

« Les Allemands sont partis… mais tu vois, le pastis et le p'tit blanc, eux, ne sont pas revenus. Je t'apporte une limonade ?

– Une grenadine plutôt. »

Elle s'est éloignée en direction du bar. J'ai cru, comme à chaque fois, que ses jambes trop fluettes allaient se briser sous le poids de son corps. Quelques secondes plus tard, elle est réapparue avec un grand verre.

« Cassis et saccharine. De la grenadine, tu penses bien, ça fait longtemps qu'on n'en a plus…

– Merci.

– Comment ça va, Gaby ?

– Bien. »

Le long de la fragile tonnelle, la bougainvillée dépérissait lentement. Le soleil avait bu ses couleurs. Ses branches pendaient, toutes racornies, et ses fleurs violettes n'étaient plus que des boutons flétris qui avaient viré à un bleu d'ecchymose. Même le palmier, devant le bureau de poste, semblait à l'agonie. À Paris, le temps était souvent gris, d'un gris d'averse, d'un gris de lin brouillé qui tirait des larmes aux provinciaux. Moi, j'ai toujours su que la vraie tristesse était dans ce paysage de mon enfance, dans ce monde écroulé de chaleur où les fleurs meurent avant d'éclore. J'aurais voulu naître dans un pays de pluie et de brume.

« Brigitte n'est pas là ?

– Non, elle vit aux Mires, à présent. Elle ne pouvait pas rester en ville. Pas après ce qu'ils lui ont fait. »

Elle a pris une longue inspiration.

« Tu connais ma Brigitte, vous avez été amies dans le temps. À toi, je peux tout dire, je sais que tu ne la jugeras pas de travers... »

J'ai pris ma grenadine, aucune question ne m'est montée aux lèvres. Colette a poursuivi quand même :

« Il y a quatre ans, elle s'est trouvé une place dans un hôtel de Mirandes, *Les Charmilles*. Tu le connais peut-être... C'est le bel hôtel en face de la gare. Tu vois lequel ?

– Oui.

– Elle faisait le ménage dans les chambres. De temps en temps, elle donnait la main en cuisine et à la lingerie. Elle était contente, ça la changeait du bar et des soûlards qui traînent ici. Tout allait bien jusqu'à ce que les Allemands arrivent, en 42. Tu comprends ce que je veux dire ?

– Non.

– Les Allemands se sont installés à l'hôtel. »

Elle a pris un air piteux.

« Qu'est-ce qu'elle aurait dû faire ? Quitter son emploi ? Du travail, on n'en trouve pas à tous les coins de rue... Elle n'a jamais rien fait de mal, tu sais. Elle se contentait de leur parler, peut-être de leur sourire. C'était quand même pas un crime... »

Un rayon de soleil est passé dans l'interstice de deux lattes de bois et a atteint ma nuque, comme une flèche enflammée.

« L'été dernier, quand les Allemands ont quitté la région, ils sont venus la chercher à la maison. »

Il y a eu un long moment de gêne. Elle s'est balancée d'un pied sur l'autre.

« Des gars d'ici. Des jeunes. Je ne les ai pas vus passer parce qu'ils ont pris la rue Mirabeau pour remonter vers l'hôtel de ville. Je n'ai pas vu qu'ils l'emmenaient… Elle n'a jamais voulu m'en parler, mais je sais bien ce qu'ils lui ont fait. Les gens ne se sont pas gênés pour me le rapporter. En long et en large. Avec tous les détails. Ça leur brûlait la langue de me raconter ces horreurs… »

Elle a posé ses deux mains à plat sur la table et s'est penchée en avant pour me confier :

« Ces sales types l'ont traînée jusqu'à la mairie et l'ont mise toute nue. Avec trois autres filles qu'ils avaient déshabillées aussi… »

J'ai deviné ce qui allait suivre. Je savais qu'elle allait me parler de ces pauvres femmes pelées, rabotées, barbouillées de croix gammées, de rouge à lèvres et de goudron, que les cacous exhibaient depuis plus d'un an dans les parades de la Libération. Je me suis souvenue d'une photographie de *L'Aurore*, prise à Saintes, montrant deux jeunes filles rasées et dévêtues, assises sur des chaises, devant la foule hilare. La première ne portait plus qu'une pauvre mèche de cheveux, un toupet grotesque sur le sommet de la tête. Les déchets de sa parure gisaient comme de longs serpents morts au pied d'une pancarte qui portait l'inscription « Raclures à Boches ». L'autre, honteuse, cachait son entrejambe avec la paume de sa main, pour dissimuler aux regards goguenards des passants la moustache hitlérienne que le garçon coiffeur en blouse blanche, qui posait fièrement à ses côtés, avait ciselée dans son intimité.

« Après l'avoir tondue, ils l'ont frappée comme des brutes. Les gens riaient et se bousculaient pour être aux premières loges. Il y en a même qui applaudissaient. Il paraît que l'instituteur, Gaillard, avait sorti tous les gosses de sa classe pour leur montrer le joli spectacle.

– Personne n'a tenté de les arrêter ?

– Personne. Même le brigadier-chef, Duval, il a pas levé le petit doigt. Celui-là, je me souviens de ce qu'il disait de De Gaulle, en 43. Il le traitait de trou-du-cul. »

D'un geste irrité, elle a tiré sur son tablier.

« Mais c'est pas maintenant qu'il ira s'en vanter. »

Colette, dont les joues avaient viré au rouge sanguin, suait sa rancœur.

« J'en ai vu plus d'un baisser son pantalon pendant la guerre, tu sais. Et d'autres, qui se gênaient pas pour inventer toutes sortes de petites combines... Tiens, Paincheau, le guichetier, qui est devenu chef du bureau de poste, tu sais ce qu'elle faisait sa bonne femme ? Elle grattait et falsifiait ses cartes de rationnement avec des pochoirs... Bien heureuse que sa copine, Janine, la boulangère, fasse semblant de ne rien remarquer et lui prenne ses faux tickets. Tous ces lèche-bottes, crois-moi, ils auraient tendu le bras si ça avait pu mettre du pain dans leur soupe. Et puis un beau jour, les Allemands ont foutu le camp et tu devines bien qu'ils ont changé de chanson. Je te parle même pas de Calisti, le maire... Celui-là non plus, il doit pas avoir la conscience plus propre que les semelles de mes chaussures.

– Robert Calisti est devenu maire ?

– En 39. Et depuis, son petit con de fils, Benjamin, qui a jamais su compter deux plus deux, se prend pour le roi du monde. À la Libération, il a pris du galon, lui aussi, ce morveux. Il est devenu membre de la milice patriotique. Aujourd'hui, il a un garage, rue Blanche. Le garage, c'était celui de Joseph Courtois, qu'il a racheté avec son copain.

– Daniel Borel ?

– Non, pas le fils du boucanier, l'autre.

– Alexandre Pactol ?

– Oui. L'année dernière, le père Pactol a été nommé chef de secteur au Comité local de libération parce qu'il cirait les pompes des communistes. Ensuite, il a dirigé la commission d'épuration. C'est lui qui a envoyé Joseph Courtois en prison, soi-disant parce que le vieux avait collaboré… Du coup, son rejeton a pu reprendre le garage à bon prix. »

Je me suis retrouvée soudain à la sortie de l'école, devant Benjamin Calisti et Alexandre Pactol, lorsque Daniel Borel avait ouvert la blouse de Julia et dénudé ses seins.

« Quand Brigitte est rentrée à la maison, je n'ai même pas reconnu son visage, tellement il était boursouflé. Elle m'a dit : “C'est pas grave, maman, pleure pas. Les bleus, ça va passer. Et les cheveux, ça repousse.” En vérité, ils n'ont pas beaucoup poussé, ses cheveux. Pourtant, ça va faire presque un an. »

J'ai opiné du chef, l'air navré, gentille, bonne fille. J'ai continué d'écouter son histoire, de feindre l'intérêt et la compassion, de donner de l'importance à son petit malheur, de lui permettre de prendre l'air, pendant que le mien, de malheur, restait bien caché, bien serré et concentré au fond de mes entrailles.

Deux hommes sont arrivés sur la terrasse et se sont installés, le premier assez loin, devant la porte du café, l'autre tout près de nous. Colette s'est d'abord raidie puis elle a pris un ton plus léger :

« Alors, quand est-ce qu'elle se marie, ta sœur ? »

Je n'ai pas pu cacher mon étonnement.

« Elle t'a pas encore parlé de son Américain ?

– Non. »

Un coup de serviette est venu épousseter le dessus de la table.

« Elle a dit à tout le monde qu'elle l'avait rencontré à Marseille, l'année dernière. Il lui aurait promis de revenir pour l'épouser. »

Et de nouveau, la voix ironique :

« Je ne sais pas ce qu'elles leur trouvent, toutes ces écervelées, à ces Yankees... On a eu un régiment de l'armée américaine qui est passé ici, l'été dernier. Fallait voir comment les filles, et pas seulement les gamines, se jetaient sur leurs chars. Et ça minaudait, ça minaudait... ça levait les jupes jusqu'à la culotte. Tout ça pour un morceau de chocolat... »

Le mépris a poussé l'ironie :

« Au moins, les filles qui couchaient avec les Boches, c'était pas pour du chewing-gum. »

Elle a jeté un coup d'œil inquiet, vite détourné, en direction de l'homme assis près de nous. Puis sa voix a retrouvé une modulation plus neutre :

« Ce qu'il y a de bizarre dans cette histoire, c'est que l'Américain de ta sœur, il n'a toujours pas montré le bout de son nez... »

Le jaune du soleil, sur le jaune des façades, projetait une lumière insoutenable qui m'a fait baisser les yeux.

« Remarque, peut-être qu'elle en a plusieurs, de fiancés... »

J'ai levé mon verre et bu une gorgée amère.

« Parce que son cow-boy, un jour il est de l'Oklahoma, le lendemain du Texas, un autre jour du Wyoming... Soit elle se mélange joliment les pinceaux avec la géographie, soit elle raconte des salades.

– Pourquoi est-ce qu'elle mentirait ?

– Pour se rendre intéressante. »

Colette m'a vue m'enfoncer dans ma chaise.

« Allez, c'est pas par méchanceté que je te dis ça. Ta sœur, elle a juste besoin de s'inventer des histoires.

– C'est ridicule.

– Non, c'est triste. Ça me fait de la peine de voir le chemin qu'elle prend, cette petite. Elle donnerait n'importe quoi pour qu'un homme l'emmène loin d'ici et lui passe la bague au doigt. C'est pour ça qu'elle s'accroche à tous les pantalons qui passent. Mais les gars, c'est tous les mêmes... Ils s'intéressent plus à ce qu'il y a dans son corsage qu'à ce qu'elle a dans le cœur. »

Ces révélations sur Lou m'ont mise terriblement mal à l'aise. J'ai préféré changer de conversation :

« J'ai appris, pour les Roccetti. »

Colette s'est de nouveau tournée vers l'individu assis à côté de nous. J'ai suivi son regard. J'ai vu alors un polo clair, une figure assez jeune, un peu veule, des yeux gris, un front et des tempes couronnés de petites frisures brunes.

« Les Roccetti... Oui... Une sale histoire, celle-là aussi... »

La suite de sa phrase s'est éteinte dans un raclement de gorge.

« Quand est-ce que ça s'est passé ?

– Le même jour. Le 27 août.

– Le jour où ils ont tondu Brigitte ?

– Oui, ce jour-là. »

L'homme aux accroche-cœurs a levé la main. Colette s'est dirigée vers lui et a pris sa commande. Alors qu'elle s'éloignait vers le bistrot, le client l'a rappelée et il s'est passé quelque chose que je n'ai pas compris tout de suite, des mots chuchotés, Colette très droite, sa main tirant nerveusement sur le tablier qui lui bridait l'estomac, un bref mouvement d'humeur et puis l'instant d'après, ses bras sont retombés, elle a fait une volte lasse. Lorsqu'elle est revenue près de moi, elle n'avait pas son air habituel.

« Au sujet de Pietro, vous disiez que...

– C'est Titoù Barthélémy, le facteur, qui les a trouvés pendant sa tournée. Quand il est arrivé à la ferme, il a vu Pietro étendu dans la cour. Il venait de se suicider. Les petits étaient morts eux aussi. Il les avait abattus tous les trois.

– Est-ce que Pietro avait des problèmes ?

– Pietro n'avait aucun problème. La veille, il est passé boire un coup avant d'aller jouer aux boules. C'était pas un rigolard le Pietro, il ne parlait jamais beaucoup. Mais j'ai rien vu sur son visage qui pouvait laisser deviner qu'il allait faire une chose aussi moche. »

Pour la troisième fois, elle a lancé un coup d'œil vers l'homme attablé. Sa voix a pris un accent plus faux qu'irrité :

« J'aurais bien aimé discuter encore un peu mais j'ai beaucoup de travail… Passe voir Brigitte, demain. C'est son jour de congé. »

Je me suis tue, le regard fixé sur mon ersatz de grenadine. Puis Colette est partie, l'homme aux accroche-cœurs a filé lui aussi, après avoir lâché trois pièces sur la table. J'ai renoncé à chercher un sens à tout cela. Je suis restée sur la terrasse, à écouter le silence de la ville assoupie, cernée par les ombres des maisons qui s'étalaient autour de moi en flaques molles.

Lou est enfin apparue, éclatante dans une petite robe rouge à bretelles, ses cheveux blonds superbement crantés, les jambes allongées par de vertigineuses sandales à semelles de liège.

« Qu'est-ce que tu bois ?

– Une grenadine.

– Je parie que la mère Leclerc t'a dit que c'était du cassis ?

– Oui. »

Elle a eu un rire bref.

« Sa grenadine, elle la fait avec des baies de sureau et du jus de vaisselle… »

Elle a croisé les jambes et sa jupe est remontée très haut sur ses cuisses.

« Même de son eau, j'oserais pas en boire. »

J'ai soudain eu l'impression d'observer une inconnue. Le regard souligné de noir n'était plus le sien et le rouge à lèvres la vieillissait d'une bonne dizaine d'années. Je ne parvenais pas à reconnaître dans cette poupée fardée, qui traînait dans son sillage une odeur forte d'eau de Cologne et de poudre de riz, la jeune fille de la veille, dont la beauté dénuée de toute coquetterie m'avait subjuguée.

« Quelle matinée ! s'est exclamée Lou théâtralement. Tu sais combien j'ai fait de mises en plis ? Quatre ! Et en plus, trois chignons et une coupe. J'ai les jambes sciées !

– Nous pouvons rentrer. Tu n'auras qu'à te reposer. »

Elle n'a pas relevé ma proposition. Ses yeux bleus se sont accrochés à la silhouette d'un homme en chemise, devant le bureau de poste. J'ai répété :

« Si tu es fatiguée, nous pouvons rentrer. »

Ses prunelles n'ont pas quitté le garçon, sur le trottoir d'en face.

« Pourquoi donc ? On est bien ici, non ? »

J'ai repensé à ce que venait de me dire Colette.

« Il paraît que tu as un fiancé ? Un soldat américain ? »

Elle a lancé un regard sombre en direction du bar.

« La vieille bique a encore bavé sur moi...

– Elle m'a seulement dit que tu avais rencontré un GI.

– Oh, la barbe ! Les gens disent n'importe quoi dans ce bled. Un Américain, un Tommy... Le fils du pharmacien, l'idiot du village... À les entendre, je couche avec tout ce qui marche. Faut pas écouter ce qu'ils racontent. Surtout cette sale peau, elle est jalouse. Elle aurait préféré que sa Brigitte se tape un Américain plutôt qu'un Fridolin. On l'aurait pas tondue comme un mouton.

– C'est toi qui en as parlé, de ce soldat. Colette n'a rien inventé. »

Elle a sorti une cigarette de son sac à main et l'a fait tourner entre ses doigts.

« Peut-être bien. Mais c'est de l'histoire ancienne. C'est

fini. J'avais pas envie d'aller moisir dans un coin perdu du Kansas. »

Elle a fait une moue lente et affectée avant de planter, entre ses lèvres peintes, le petit cylindre gris. J'ai eu le sentiment qu'elle n'était plus là. L'homme en chemise a dû remarquer qu'elle l'observait car il s'est mis à la dévisager, lui aussi.

« Tu le connais ?

– Ni d'Ève ni d'Adam. »

Elle a eu un long sourire.

« Mais j'aimerais bien faire sa connaissance. »

Elle a aspiré lentement une bouffée, la tête légèrement rejetée en arrière, puis, dans un geste qu'elle avait sans doute répété vingt fois devant le miroir de la chambre, elle a recraché la fumée, la bouche exagérément projetée, comme une mauvaise actrice.

« Je me demande si c'est pas le frère de… »

Mais avant qu'elle ait achevé sa phrase, le jeune homme avait saisi le coude d'une ravissante blonde et ils s'éloignaient tous les deux vers l'angle de la rue. La déception de Lou a été si forte que je l'ai vue s'en mordre les lèvres.

« Pourquoi est-ce que tu me regardes comme ça, avec ton air pincé ?

– Lou…

– Tu me regardes comme les bonnes femmes qui viennent au salon. Je vois bien comment elles me reluquent, par-devant et surtout par-derrière. Elles disent que je me maquille trop, que mes robes sont trop courtes… Elles disent que je suis une putain. Toi aussi, c'est ce que tu penses ?

– Non. »

Elle a attrapé son sac.

« De toute façon, si tu le penses, je m'en fous. Je préfère être comme je suis plutôt que de finir comme toi, vieille fille à vingt-six ans. »

Elle s'est levée de sa chaise.

« Viens, on y va.

– Où ?

– À la maison. T'as déjà oublié qu'il n'y avait rien à faire dans ce trou ? »

Sur la route du retour, j'ai allongé le pas sans me retourner une seule fois. Je savais que derrière moi, perchée sur ses chaussures ridicules, Lou avait toutes les peines du monde à me suivre. Elle m'a implorée plusieurs fois de l'attendre. Je l'entendais gémir à chaque fois qu'elle manquait de se tordre la cheville mais je suis restée parfaitement sourde à ses pleurnicheries.

Quand nous sommes arrivées à la ferme, la mère m'a demandé de nettoyer la cuisine et de l'aider à préparer le repas, tandis que ma sœur disparaissait durant deux longues heures dans la nature. J'ai passé un chiffon humide sur la paille des chaises, sur la pierre rugueuse de l'évier, sur la plaque du vieux poêle. En recueillant dans mon torchon toutes les saletés qui gisaient sur la table, j'ai eu l'impression de rassembler les miettes et la crasse de ma vie. Puis j'ai mis mon tablier, relevé mes manches jusqu'aux coudes, lavé le sol à grande eau, les genoux écrasés sur les pavés de terre cuite. Dans la marmite, le lapin finissait de cuire, ramolli, dans un mélange de bouillon, d'ail et de haricots. J'ai écrasé à la fourchette une dizaine de pommes de terre pour accompagner le ragoût. La mère a toisé ma purée.

« Mets-y la peau du lait. Ça la rendra plus grasse. »

J'ai acquiescé sans conviction. Le goût des aliments que je me forçais à avaler depuis six mois n'avait pas plus d'importance que tout le reste. Mon amertume était ailleurs. Mon petit garçon n'avait jamais connu que les potages d'orties blanches, les mixtures de luzerne et de blettes, l'orge perlé, les gâteaux de farine durs comme des galets. La voix aigre de la mère a chassé mes pensées comme un coup de fouet :

« Je vais coucher Jean. Faut mettre la table. »

Elle a pris mon frère par la main. Celui-ci a obéi docilement, la lèvre pendante, sa pensée déjà endormie.

La soirée a été lugubre. La mère, comme d'habitude, n'a pas desserré les dents. Quant à Lou, elle a gardé les yeux baissés pendant tout le repas, comme si elle cherchait dans le fond de son assiette le moyen de disparaître définitivement. À la fin du dîner, j'ai osé rompre le silence imposé. J'ai dit à la mère que j'avais vu Colette Leclerc et qu'elle m'avait parlé des infortunes de Brigitte. Elle a eu une grimace répugnée.

« Si j'étais elle, j'irais pas chanter ça sur les toits. Il y a vraiment pas de quoi s'en vanter. Une traînée, voilà ce que c'est, la fille Leclerc. »

Elle s'est levée et elle a retiré les derniers morceaux de lapin qui trempaient dans leur jus. Son rictus de dégoût n'a pas quitté ses lèvres.

« Je les ai vues faire, toutes ces cocottes, quand les

Allemands sont arrivés en ville avec leur bel uniforme et leurs bottes cirées. Des poules… des poules tout excitées à l'idée de se faire grimper… des filles de rien, des filles à bordel… Tu te serais allongée avec un Boche, toi ? T'en aurais eu envie, en sachant que c'était peut-être lui qui avait tué ton fiancé à Dunkerque ? »

Dans la chambre, Lou s'est lavé la figure durant une éternité. Penchée au-dessus de la bassine en cuivre, j'ai cru qu'elle allait s'arracher la peau. J'étais déjà couchée lorsqu'elle s'est enfin glissée sous les draps. Elle est restée un long moment sans bouger ni parler, son regard égaré dans des lieux incertains. Puis elle a dit :

« Excuse-moi. »

J'ai fait la sourde-muette.

« Je suis bête. Tu sais bien que je suis bête. Je suis tellement bête que je pourrais pas tenir une conversation avec un fer à friser. »

Elle m'a embrassée sur la joue, un baiser léger, honteux, qui semblait quémander sa grâce. Cloîtrée dans ma rancœur, je lui ai refusé le pardon qu'elle implorait, je n'ai pas cherché à comprendre. C'est un regret qui restera toujours planté dans mon âme, comme un clou. J'ai refusé de rendre les armes ce soir-là, de l'absoudre de sa cruelle innocence. Je lui ai répondu très sèchement « Bonne nuit, Louise », en lui tournant le dos.

7

Le lendemain matin, Titoù Barthélémy, notre facteur, est passé par la ferme. En me voyant sur le perron, sa figure s'est allumée comme un lampion de Noël.

« Gabrielle ! »

Il m'a contemplée avec une sorte de soulagement, avec cet air satisfait du berger qui voit la brebis égarée rentrer enfin au bercail. Il m'a regardée exactement comme Colette Leclerc l'avait fait la veille.

« Je peux toujours t'appeler Gabrielle, dis ?

– Bien sûr.

– Hé ! Tu as perdu l'accent ? Tu parles pointu maintenant ! Comment ça va ? »

Je me suis pliée d'un sourire.

« Bien. »

Sourire. Les hommes ne savent pas que derrière cette expression accessoire se cachent souvent la haine, la pitié ou le désespoir. Vous leur souriez et ils sont contents, contents de vous, contents d'eux-mêmes. Ils peuvent continuer leur chemin, ils n'ont pas eu à se pencher au-dessus de l'égout.

Barthélémy a fait un signe à la mère, en posant deux doigts sur sa casquette.

« Je n'ai pas de courrier pour vous mais ça n'empêche pas de venir passer le bonjour ! »

La mère s'est fendue d'un signe de tête. Après quoi, elle est rentrée se mettre à l'ombre.

Autrefois, Titoù Barthélémy m'impressionnait beaucoup. J'ignorais alors si c'était à cause de son vêtement réglementaire, de sa sacoche en bandoulière pleine de lettres et de secrets, ou encore à cause de sa manière de visser profondément son képi sur son crâne, de sorte que la visière lui cachait le front et ne laissait voir que l'encre de ses yeux noirs, sous la broussaille des sourcils. Je pense, avec le recul, que c'était son bel habit bleu de facteur, posé sur le cintre large de ses épaules, qui me subjuguait. Les enfants ont une loupe à la place des yeux. Ils voient le monde en grand et pour eux, les nains, pour peu qu'ils portent un uniforme, leur paraissent des géants. Théo, d'ailleurs, n'échappait pas à la règle. À chaque fois que nous croisions un Allemand dans la rue, même un simple soldat, il semblait fasciné et écartait les lèvres, comme pour faire une bulle.

Dans la lumière vive de ce matin-là, j'ai observé Barthélémy et je l'ai trouvé vieux, rétréci, un peu ridicule dans sa veste élimée aux coudes. Un bouffon sans plus de prestance que la marionnette défraîchie du Gendarme dont j'apercevais parfois les gesticulations lorsque Denis et moi nous nous promenions dans le parc des Buttes-Chaumont et que nous passions devant le théâtre de Guignol.

« C'est bon de revenir au pays, hein ? »

J'ai encore souri. Menteuse. Pathétique. Le facteur m'a retourné mon sourire. J'ai aperçu ses vilaines dents, gâtées par le tabac. Je préparais déjà ma fuite lorsqu'il a lancé un regard vers le mas des Roccetti.

« Bon, il faut que je m'en retourne. Avant, je finissais ma tournée par les Italiens, mais maintenant je m'arrête ici. Forcément. »

Comme pour accompagner ses paroles, un milan noir a soudain jailli de la ferme abandonnée. Il s'est élevé à grands battements d'ailes, en poussant des cris rauques et perçants, puis il s'est mis à voler en silence et à planer dans les colonnes d'air chaud, les ailes étendues et immobiles. Il a fait le Saint-Esprit encore plusieurs secondes et, jugeant certainement que nous faisions de piètres proies, il a fini par disparaître dans l'infini du ciel. J'ai repensé aux vieillards assis sur les bancs de pierres sèches qui trompent l'ennui en cherchant à deviner dans le tournoiement d'une buse, le relief d'un bâton, la couleur d'un caillou, la forme des nuages, tous les signes possibles d'un prochain malheur. J'ai repensé à toutes ces bêtises, ces superstitions d'un autre âge. J'ai pensé à mon fils, à Pietro et à ses enfants, pour lesquels la mort n'avait pas eu la délicatesse de s'annoncer.

« À propos des Roccetti, je voulais vous demander…

– Oui ?

– Ce que vous avez vu, le jour où vous les avez trouvés. »

Barthélémy a attendu un moment avant de répondre :

« Tu sais, j'aime pas trop parler de ça. »

Il a penché la tête vers l'avant, plusieurs fois. La visière de son képi a jeté une ombre sur sa grosse moustache.

« C'est jamais bon de titiller les mauvais souvenirs. »

Il a soulevé son képi pour se gratter le crâne. Je me suis demandé si ce simple geste l'aidait à réfléchir. J'avais connu un garçon un peu idiot à la communale, un peu *momo*, comme disaient les autres, qui s'enfonçait l'index dans la narine avant de répondre aux questions de la maîtresse. J'ai songé que Titoù Barthélémy était peut-être comme lui, qu'il avait besoin, lui aussi, d'une sorte de stimulant pour que ses idées naissent plus facilement.

« Qu'est-ce que tu veux savoir au juste ? »

J'ai été obligée de répéter :

« Ce que vous avez vu. »

Il a hésité à me répondre. Soudain, j'ai eu le sentiment qu'il n'y avait plus rien autour de nous. Sur nos têtes, seulement le ciel, bleu, désespérément bleu, un trou bleu qui aspirait tout.

« Il était midi, j'avais pas fini ma tournée de la veille, il me restait encore une lettre pour les Roccetti. J'ai passé votre maison. Je suis allé directement chez eux. »

J'ai plongé dans son regard. Ses pupilles, à peine plus noires que ses iris, se sont rétractées, de sorte que ça lui a fait deux petits fragments de charbon éteints, de chaque côté du nez.

« Là… ben, j'ai vu les trois corps. Dans la cour. Celui du jeune César, allongé sur le ventre. Il avait reçu une décharge dans le dos. Et celui de Luigi, un peu plus loin. Son père lui avait tiré dessus à bout portant. Le pitchoun avait un trou énorme dans la poitrine.

– Et Pietro ?

– Pietro, il était comme qui dirait au milieu de ses deux fils. Sur le dos, lui aussi. Il s'en était foutu une dans le front. Une sacrée bouillie… mais on voyait encore ses yeux. Ma mère, quand elle est morte, je lui ai vu les mêmes, ouverts comme des soucoupes, comme si avant de faire le grand saut, elle avait voulu voir le monde une dernière fois, le prendre tout entier dans son regard. Sauf que Pietro Roccetti, si tu veux mon avis, c'est l'horreur qui lui avait écarquillé les yeux. »

Il a ajouté, avec une importance grotesque :

« L'horreur de son geste. »

J'ai secoué la tête.

« Je sais, a soufflé Barthélémy, c'est difficile à croire. Mais c'est ce qui s'est passé. Pietro tenait encore son fusil dans la main. J'ai vu son doigt crispé sur la détente.

– Et Maria ?

– Maria, elle était dans le pré, derrière les Callonges. Elle n'a pas dû entendre les coups de feu, de là où elle était. Je l'ai vue arriver sur la route, qui marchait sans se presser, avec sa belle de Corse qui suivait. »

Il a soulevé de nouveau sa casquette et s'est épongé le front du revers de sa manche.

« Je suis pas un lâche, Gaby. La fois où les doryphores sont venus me demander de leur donner mon sac de lettres pour y fourrer leur nez, je te jure que je suis resté bien droit dans mon uniforme et que j'ai pas hésité à les envoyer balader. Mais là… Là, j'ai pas eu le courage. J'ai pas eu le courage d'attendre que Maria arrive et qu'elle voie ce carnage. J'aurais pas eu la force d'assister à ça. Et j'ai pas eu le courage de rentrer dans la maison non plus, pour vérifier si Angèle allait bien. Quelque chose en moi, une sale petite voix, me disait que Pietro avait dû lui faire subir le même sort à cette pauvre minotte…

– Vous êtes allé prévenir la gendarmerie ?

– Non, le maire. »

Il a posé ses gros doigts sur sa grosse tête, pour mettre des barreaux à ses idées, de peur sans doute que celles-ci ne s'échappent avant même qu'il ait pu les formuler.

« Quand je suis arrivé sur la place des Victoires, il y avait une foule pas possible. Tout le bourg s'était rassemblé autour de l'hôtel de ville pour regarder tondre les filles qui avaient fricoté avec des Allemands. J'ai aperçu monsieur Calisti devant les marches de la mairie qui parlait avec son adjoint et l'instituteur. Je lui ai dit : "Pietro Roccetti a tué ses petits." Il s'est décomposé, il m'a demandé de répéter ce que je venais de lui dire. Ensuite, il m'a fait un drôle de signe, un signe de me taire, et il m'a tiré par la manche. On est partis à la ferme tous les deux. Moi, je ne voulais pas y retourner. Avoir vu ça une fois, c'est déjà trop. Mais monsieur Calisti a insisté, alors je l'ai accompagné quand même, parce que c'était le maire. »

Il a ouvert sa veste, comme si d'être boutonné le gênait pour parler.

« Quand on est arrivés chez les Roccetti, le cadavre de Pietro était toujours dans la cour, à l'endroit où je l'avais laissé, sauf que le fusil n'était plus dans sa main… Et les corps de ses fils avaient disparu. À la place, il y avait des longues traînées de sang qui partaient de la cour en direction de la maison. »

À voir son air soudain égaré, j'ai eu le sentiment que ses pensées commençaient à se bousculer et à s'entrechoquer dans son esprit. Tout ce furieux tumulte a fini par se traduire par un bouillonnement de mots et de grands gestes désordonnés :

« Tu peux pas savoir… tu peux pas savoir… Bonne mère ! On a suivi les traces de sang… il y en avait partout dans la maison… du sang partout… sur le perron, sur le carrelage de la cuisine… du sang… partout… Le maire était livide, moi j'avais envie de vomir, je serrais les dents, je me disais dans ma tête “Ne va pas plus loin, ne regarde pas, prends tes jambes à ton cou, ou tu ne pourras plus jamais dormir”. Mais j'ai avancé quand même, j'ai suivi le maire. Les traces nous ont menés jusqu'à la chambre. Et là, on a trouvé Maria, prostrée dans un coin, le fusil de Pietro à ses pieds. Elle avait traîné les corps de ses garçons à l'intérieur. Je m'étais pas trompé en pensant que Pietro avait aussi assassiné sa fille. Ils étaient là, tous les trois, sur le lit. Maria les avait allongés les uns à côté des autres. Ç'a été la chose la plus affreuse que j'aie jamais vue de ma vie de les voir, ces trois pauvres gosses, étendus, tout raides et tout pleins de sang rouge, les mains croisées sur la poitrine, comme des petits gisants, la chose la plus affreuse, ça oui, et je pense pas, Dieu merci, que j'en reverrai une autre. Et Maria… ! Cette expression qu'elle avait ! De ça aussi je me souviendrai jusqu'à la fin de mes jours. Bonne mère ! Sa bouche était grande ouverte comme si sa mâchoire s'était déboîtée, mais on aurait dit qu'elle ne pouvait même pas crier. Elle voulait, mais ça restait coincé à l'intérieur… tu vois ? »

J'aurais pu lui dire que je comprenais parfaitement. Mais c'est lui qui n'aurait pas compris. Mes doigts se sont enfoncés dans les plis de ma robe.

« On était là comme deux andouilles, le maire et moi, à regarder les cadavres des trois enfants et à regarder Maria, recroquevillée contre le mur. On n'avait plus de mots, nous non plus. Puis le maire a retrouvé ses esprits et il a sorti son mouchoir. J'ai cru qu'il allait pleurer parce que moi, en tout cas, je me retenais de le faire, mais en vérité, il s'est bouché le nez, à cause de l'odeur du sang. Il a demandé à Maria ce qui s'était passé. Elle a montré du doigt le fusil qu'elle avait rapporté dans la chambre et elle s'est pris la tête entre les mains en murmurant *"Pietro è diventato pazzo... pazzo..."*. Et elle a commencé à s'arracher les cheveux...

– Pietro est devenu fou ?

– Oui. Une phrase, une seule. Après ça, elle est restée complètement muette. »

L'air étouffant charriait une insupportable odeur de terre sèche, de brûlis, de calcaire effrité. J'ai senti la sueur couler sur mes joues. Titoù Barthélémy s'est mis à respirer plus fort.

« Je suis sorti de la maison... Je n'ai pas pu rentrer chez moi. J'ai marché, j'ai marché longtemps... combien de temps, j'en sais trop rien, il fallait que je sorte ces images terribles de ma tête, j'ai marché jusqu'au hameau des Fizolles et puis je suis monté sur les collines. Là-haut, j'ai fait dans un buisson... J'avais les intestins tout retournés, si tu vois ce que je veux dire... »

J'ai acquiescé. Je ne voyais que trop bien. J'ai vite chassé l'image de Barthélémy accroupi derrière une touffe de genêts épineux.

« Heureusement, c'est le maire qui s'est chargé de tout. Il est reparti en ville chercher les gendarmes. Le brigadier-chef Duval est monté avec quatre de ses hommes. Le maire a tenu à les accompagner mais moi, il était pas question que je remette les pieds là-bas. Ils ont tout regardé, la scène de crime comme ils appellent ça. Ils ont examiné les traînées de sang, le fusil… Ils ont pris des photos, enfin je crois. Ils ont dit qu'Angèle, son père l'avait abattue à l'intérieur, avant ses frères. Il avait assassiné ses garçons dans la cour mais elle, la petite, elle se trouvait dans la chambre quand il s'est occupé d'elle… »

Je me suis sentie soudain très lourde, mon corps s'est mis à peser dix tonnes, le poids du dégoût. Je me suis appuyée contre le mur tandis que Barthélémy plaquait sa sacoche sur son ventre bedonnant, comme un précieux trésor.

« Ils ont interrogé Maria mais elle n'a pas desserré les lèvres d'un millimètre. Elle avait déjà perdu sa tête. Moi, ils m'ont fait venir au poste de gendarmerie, le soir même. Je leur ai dit ce que j'avais vu, comme je te le dis maintenant. »

À ce moment-là, la mère a émergé de sa cuisine et nous a rejoints dehors. Elle a regardé le facteur sans rien dire, les paupières plissées, les yeux aigus.

Barthélémy a poursuivi :

« Les gendarmes ont conclu que Pietro Roccetti avait tiré sur ses enfants alors que sa femme était au pré. Maria n'a rien vu. Quand elle est arrivée, le mal était déjà fait. Ils ont même affirmé qu'elle l'avait échappé belle. Le brigadier, Rastègue, a dit que Pietro avait sûrement eu l'intention de la tuer, elle aussi, mais qu'en voyant les cadavres des enfants, sa conscience a dû le reprendre. Quand il a compris ce qu'il venait de faire, il a retourné son arme contre lui. »

Un ange est passé. Un de ces anges déchus, mauvais, qui vous amènent des tremblements au bas du dos. J'ai demandé à Barthélémy s'il avait entendu les coups de feu. Il m'a répondu que non. Je lui ai fait remarquer que le drame s'était pourtant produit quelques minutes avant qu'il n'arrive sur les lieux. Il a réfléchi un instant.

« Peut-être, mais j'ai rien entendu. »

La mère s'est alors tournée vers lui et l'a pointé durement du menton.

« On a des choses à faire. Pas toi ? »

Devant le ton qu'elle avait pris, Barthélémy a enfoncé sa casquette et lancé à ses godillots un regard de chien battu.

« Si. »

Il a remonté la bandoulière de sa sacoche sur son épaule, signe qu'il en avait dit assez et que le moment, effectivement, était venu de partir. Il m'a assuré qu'il avait été ravi de me voir et qu'il était bien content que je sois revenue au pays mais qu'il était un peu pressé, que c'était ainsi, que les facteurs étaient toujours pressés, qu'ils n'avaient jamais le temps de tenir une vraie conversation, qu'il avait encore du tri à faire au bureau de poste et des milliers de lettres impatientes à tamponner. Il m'a dit toutes ces choses d'une affligeante banalité avec un petit sourire aimable et désolé qui a soulevé les coins de son épaisse moustache.

« À bientôt, Gaby. »

Avant de tourner les talons, il m'a tendu sa paume. J'ai hésité à serrer cette chiffe molle. Elle devait être tiède et moite. J'ai pris tout de même sur moi. Je lui ai donné la main mais je me suis contentée de lui rendre la politesse par une simple pression des doigts.

« Attention au soleil, m'a-t-il prévenue. À être partie si longtemps chez les étrangers, tu as certainement oublié à quel point il était méchant... »

Je l'ai regardé s'éloigner d'un pas lourd qui démentait la légèreté de ses dernières paroles, confus, penaud, avachi dans son uniforme râpé. J'ai accompagné sa silhouette un long moment, sur le sentier et sur la route, jusqu'à ce qu'elle ne soit plus qu'une petite tache bleue, un point, une nuance, fondue dans la lumière éblouissante du matin. Puis je suis retournée dans la cuisine retrouver la mère et ses torchons.

Dès l'instant où j'ai franchi le seuil, elle s'est retournée avec une lenteur inquiétante et elle a arqué un sourcil mauvais. Son regard est tombé sur moi de si haut que je me suis sentie rapetisser de vingt centimètres.

« Qu'est-ce que tu cherches avec tes questions ?

– Rien.

– T'as l'intention d'interroger toute la ville ?

– Non.

– Occupe-toi donc de tes oignons, au lieu d'enquiquiner le monde avec l'affaire Roccetti. »

J'ai rougi sous sa pique. Pour dissimuler ma confusion, j'ai lancé une phrase idiote, la première qui m'est venue à l'esprit :

« À quelle heure Louise rentre-t-elle ?

– Quand ça lui chante.

– Tu savais qu'elle avait fréquenté un soldat, un Américain ?

– Un seul ? a ricané la mère. Tu me dirais un régiment, ça serait plus vraisemblable…

– Il paraît qu'il lui avait promis de l'épouser. »

Je l'ai entendue glousser dans son cou, comme une vieille dinde :

« C'est ça…

– Lou n'a jamais menti.

– Tu la connais mal. Elle passe son temps à mentir. Elle ment comme elle se couche.

– Si elle ment, elle doit avoir ses raisons. »

La mère a fait claquer sa langue.

« Des raisons, elle en a pas. Mais du vice, ça, oui. Elle en a à revendre, du vice, crois-moi, de quoi nourrir toute la famille. »

8

J'ai retrouvé Brigitte Leclerc telle que je l'avais quittée six ans plus tôt, bassin aigu, genoux cagneux, un air de ne s'inquiéter de rien et de se réjouir de tout. Elle avait toujours son joli visage de musaraigne, ses yeux ronds et mutins, ses narines pointues, un peu pincées.

« Faut que j'achète du sucre, Gaby. On passe chez la mère Caille et après je t'offre une grenadine. »

Tandis que nous marchions vers l'épicerie, elle s'est mise à dérouler la pelote poussiéreuse des souvenirs d'enfance, me ramenant contre ma volonté à l'ombre du préau, à l'ère des hontes et des supplices, des nattes trop serrées, des tabliers rapiécés, des mots qui claquent plus fort que les gifles. Elle m'a assommée avec son regret des vrais chocolats, de ses poupées de chiffon, des soirées au *Cyrano*, quand sa mère servait la bouillabaisse, de ses vacances à Marseille. J'ai dû écouter pour la centième fois les exploits de son père, pétomane à ses heures, surnommé « le Joseph Pujol de Bayon », qui jouait tous les samedis, devant les pochards du café *J'ai du bon tabac* en lâchant ses vents dans un flûtiau.

« On était plus heureux, quand même, avant. »

Elle a continué comme ça encore dix minutes, à ressasser son bon vieux temps tel un chercheur d'or qui s'acharne à passer au tamis le fond d'une rivière pour en sortir quelques fragments précieux. J'aurais pu lui rappeler que mon enfance à moi ne charriait que du fiel. J'aurais eu du mal à y trouver la moindre pépite.

Parvenue devant l'épicerie, elle s'est enfin tue, elle a poussé un petit soupir nostalgique et désabusé en refermant les pages de son livre de contes à dormir debout.

L'épicerie de madame Caille, c'était alors une petite pièce sans vitrine qui sentait la cire et le chou cuit, des bocaux qui n'avaient pas été dépoussiérés depuis trois siècles, des étagères en bois qui supportaient, comme dans un jeu de foire, des boîtes de conserve soigneusement empilées, habillées d'étiquettes tachées d'encre jaune. La guerre lui avait fait perdre le peu de charme qu'elle avait pu avoir à mes yeux d'enfant lorsque je venais sucer du regard les bonbons au miel, les nougats, les berlingots et les petites pâtes de fraise exposés sur le comptoir.

Deux femmes et une gamine d'une quinzaine d'années se trouvaient dans la boutique, près de la balance. À peine avions-nous poussé la porte qu'elles se sont retournées toutes les trois, d'un seul mouvement. Il y avait la mercière, Berthe Trioulet, le crâne ondulé de bigoudis, les jambes boursouflées de varices, de grosses varices palpitantes qui lui soulevaient la peau comme des ombilics. À ses côtés, se tenait la femme du surveillant général de l'école, Yvonne Sabine, courte sur pattes, épaisse, râblée comme un terrier, mais avec un regard perçant et aigre de vieille chatte. Et il y avait sa fille, Sophie, boudinée dans sa blouse d'écolière, avec ses cheveux paille, son teint cochon de lait, son nez retroussé d'enfant stupide. Ces trois-là, je les aurais reconnues entre mille. Félicien dit que sur les gens laids le temps ne laisse pas plus de traces que la pisse sur les flaques d'eau.

Brigitte les a saluées d'un bref signe de tête mais aucune des trois n'a jugé bon de lui rendre la politesse. Au contraire, la Trioulet est montée à l'assaut la première, en prenant un air outré :

« Il devrait y avoir des lois qui interdisent de servir les paillasses à Boches. »

L'épicière a ronchonné :

« Qu'est-ce que j'y peux ? Le commerce, c'est le commerce…

– Elles ont fait la noce pendant qu'on se privait de tout, ces putains, et maintenant elles paradent comme si de rien n'était… »

Brigitte n'a pas bougé un cil. L'épicière a emballé une tranche de jambon dans un papier gris et rugueux avec un geste irrité, un geste d'aigreur qui montrait son propre regret, son regret du temps béni de la guerre où c'était elle, la mère Caille, qui faisait la loi. On sentait bien que cette nostalgie macérait en elle et lui sortait en pus par tous les orifices. Elle qu'on avait courtisée, flattée, brossée dans le sens du poil pendant quatre ans, elle qui avait pris l'habitude de dicter ses conditions, de contrôler, de priver, de dispenser, que ses clients avaient saluée chaque jour comme une puissance, était redevenue aux yeux du monde la lourdaude mal fagotée qu'elle avait toujours été, réduite aux courbettes et à la besogne servile. Elle a de nouveau bougonné :

« Avec ça, qu'est-ce que je vous mets ?

– Ça sera tout », a répondu sèchement la Trioulet, avant de fixer les cheveux courts de Brigitte et de lui demander en ricanant : « Qu'est-ce que tu lui as raconté, à ton nouvel amoureux ? Tu lui as dit que t'avais des poux ? »

Brigitte a balayé du regard la silhouette de la mégère qui mettait tant d'application à lui être hostile. Elle a pensé sans doute que son indifférence l'offenserait davantage qu'une remarque trempée d'acide.

« Alors quoi, la Teutonne ? On t'a coupé la langue en plus des cheveux ? »

La mère Caille a baissé le nez. La Trioulet a de nouveau chargé :

« Tu pourrais pas mettre un foulard sur ta tête, pour cacher ta honte ?

– Pensez ! a renchéri Yvonne Sabine. Ces filles-là n'ont pas plus de pudeur aujourd'hui qu'hier. On aurait dû les envoyer à Berlin retrouver leurs bons amis… »

Sa gamine a tendu le groin, pour faire comme sa mère, pour prendre l'air qu'il faut quand on veut bien montrer son mépris :

« Elle est moche, la poule à Boches. »

Et elle s'est mise à rire de sa mauvaise rime, découvrant des dents larges et plates de petite génisse.

« Encore plus dedans que dehors, a répliqué sa mère. Ne la regarde pas. C'est la France couchée. »

Elle a plaqué la main sur les yeux de sa fille.

L'épicière s'est raclé la gorge.

« Qu'est-ce que je vous sers ? »

Yvonne Sabine a reniflé malproprement.

« Rien du tout.

– Rien du tout ?

– Il est entré dans votre épicerie de mauvaises odeurs qui m'ont coupé l'appétit. »

L'autre, cette nigaude, a pris le mot au pied de la lettre. Elle a ouvert grand les narines pour humer l'air autour d'elle.

« Quelles mauvaises odeurs ? J'ai rien senti.

– Des odeurs de bordel, madame Caille. »

Cette fois, j'ai vu Brigitte rougir sous l'insulte mais elle n'a pas soufflé une réplique, elle est restée parfaitement calme, ravalant sa rage et ses larmes. Elle a tourné les talons et poussé la porte de la boutique avec une sérénité de marbre.

Nous sommes allées au *Cyrano*. Brigitte m'a offert une grenadine sur le compte de sa mère.

« J'ai su par Colette qu'on t'avait tondue le jour où Pietro a massacré sa famille…

– Il s'est passé pas mal de choses, ce jour-là.

– Tu ne te rappelles rien ? »

Elle s'est méprise sur le sens de ma question, elle n'a pas compris que je faisais allusion aux Roccetti.

« Oh que si ! Je me rappelle que c'était une sacrée belle journée ! On se serait cru le 14 Juillet, tu vois, avec les cocardes, les rubans, les drapeaux, les flonflons. Même que c'était moi, la reine de la petite fête… »

Elle a mis dans son ricanement toute sa colère contenue.

« C'était d'un drôle, tu ne peux pas imaginer ! Ils m'ont foutue à poil et ils m'ont coiffée d'un casque allemand.

Quelle rigolade ! Surtout quand ils m'ont flanqué une peignée…

– Je suis désolée. Je m'étais promis de ne pas t'en parler.

– Pourquoi ? Toi aussi, tu crois que je devrais avoir honte ?

– Non. »

Elle a bu une petite lampée d'eau citronnée que sa mère vendait pour de la limonade puis elle s'est tournée, elle a fixé le bureau de poste un moment.

« Il s'appelait Hans. Il avait à peu près notre âge mais on lui donnait à peine quinze ans. Il était beau. Il avait une fossette, là, sur le menton. Et des yeux bleus… Des yeux bleus à faire rougir le ciel. »

Elle a avalé encore une gorgée.

« Il n'aimait pas beaucoup parler de lui. Les seules choses qu'il m'a confiées, c'est qu'il était orphelin et qu'il vivait à Brême. La première fois qu'il m'a parlé, il m'a dit : "Français gentils. Bientôt la paix. Tous amis. *Gut Kamerad.*" J'avais beau me rappeler qu'il était allemand et que j'étais en faute, quand il me prenait dans ses bras, j'avais l'impression de toucher les étoiles. »

Elle parlait lentement, avec un détachement forcé, mais sa voix, un peu plus basse à présent, trahissait son envie de pleurer.

« Il gardait toujours le portrait d'Hitler dans la poche de sa vareuse. Ça me mettait mal à l'aise. La veille de son départ, je lui ai demandé de se débarrasser de cette maudite photo. Il m'a regardée d'un air désespéré, il m'a répondu : "Personne dans la vie. Plus de parents, plus de famille. L'Allemagne perdre. Bientôt, le monde entier nous détester. Mon Führer a promis être toujours là pour moi. Et toi, tu peux promettre ça ?” Il a quand même déchiré le portrait d’Hitler. Il l’a déchiré en une dizaine de petits morceaux et il a ouvert la fenêtre de la chambre pour les éparpiller dans le vent. Il m’a dit : “Guerre mauvais. Tout est fini. *Kaput*. Mais c’est mieux comme ça.” Le lendemain, il partait sur le front russe. Je sais qu’il a été tué. Quand je ferme les yeux, je ne vois plus ses yeux bleus. »

Nos deux regards ont balayé le paysage, une façon commode d’échapper l’une à l’autre. La place des Augustins. Des maisons de pierres blondes, éblouies, chapeautées de toits bistre. Un petit monticule qui fait office de rond-point, décoré de galets jaunes roulés par une mer lointaine. Des rues brûlantes, comme si une fonderie s’activait sous leurs pavés. Et le silence de l’après-midi, plus lourd qu’une chape, si lourd qu’il étouffe le bruit de cette forge invisible.

Brigitte a relevé le front. Toute trace de nostalgie avait disparu de son visage. Les sourcils joints, le sang revenu aux pommettes, elle a soufflé d’une voix mate :

« Ils m’ont accusée d’avoir trahi mon pays, d’avoir affamé des enfants, d’avoir fait assassiner des résistants, des juifs. Mais ils ne m’ont pas tondue ni frappée pour ça. Ils m’ont punie parce que j’avais désiré un garçon plus séduisant qu’eux. Et pour me montrer ce qu’ils avaient entre les jambes… »

Elle a poussé son verre vide, prête aux sarcasmes.

« C’était pas la peine qu’ils se donnent tant de mal, je le savais déjà, ce qu’ils avaient dans leur froc : une petite paire de couilles molles avec lesquelles les Allemands ont joué aux castagnettes pendant quatre ans.

– Ces hommes qui t'ont tondue, qui était-ce ? »

Elle m'a regardée intensément, j'ai cru un instant qu'elle allait me révéler le nom de ses agresseurs, mais finalement elle s'est ravisée :

« Je ne sais pas.

– Tu ne les avais jamais vus ? »

Brigitte a toujours eu une mémoire prodigieuse. La mémoire des noms, des visages, des lieux, des événements anodins. Avant le début de sa phrase, j'ai su qu'elle allait encore mentir. Je l'ai su à cette façon qu'elle a eue de me tourner le dos pour regarder de nouveau vers la rue.

« Ça ne compte plus, Gaby. C'est du passé. »

Elle a ramené son regard vers moi. Sa main est venue caresser le sommet de sa tête.

« Ils s'imaginent que mes cheveux ne veulent pas repousser... Ils prennent ça pour une malédiction. »

Son visage pointu s'est éclairé d'un sourire espiègle.

« En fait, je les coupe.

– Pourquoi ?

– Une sorte de rituel. Pour montrer à Hans que je pense toujours à lui et que je ne regrette rien. »

Elle a levé les yeux au ciel. Le ciel bleu, vide, profond comme un lac.

« Chaque mèche qui tombe, c'est une offrande que je fais à son souvenir. Je les emmerde tous. »

9

La deuxième semaine de juillet, Titoù Barthélémy a apporté du courrier à la mère. Il est resté dix minutes à discuter avec moi devant la maison. C'est lui qui m'a informée que le mas des Roccetti allait être occupé.

« Pietro était fils unique et ses parents sont morts il y a longtemps. Le notaire a fait des recherches pour savoir à qui revenait la ferme mais il n'a trouvé aucun héritier là-bas, dans son village d'Italie. Ni oncle, ni tante, ni cousin, ni rien du tout. Quant à Maria, elle n'avait qu'un seul frère mais il a émigré en Argentine quelques années avant la guerre. »

Barthélémy m'a expliqué qu'avant que le notaire ne retrouve la trace du frère de Maria dans les pampas d'Amérique de Sud, le maire avait le droit de disposer du mas comme il lui plaisait.

« C'est un étranger de Lyon qui va s'y installer. Un certain Morand. Il s'est présenté avant-hier à la mairie pour se renseigner. Il a remarqué que la ferme était abandonnée. Monsieur Calisti a proposé de la lui louer. Ça fera un peu d'argent pour la commune. »

Manifestement, il avait pris ses renseignements.

« Le Lyonnais va rester ici deux ou trois mois… Il a parlé au maire de ce qu'il faisait mais monsieur Calisti n'a pas tout retenu. Je crois que c'est une sorte d'explorateur de cailloux… »

Il s'est mis à rigoler, sa moustache remontée jusqu'aux trous des narines, ses joues rouges et luisantes comme des pommes d'amour.

« Il cherche des pierres et il les étudie. Un géologue, que ça s'appelle. Je me demande bien à quoi ça peut servir d'étudier des pierres… Bonne mère ! Une pierre, ça n'a rien à dire ! Des métiers comme ça, on se demande qui les a inventés ! Remarque, dans la famille fada, vous avez fait bonne pioche, vous aussi, avec ton oncle Félicien, celui qui parle avec les morts. »

Après son départ, je suis allée m'asseoir sur le banc, dans la cour. La chambre verte était un four, le reste de la maison un terrain occupé où je ne trouvais plus ma place, à commencer par la cuisine. La mère, affairée à laver le linge de Jean dans la cuvette, les lèvres cousues par sa mauvaise humeur, m'avait signifié d'un regard son désir de me voir ficher le camp le plus loin possible. Quant à mon frère, il ne semblait même plus s'apercevoir de ma présence. Accroupi sur le perron depuis plus d'une heure, il était penché sur un jeu d'osselets. Il essayait de faire entrer, un à un, les petits os de mouton dans le trou de sa pantoufle, toute sa réflexion débile concentrée sur cet exploit.

Je suis restée là, sur le banc piqué, à ne rien faire, à ne rien attendre, doublée de plomb, au milieu du chant aigu des cigales, ce son monotone et continu qui finit par ne plus faire un bruit, qui devient le fond même du silence. La cour sale, l'herbe roussie comme du foin, la façade délabrée de notre mas m'apparaissaient plus laids, plus désespérants que jamais. J'ai songé à la petite maison que je louais à Royan. Elle n'avait rien de luxueux mais elle était confortable, en tout cas assez pour moi qui n'avais connu que la ferme pouilleuse de mes parents et mon minable meublé parisien de la rue Monge. C'était une construction basse, surmontée d'un grenier, une modeste maison dans le style du coin mais avec des murs propres, blanchis à la chaux, et de jolis contrevents ouvragés. Nous avions aussi un petit jardin qui nous donnait des poires et des groseilles. En face de chez nous, il y avait une boulangerie et un terrain vague où poussait de la pimpinelle. Lorsque le vent d'ouest se levait, l'air se chargeait d'un arôme très particulier, une odeur chaude et tenace, une odeur de pain cuit et d'anis vert dont s'imprégnaient les vieilles pierres et les tuiles rousses de notre logis. Théo s'en amusait. Il disait que notre maison sentait le pain d'épice et collait sa langue contre les murs.

Lou est passée vers midi et demi, en coup de vent. J'ai eu à peine le temps de la voir et de lui parler.

« Fernande a renversé de la teinture sur ma jupe ! Faut que je me change ! »

Elle est ressortie de la maison quelques minutes plus tard, moulée à la louche dans une robe de coton opaline.

« Cette Fernande, quelle couillonne de la lune ! Elle m'a foutu en l'air ma plus jolie jupe ! »

Le tissu léger épousait ses formes comme une seconde peau. Elle m'a dévisagée, perplexe.

« Qu'est-ce que tu fais ?

– Rien.

– Tu vas imiter les lézards toute la journée ?

– Peut-être.

– Pourquoi tu ne vas pas te promener en ville ?

– Je préfère rester là. »

Lou a enfourché sa bicyclette en soufflant et m'a gratifiée d'un petit regard incrédule, chargé d'une affection apitoyée.

« T'es un peu cloche, tout de même… »

Au pied du banc, une colonie de fourmis rouges sortaient d'une motte sèche et avançaient en file indienne, disciplinées et obtuses. Dans cette immobilité lassante, la cohorte de ces fourmis têtues m'a fait l'effet d'un tumulte. Je me suis souvenue du temps où je passais mes journées à observer les insectes. Petite, j'éprouvais une fascination sans bornes pour ces vies minuscules. Avant d'atteindre l'âge de raison, je savais où dénicher les scarabées, les coccinelles, les mantes religieuses, les pique-prunes. Je n'ignorais plus rien des criquets pygmées, des carabes, des crache-sang, des punaises d'aubépine, des fourmilions aux ailes démesurées qui bondissent de buisson en buisson, des sauterelles bedonnantes, des bousiers, des demi-deuils, des capricornes rhinocéros, des grands paons de nuit, des diablotins qui oscillent parmi les brindilles pour imiter l'effet du vent, des fourmis pot-de-miel, des papillons citron, des mouches de pluie. Jusqu'au jour où mon bâton a crevé un essaim de guêpes, sous la souche d'un vieil arbousier. Je suis restée une bonne semaine au lit, terrassée par la fièvre, maudissant tout ce qui portait carapace, ailes et mandibules. Portée par un nouvel engouement, je me suis alors tournée vers les fleurs, beaucoup plus inoffensives. Et puis les fleurs, à leur tour, ont cessé de m'apparaître attrayantes. Trop fragiles. Trop éphémères. À peine avais-je le temps de m'attacher à une mauve, un bouton d'œillet ou un liseron, qu'il fanait, se transformait en une pustule flétrie et corrompue.

Comme pour les hommes, je n'ai jamais pu m'attacher longtemps aux bêtes ou aux choses. Elles finissent toujours par me décevoir.

10

J'ai fait la connaissance de Paul Morand deux jours plus tard. Je ne m'y attendais pas, en tout cas pas aussi tôt. Quelque chose d'indéfinissable m'avait poussée à aller chez les Roccetti en début d'après-midi. Une sorte de pèlerinage morbide. L'espoir pathétique de retrouver, dans la carcasse du vieux mas, les reliques de cette tendresse dont m'avaient nourri Maria et Pietro lorsque petite fille, abandonnée à l'indifférence de mon père et à la haine de ma mère, j'avais encore faim de l'affection des autres.

La porte de la ferme s'est ouverte tout à coup. L'homme est apparu dans le chambranle et m'a regardée droit dans les yeux. Sans surprise. Sans curiosité. Il m'a regardée comme s'il avait toujours su que je viendrais. Puis il a dit simplement : « Bonjour. »

Il avait les yeux sombres, une mâchoire taillée à la serpe, une belle bouche. Il s'est présenté poliment, ignorant sans doute que je savais déjà qui il était :

« Paul Morand. »

Mon ventre s'est noué. J'ai à peine trouvé le courage de répondre :

« Gabrielle Magne. »

Avant d'ajouter, très vite :

« J'habite la ferme d'à côté. »

Il a croisé les bras sur sa chemise beige. L'ébauche d'un sourire a couru sur ses lèvres. Je me suis raidie contre la tentation de céder à mon envie de fuite.

« Et vous habitez seule dans cette ferme ?

– Non. »

Je l'ai trouvé beaucoup trop curieux. Mais j'ai essayé de ne rien en laisser paraître. Gentille, bonne fille. Toujours.

« Je vis avec ma mère, ma sœur et mon frère.

– Ravi de faire votre connaissance, Gabrielle. »

Son visage s'est éclairé d'une expression amicale. J'ai eu soudain le sentiment de retrouver dans les traits de cet homme quelque chose de vaguement familier. Peut-être est-ce ce sentiment qui m'a poussée à ne pas déguerpir, finalement.

« La solitude ne m'effraie pas, a-t-il dit, mais c'est toujours plus agréable d'avoir des voisins… »

Lorsqu'il m'a offert d'entrer, en tendant simplement le bras, avec une assurance si naturelle, si tranquille, je n'ai pas réfléchi. J'ai marché vers lui et j'ai franchi le seuil.

J'ai vu tout de suite ce qu'il manquait dans la maison. À être venue si souvent, je connaissais par cœur chaque élément du mobilier des Roccetti, jusqu'à la moindre breloque. Les meubles les plus encombrants n'avaient pas été emportés. La grande table et ses cinq chaises se trouvaient toujours dans la cuisine, ainsi que le buffet et l'horloge. Mais sur les étagères, les jolis santons bariolés, la bécassine en porcelaine, le gobe-mouches en verre et le missel de Maria s'étaient volatilisés. Au sol, il y avait encore le baquet et la grosse pince à linge, mais on ne voyait plus ni la lessiveuse ni la marmite en étain. La longue desserte, près de la cuisinière, ne portait plus qu'un tamis, trois casseroles et un couteau à pain. Tout le reste, la bouillotte, la cafetière, le gaufrier, avait disparu. De même que les pichets, le moulin à café, le réchaud à pétrole, la grande huche, les lampes. Suspendus aux murs, il ne restait plus qu'une jarre en terre cuite, le cueille-pommes et le calendrier des postes datant de l'année précédente. Au-dessus de la maie envolée, sur le mur grisâtre, l'icône décrochée de la Vierge et de l'Enfant Jésus avait laissé une trace blanche, nette et propre.

Les yeux de Paul Morand ont suivi le parcours de mon regard. Il a déclaré :

« Après quatre ans de guerre, c'est presque du luxe… »

Je me suis demandé s'il avait entendu parler du massacre des enfants.

Malgré moi, mes yeux ont cherché des traces de sang. Bien que le sol ait été lavé, le crime de Pietro avait laissé dans les fissures et le relief de la terre cuite, sur le brun des tommettes, des entrelacs et des lacis rougeâtres, des ornements macabres qui s'étoilaient en fines veinules.

Un pan de silence, très désagréable, s'est installé. Il m'a bien fallu trouver le moyen de l'abattre :

« Vous étudiez les pierres ? »

Morand a rectifié d'un sourire :

« Les roches.

– Et que vous disent-elles ?

– Beaucoup de choses. Vous n'imaginez pas tout ce qu'elles peuvent nous raconter. »

Il a marqué un temps puis il a repris, songeur :

« Elles savent tout… Elles nous annoncent les tremblements de terre et le réveil des volcans, elles nous enseignent comment sont nées les planètes, les étoiles, de quelle façon se sont formés les océans, les rifts et les déserts, elles nous révèlent où coulent les sources, où se cachent les pierres précieuses… »

Il avait une très belle voix, grave et basse, un peu caverneuse, une voix profonde qui laissait traîner derrière elle, quand il avait achevé sa phrase, un écho troublant, comme le murmure d'une eau souterraine.

« Elles nous expliquent comment le vent, le soleil, la pluie ont arasé les montagnes, creusé les vallées, déplacé des falaises. Elles nous parlent des plantes et des animaux, il y a des millions d'années, avant la première ébauche de vie humaine. Ce sont elles qui détiennent l'explication de tout. »

Je me suis souvenue de mon institutrice, mademoiselle Estellin. Sa voix mélodieuse, d'une douceur infinie, formait des mots précieux, choisis, parfaits, des mots ciselés comme des bijoux, brillants comme des perles, qui s'attachaient les uns aux autres pour s'envoler en de longs colliers de belles phrases souples et élégantes. Un matin, le directeur de l'école est venu nous avertir qu'elle ne pourrait plus nous faire la classe : elle avait poussé son mari du train, sur la ligne Marseille-Soulagnes.

C'est étrange une voix humaine. Plus étrange encore la façon dont elle peut déformer la réalité d'un individu. Les filets aigres, râpeux, sifflants, font monter en nous des pulsions assassines alors qu'ils coulent parfois de la bouche du meilleur des hommes. Au contraire, certaines mélodies trompeuses et cannibales nous entraînent lentement vers notre perte, comme des esclaves enchaînés au chant suave des sirènes.

« Alors, vous êtes un scientifique, ai-je murmuré. Il n'y a que les savants qui ont besoin de connaître l'explication de tout.

– Pas vraiment. Je fais de la prospection minière. Je travaille pour une industrie lyonnaise.

– Qu'espérez-vous trouver ?

– Du cuivre et de la bauxite. »

Il a sorti de sa poche de son pantalon un fragment de pierre ocre.

« Voilà de la bauxite. C'est un minerai d'aluminium. »

J'ai contemplé son morceau de roche d'un air indifférent.

« Bientôt, a-t-il dit en le faisant rouler dans sa paume, l'aluminium entrera dans la fabrication de la plupart des objets que nous utilisons. Vous verrez que nous ne pourrons plus nous en passer.

– Si vous le dites. »

Pour la première fois, il m'a observée avec une certaine curiosité.

« Vous cherchiez quelque chose ?

– Pardon ?

– Si vous êtes venue jusqu'ici, c'est que vous cherchiez quelque chose. Ou quelqu'un.

– Non. »

Je me suis hâtée de clarifier :

« Je connaissais les gens qui vivaient dans cette ferme.

– Les Roccetti, c'est ça ?

– Oui.

– Comment étaient-ils ? »

L'image de Pietro a surgi. Celle de sa main, serrée sur son fusil de chasse. Et celle des trois petits cadavres étendus sur le lit. Du corps de Maria dévoré par son chien. J'ai avalé ma salive avant de répondre :

« C'était il y a longtemps. Aussi longtemps que les rifts et les montagnes. J'ai oublié comment ils étaient. »

L'étrangeté de ma réponse l'a un peu troublé. J'ai vu qu'il me regardait différemment, embêté, avec une attention particulière. Pourtant, il n'a rien ajouté. J'ai été soulagée de cette délicatesse.

« Je ne peux pas m'attarder. »

Il m'a raccompagnée jusqu'à la porte. J'ai jeté un regard aux clapiers dont le grillage avait été salement arraché et aux volets, à moitié sortis de leurs gonds. Morand a pris un paquet de cigarettes dans la poche de sa chemise. Des gitanes.

« Le maire m'a prévenu.

– De quoi ?

– Que la maison avait été plusieurs fois dévalisée après le départ de ses propriétaires.

– Ils ne sont pas partis. Ils sont morts.

– Je suis au courant. Le maire me l'a dit aussi. »

Il est resté de marbre. Ses yeux n'ont pas cillé.

« Cela ne me dérange pas. Je vis depuis longtemps avec les fantômes. »

Il a aspiré une longue bouffée sur sa gitane. Inébranlable. Une roche, lui aussi. Une roche sur laquelle le mistral, même s'il mordait dedans au cours des dix millions prochaines années, finirait par se casser les dents. Puis il a dit d'une voix plus adoucie :

« Revenez quand vous voulez. »

J'ai tiré sur mon corsage, comme une andouille, et j'ai répondu :

« D'accord. »

Je ne sais pas pourquoi ce mot est sorti de ma bouche. Mais je sais que si tout était à refaire, si j'avais le pouvoir de remonter le temps, de revenir à ce jour, je m'arracherais la langue. Je l'arracherais avec le couteau à pain des Roccetti, leur vieux couteau rouillé qui traînait encore sur la desserte de leur cuisine. Je l'arracherais et je l'avalerais. Je me la collerais bien au fond de la gorge pour en crever.

11

Lou était déjà au lit lorsque je suis montée me coucher. Adossée à l'oreiller, le drap roulé sur ses cuisses, elle feuilletait un vieux numéro de *Confidences*. J'ai ôté et plié ma robe pour la ranger dans l'armoire. Elle a levé le nez de son magazine et m'a dévisagée, navrée.

« Tu devrais porter des jupes plus courtes. Pourquoi est-ce que tu t'habilles comme une vieille ? Ta robe, là, on dirait un sac... »

Lou n'a jamais compris que mes vêtements ne sont que des outils destinés à me façonner une allure de passe-muraille, une cuirasse de tissu qui me protège du regard des autres. Qu'avec mes chemisiers larges, mes jupes en cloche, mes chaussures plates, mes cheveux tirés en arrière, je n'éveille aucune curiosité, aucune convoitise. Qu'ainsi accoutrée, je suis la seule chose que je désire être, une vague silhouette sans relief, la configuration d'une chose sans intérêt. J'ai répliqué :

« Elle me convient très bien.

– Moi, si je vivais à Marseille ou à Paris, je m'achèterais des tailleurs chics et des tas de chapeaux. Je serais mieux habillée qu'une femme de préfet. »

Elle a posé ses mains sur ses hanches, le pouce écarté, comme si elle prenait la mesure de sa taille.

«Je te fous mon billet que Mélanie Verne porte un corset. Elle a des bras comme des jambons, comment elle peut avoir la taille aussi fine? Mélanie Verne, tu vois de qui je parle?

– Oui.

– Une saleté. Tu sais ce qu'elle a dit sur moi, un jour où la moitié de la ville était au loto?

– Non.»

Je l'ai vue se renfrogner.

«Que toute l'eau de la Méditerranée ne pourrait pas éteindre l'incendie que j'avais aux fesses.»

Je suis restée à la fenêtre, immobile, dédaigneuse de tout effort de conversation. Lou a abandonné :

«Tu ne viens pas te coucher?

– Non, pas tout de suite.»

J'ai regardé un moment, vers l'ouest, les collines décolorées par la clarté livide des rayons de lune. Au loin, un bruit a soudain déchiré le silence de la nuit. Un petit cri, indéfini, qui ressemblait au jappement d'un renard ou d'un chien errant. J'ai repensé au collier et à la chaîne que j'avais vus dans la cuisine, le jour de mon arrivée, et dont la mère s'était débarrassée depuis. L'idée m'est venue d'un coup, comme ça. J'ai questionné Lou :

«Vous avez eu un chien pendant la guerre?»

Elle a haussé les épaules et puis elle a lancé à la volée ces mots terribles, avec une désinvolture qui m'a foudroyée :

«Non. On a eu un Boche.»

J'ai balbutié :

« Qu'est-ce que tu racontes ? »

Elle a continué à tourner les pages de sa revue.

« Un Allemand. Le collier, c'était pour lui. »

Rien d'autre. Comme si elle m'avait priée de lui passer le sel. Comme si je lui avais demandé de me commenter les derniers potins qu'elle était en train de lire dans sa niaiserie imprimée. J'ai eu envie de la saisir par les poignets et de la secouer.

« Vas-tu m'expliquer, oui ? »

Elle a enfin posé sur moi un œil étonné, avant de répondre mollement :

« C'est la mère qui l'a trouvé, dans la grange. Je ne sais pas ce qu'elle lui a dit mais le type l'a suivie docilement jusque dans la maison. Il pensait sans doute avoir affaire à une brave vieille. Quand je l'ai vu entrer, il avait l'air content, il secouait la tête, cet imbécile, en répétant : "*Danke ! danke !*" C'était pas un officier, juste un troufion de l'armée allemande, avec une grosse figure rouge. Son uniforme était couvert de boue et sa barbe avait commencé à pousser. J'ai compris qu'il avait été séparé de son régiment. Ça devait faire plusieurs jours qu'il se cachait dans le coin. »

Elle a poursuivi sur le même ton d'insouciance :

« Dès qu'ils sont entrés dans la cuisine, la mère l'a assommé avec la cruche. Vlan ! Un grand coup sur la tête. Le type s'est écroulé sur le sol. J'ai bien cru qu'elle lui avait fendu le crâne. Et avant qu'il reprenne connaissance, elle lui a attaché les pieds et les mains. »

Je l'ai clouée d'un regard qui lui a fait baisser le menton, comme une enfant honteuse.

« Je l'ai suppliée de le laisser partir, je te le jure, mais elle a rien voulu savoir. Tu connais la mère. Tu sais bien comment elle est, quand elle a une idée dans le melon. Je lui ai dit qu'elle n'avait pas le droit de faire ça, que c'était un prisonnier de guerre. Elle m'a répondu : “C'est mon prisonnier, il est à moi, j'en ferai ce que j'en veux… C'est le bon Dieu qui me l'a envoyé. Pour venger mon fils…” Elle a gardé le Boche comme ça pendant toute la journée, sans lui donner à boire ni à manger.

« Ensuite, elle a creusé un trou dans le mur, près de la cheminée… Elle a mis la chaîne dans le trou, celle dont papa se servait pour fermer le poulailler, et elle a rebouché avec de la chaux. Le lendemain, elle a été chercher le collier. Tu te souviens de l'épagneul roux qui accompagnait papa à la chasse ? celui qu'on a retrouvé mort dans le fossé, piqué par une vipère ? Je ne savais pas qu'elle avait gardé son collier, pendant toutes ces années… Elle a accroché le collier à cette foutue chaîne et puis elle l'a passé au cou de l'Allemand. Elle l'a tenu comme ça pendant une semaine, les deux mains liées dans le dos. Elle lui donnait des coups de pied dès qu'elle passait à sa portée. Le Boche rampait sur les genoux, au bout de sa laisse, pour manger les restes qu'elle lui balançait de la table. Elle me disait : “Regarde, il est fier le Teuton, hein ?” Une fois par jour, elle lui apportait le pot pour qu'il fasse dedans… Elle lui baissait son pantalon et le regardait faire, les bras croisés, avec son sourire mauvais. Un jour, le gars s'est pissé dessus, alors la mère l'a dérouillé avec le tisonnier. Elle lui a cassé le nez.

– Lou… comment avez-vous pu… ? »

Un fugitif sentiment de culpabilité est passé sur son visage. Elle a mordillé le bout de son ongle avant d'ajouter d'une voix sèche :

« J'y suis pour rien. C'est même moi qui suis allée voir les gendarmes, si tu veux tout savoir. Ils sont venus et ils ont emmené le type. Heureusement, sinon elle aurait fini par le tuer. »

Après cette déclaration, elle a refermé son magazine, puis elle a remonté le drap et croisé les bras. Elle m'a toisée, le front buté.

« T'en tires une tête ! Quoi ? À cette heure, il est sûrement à Marseille, avec d'autres prisonniers, à réparer les routes et à siffler toutes les filles qui passent. On va pas en faire un plat. »

Je suis restée le front collé contre la vitre tiède de la fenêtre. Je me suis mise à rêver de pluie, d'orage, de foudre, d'eau glacée. Je suis restée longtemps immobile, à attendre que Lou soit endormie, que le verre des carreaux devienne brûlure sur ma peau.

« Pourquoi tu ne viens pas te coucher ? Allez, arrête de bouder… »

J'ai capitulé. Ma sœur s'est poussée pour me faire de la place dans le lit. Elle s'est redressée, le dos calé sur l'oreiller, elle a remonté ses jambes. En une seconde elle avait retrouvé sa souplesse enfantine et sa gaîté exaspérante.

« Au fait, j'ai oublié de te raconter… Je te jure, tu vas pas le croire.

– Quoi ?

– Fernande, l'apprentie, tu sais ce qu'elle a vu, hier ?

– Non.

– Elle a vu la patronne, planquée derrière les bacs à shampoing, en train d'ajuster les chaussettes qu'elle avait roulées dans son soutien-gorge… »

J'ai essayé de ne pas la détester. J'ai essayé de me persuader qu'elle était faite comme ça. Que son cœur était aussi poreux que les éponges de mer lavées après chaque ressac de toutes les souillures de l'Océan.

12

Depuis six mois je me réveille tous les jours à la même heure. J'ai dans le ventre une horloge détraquée qui m'extirpe du sommeil à cinq heures précises. C'est toujours la même remontée vers l'enfer. Je passe plusieurs secondes à mettre de l'ordre dans ma tête. Tout est en vrac, tout est noir et confus. Soudain, l'espoir jaillit dans cet amas de pensées éparses et informes. Je crois alors que j'ai fait un terrible cauchemar, qu'il est toujours de ce monde, que je l'ai seulement perdu le temps du sommeil, qu'il va rentrer dans la chambre, se glisser contre moi, que je vais sentir son cœur battre dans ma paume. Mais au fur et à mesure que mes yeux s'accoutument à l'obscurité, la lumière pénètre dans mon cerveau en une injection lente qui distille dans tout mon être, goutte à goutte, l'atroce poison de la réalité.

Alors je reviens au jour de sa mort.

Le 5 janvier. La veille de l'Épiphanie. À cinq heures du matin.

Je me rappelle une nuit glacée mais très claire. Je me rappelle les rayons de lune à travers les lames des volets clos. Le lit en merisier dans lequel nous dormions. La couverture de laine épaisse. Ses petits pieds froids que je réchauffais entre mes cuisses. Et je me rappelle ce vacarme terrible, monstrueux, ce vacarme de fin du monde qui nous a soudain sortis du sommeil, avant les premières lueurs de l'aube. Un bruit semblable à des millions d'éclats de tonnerre.

Nous n'avions pas de cave, aucun abri pour échapper à la fureur du ciel. J'ai pris Théo dans mes bras, je l'ai serré contre moi à l'écraser, j'ai embrassé son front, ses joues, j'ai mis mes mains sur ses oreilles pour apaiser sa frayeur et étouffer le fracas des bombes. Le cauchemar a duré vingt longues minutes puis tout s'est apaisé. Le silence est revenu, pesant, comme après l'orage. J'ai chanté une berceuse à mon fils afin qu'il se rendorme, je crois que c'était celle de l'Enfant Jésus, *Ninnananna di Gesù bambino*, celle que Maria Roccetti avait l'habitude de fredonner quand elle langeait la petite Angèle sur la table de la cuisine.

Ensuite, j'ai passé mon manteau par-dessus ma chemise de nuit, j'ai enfilé mes chaussures et je suis sortie dans la rue, pour voir.

Au-dessus des toits, un brouillard de fumée montait très haut dans le ciel, comme craché par les conduits de milliers de cheminées. Cette nuée grasse et laiteuse qui souillait la nuit se déchirait par endroits pour laisser apparaître des lueurs rouges, vagues et sinueuses, imitant des bavures d'incendie. Dans la rue, les gens commençaient à s'extirper de leurs logements, hagards, encore emplis de cette terreur qui les avait cloués au sol et qui leur restait collée aux tripes, cette terreur affreuse qui les faisait avancer doucement, à pas hésitants, comme des vieillards ou des aveugles. Heureusement, notre quartier avait été épargné. Rien, pas une seule construction n'avait été touchée, comme si, au moment de frapper, le poing du bon Dieu s'était finalement abattu sur une autre victime.

J'ai marché jusqu'au quartier Saint-Pierre. Cette partie de la ville n'était plus qu'un amas formidable de murs et de façades écroulés, de briques, de charpentes et de poutres calcinées, de débris fumants, vomis sur le pavé. Un immense cimetière de gravats encombré de squelettes de lits, d'ossements de canapés, de restes noircis de vaisselle. Des chaussures, des papiers, des touffes de cheveux, des lambeaux de chair fondus dans l'étoffe étaient allés s'accrocher aux branches nues des arbres. Dans la rue d'Aunis, les hommes de la Défense passive, armés de pioches et de pelles, remuaient les débris d'un immeuble. Ils s'acharnaient à en extirper les survivants qu'ils plaçaient sur des civières. Des garçons de la Croix-Rouge s'activaient à éteindre les brasiers, ils amenaient des échelles, des couvertures, des seaux d'eau ou de sable. L'un d'eux pleurait devant la tête coupée d'une femme qu'il venait de dégager d'un tas de ferraille. Les gens hurlaient. C'était des hurlements effroyables, dans lesquels il était difficile de distinguer le désespoir de la colère. Notre curé, père Florentin, nous répétait souvent, lorsqu'il nous enseignait le catéchisme, que Dieu est un être de miséricorde. J'ai failli le croire, ce matin-là. J'ai failli croire en Son pardon. Tout autour de moi des vies s'effondraient, sombraient dans l'épouvante, mais Théo et moi étions vivants.

J'étais parvenue dans la rue du Fort lorsque j'ai entendu revenir le ronflement sinistre des bombardiers. Le cauchemar a recommencé. Pour la seconde fois, les appareils ont largué leur chargement de feu sur la population civile. Nous avons su plus tard que c'étaient des avions anglais, envoyés par les Américains. On a dit qu'ils avaient reçu l'ordre de nettoyer la Coubre, où s'étaient retranchés les derniers soldats allemands, mais que leurs balises lumineuses avaient dérivé vers Royan, à cause du vent. Personne n'en a jamais cru un mot. Dix-huit kilomètres séparent la pointe de la Coubre de la ville. Le vent, cette nuit-là, soufflait vers les conches et l'Océan. On a dit tant de choses, après, pour excuser le massacre des innocents. Pour nous faire croire que les héros ne peuvent pas être des bourreaux.

J'essaie de me convaincre que les soldats alliés qui ont anéanti nos existences en l'espace de quelques minutes étaient ignorants de leur crime. J'essaie de m'en convaincre, non pour leur pardonner, mais pour que la haine ne fasse pas d'ombre à ma souffrance. Je me persuade qu'ils n'étaient pas tout à fait des hommes, qu'ils agissaient comme les automates d'une guerre mécanique, programmés pour massacrer à distance. C'est sans doute plus facile de tuer quand on ne voit pas sa victime.

Dieu doit être un aviateur anglais ou américain. Son royaume est si haut qu'il ne perçoit rien de ce qui se passe sur la Terre.

Je me suis réfugiée derrière le mur effondré d'un immeuble parce que j'avais entendu dire qu'une bombe ne tombe jamais deux fois au même endroit. Dans un abrutissement de tout mon être, j'ai attendu la fin du déluge, les bras sur la tête, vautrée, comme les autres, dans ma peur hideuse, poussière d'humanité dans le chaos. Lorsque le bombardement a cessé, j'ai couru comme une folle, j'ai imploré Dieu de toutes mes forces.

Mon quartier, à son tour, n'était plus qu'un gigantesque champ de ruines. En arrivant devant chez moi, je n'ai pas compris tout de suite. J'ai cru un instant m'être trompée d'endroit. La boulangerie était là, mais tout autour, plus rien ne ressemblait à ce que je connaissais. J'ai cherché la maison. J'ai cherché le jardin. À la place de la maison, se dressait un amas de pierres noircies dont les pans découpaient la nuit rouge. Et à la place du jardin je n'ai vu qu'un grand trou. Je me suis évanouie sur les décombres qui recouvraient le cadavre de mon petit garçon.

Le père Florentin nous disait que même la prière d'une fourmi peut atteindre le ciel.

J'espère que le père Florentin grillera en enfer pour ses énormes mensonges.

13

Georges Pagnon porte bien son nom. Bref de taille, tout rond d'épaules et de hanches, la face blême, il ressemble à un petit pain mal cuit. C'est le cousin germain de Colette, le seul dans la famille qui ait fait des études. Ils l'appellent l'ingénieur mais il n'est que secrétaire adjoint au service des Eaux et Forêts. Le samedi, il vient au *Cyrano* manger une piperade offerte par la maison. Il enlève alors ses lunettes de métal, pose sur la table son baise-en-ville en cuir neuf, déboutonne son gilet gris, fourre ses dix doigts dans la ceinture de son pantalon pour le décoller de son bedon. Mais il a beau se mettre à l'aise, il a toujours son air de gratte-papier enfariné. Pourtant je l'aime bien, Pagnon. Malgré ses rondeurs de miche, il a une âme franche et les idées qui vont tout droit.

Il m'a demandé s'il pouvait prendre son repas à ma table. Je n'ai pas eu le temps de répondre qu'il était déjà assis en face de moi et que Colette lui apportait ses couverts.

« Tu ressembles à ton père. »

Sans doute voulait-il faire allusion à nos cheveux et nos yeux bruns, mais la comparaison ne m'a pas paru très flatteuse. J'ai toujours connu mon père voûté, marchant péniblement, les mains enfouies dans les poches, le regard éteint.

« Tu as le même front que lui, a déclaré Georges. Et un peu de son menton aussi. Je te parle de quand il était jeune, bien sûr. »

Comment l'aurais-je su ? À la maison, il n'y a jamais eu de portrait de mon père jeune. Pas la moindre photographie collée dans un album, jaunissant dans un médaillon ou sur une table de chevet. Mais cela n'a rien de surprenant car chez les Magne, il n'y a jamais eu de photographie de personne. Sauf de mon frère.

Un jour, à la kermesse de la Pentecôte, il est venu un homme qui avait un bel appareil à soufflet, muni d'un objectif et d'un trépied. Il s'était installé devant le parvis de l'église, et là, au milieu des saucisses, des calissons et des orangettes, il invitait, pour deux francs, les gens à s'asseoir sur une incroyable chaise dorée drapée d'une étoffe à ramages rouges, tandis qu'en arrière-plan un panneau de bois peint créait le décor en trompe-l'œil d'une chambre exotique et cossue. On a fait poser mon frère sur la chaise de nabab. Il avait dix-sept ans, la moustache duveteuse et les cheveux pommadés. Il suçait une praline que la mère lui avait achetée et qu'il ne finissait pas de savourer sous notre nez, clignant des paupières, faisant des bruits de gorge, accompagnant ses mines gourmandes de coups de langue rapides et mouillés. Lou et moi avons demandé à être photographiées aussi. Ma mère a déclaré que cela lui coûterait moins de jeter son argent par la fenêtre que de payer pour voir deux faces de guenon sur un bout de papier. Lou, qui n'avait que huit ans, s'est mise à pleurnicher en tirant sur la manche de notre père. La mère n'a pas supporté :

« Laisse ton père tranquille, qu'est-ce que tu as donc à faire des caprices ! Tiens-toi bien ! Mouche-toi ! Qui m'a fichu une morveuse pareille ! Et qui réclame encore ! Un laideron qui veut faire la belle devant la boîte à cornichons !

– Et Jean ? » a demandé Lou en sanglotant.

La mère n'a pas eu à chercher longtemps la raison de son injustice :

« Jean, c'est différent. Pour qui tu te prends, petite saloperie ? »

Elle ne nous a jamais battues, jamais frappées à coups de martinet ou de torchon. J'aurais préféré. J'aurais préféré la rossée de la canne, le sifflement de la cravache, le coup de balai sur mes reins, plutôt que d'être régulièrement cognée avec des mots. Les mots de ma mère… Des mots choisis, blessants, cinglants, qui nous ont fait plus mal que toutes les boucles de ceinture, toutes les lanières de cuir. Des mots qu'elle savait porter mieux que les taloches, qu'elle nous enfonçait dans le crâne, comme avec ses poings, pour atteindre notre âme, pour pouvoir sentir notre souffrance couler entre ses mains et les jointures de ses doigts maigres.

Mon père n'a jamais osé élever la voix, pas même un filet de voix, contre notre tortionnaire. Les lâches s'inclinent toujours devant la tyrannie. Mon père était un lâche. Il a vécu à genoux. Le nom « Magne » signifie, paraît-il, *grand* en latin. Quelle ironie ! Il n'y a jamais rien eu de grand chez les Magne. Encore moins chez celui qui nous a transmis ce nom.

Georges et moi avons discuté gentiment, de tout et de rien, pendant qu'il mangeait ses œufs brouillés.

« Et à part ça ? Comment va ton frère ?

– Il est très diminué.

– On ne le voit plus en ville. On dirait que ta mère le cache. »

Il a bu une gorgée de vin clair et s'est tamponné les lèvres avec le coin de la serviette.

« Au moins, il ne risque plus de faire des conneries. »

Il a ajouté d'un ton plus grave :

« Brigitte ne t'a pas dit qu'il faisait partie des gars qui l'ont molestée à la Libération ?

– Vous… vous êtes sûr ? »

Il a hoché la tête.

« Colette le sait ?

– Évidemment.

– Pourquoi est-ce qu'elles ne m'ont rien dit ? »

Il a repoussé son assiette vide.

« C'est ton frère. Elles ont eu peur que ça te gêne de savoir qu'il s'était conduit comme un salopard. »

Jean. Je l'imaginais très bien, maniant la tondeuse, le béret vissé sur ses cheveux gominés, le mégot au bec, avec cet air suffisant et fanfaron qui aurait donné envie au plus saint homme de lui déboulonner la tête. Pourtant, il a fallu que je lui trouve une excuse :

« Peut-être avait-il reçu des ordres… »

Georges a levé un sourcil étonné.

« Des ordres de qui ?

– Je ne sais pas. Il faisait partie de l'Armée secrète, non ? »

Son rire a roulé ses épaules comme dans un pétrin.

« Ton frère n'a jamais été résistant. Tout ça, c'est des couillonnades.

– Et sa blessure ?

– Tu veux vraiment savoir ? »

Colette est venue lui servir un autre verre de vin. Elle s'est posée à côté de nous, les bras croisés sur sa blouse décolorée. Tout en m'observant, une gêne évidente éloignait son regard. Georges a bu son vin à petites lampées, le menton relevé, les paupières fermées, avec l'attitude pénétrée d'un œnologue.

« Il est trop souple… trop gras… et cet arrière-goût de poire qui cache mal la griotte… Colette ?

– Quoi ?

– Ton rosé…

– Quoi mon rosé ? »

– Ce n'est pas du rosé. Tu as encore mélangé tes fonds de rouge et tes vieux blancs…

– Plains-toi encore ! T'as l'assiette garnie et tu trouves à critiquer mon rosé ! »

Elle plaisantait en prenant une expression faussement outrée. Lui plissait les yeux comme un gamin qui joue à faire semblant d'être fâché. J'ai mis un terme à leur petit amusement :

« D'où elle vient cette blessure ? »

Georges a repris tout à coup son air sérieux de fonctionnaire.

« On savait qu'une division blindée américaine était à trente kilomètres du bourg. On savait aussi que Marseille avait été libéré et que les Alliés allaient nettoyer le coin. Le vent avait sacrément tourné. Les Boches n'en menaient pas large, ils fuyaient le paquebot comme des rats et repartaient vers le nord. Ce dimanche-là, des jeunes du bourg ont commencé à s'exciter. À dix heures du matin, ils étaient déjà en train de picoler au *Gaulois*. Ton frère faisait partie de cette bande de crétins, avec Benjamin Calisti, Alexandre Pactol, Daniel Borel, Gilles Favre et quelques autres. À midi, ils sont partis chercher la vieille pétoire rouillée que Panpan, le père de Gilles Favre, cachait depuis quatre ans dans sa cave. Ils se sont foutu chacun un brassard FFI au bras et ils ont commencé à déambuler dans le bourg en fanfaronnant à qui mieux mieux. Ça gueulait dans les rues, ça brandissait le drapeau français en chantant *La Marseillaise*. Un vrai cirque. Le problème avec ces couillons, c'est qu'ils ont l'alcool mauvais. Un verre de trop et ils tueraient leur propre mère pour une gifle vieille de dix ans. Ils voulaient en découdre avec les Boches, mais des Boches, il n'y en avait plus un seul dans les environs. Alors, ils n'ont rien trouvé de mieux que d'aller chercher quatre filles pour les ramener à l'hôtel de ville et les tondre. Un peu plus tard, on a appris qu'une partie d'un régiment allemand venait de passer en trombe sur la route de Virenargues. Ceux-là, on était trop contents de les voir déguerpir pour faire quoi que ce soit qui les aurait retenus. Mais cet imbécile de Calisti et ses copains ont décidé de faire leurs intéressants. Ils se sont postés aux Neuves-Bastides, au cas où il passerait encore quelques traînards. »

Deux clients, attablés à cinq mètres, ont appelé Colette pour commander mais elle les a ignorés. Bien qu'elle ait dû entendre dix fois l'anecdote, elle écoutait son cousin avec une consternation feinte et ravie.

Georges a continué :

« Une voiture est effectivement arrivée, avec trois officiers à bord. Benjamin Calisti croyait pouvoir l'envoyer dans le fossé en tirant dans les pneus. Mais il a bien raté son coup, il n'a rien touché du tout. Tu penses que les Fritz ont aussitôt freiné et qu'ils ont riposté. Les cacous ont eu la frousse de leur vie, ils se sont tirés vite fait, la queue entre les jambes. Il n'y a que ton frère qui n'a pas eu le temps de se mettre à l'abri. Il s'en est pris une en pleine tête, ce grand couillon. On a attendu le départ des Boches pour aller le chercher. On le croyait tous mort, on a été sacrément étonnés de voir qu'il respirait encore. Les médecins ont réussi à lui enlever la balle mais ils ont dit qu'elle avait fait trop de dégâts dans le cerveau. Ils l'ont gardé six mois et puis ils l'ont rendu à ta mère dans l'état où il est aujourd'hui, aussi malin qu'un légume. »

Colette a posé une main sur l'épaule de son cousin.

« En y repensant, on a vraiment eu chaud. On aurait pu la payer très cher, leur petite plaisanterie… Moi la première, je peux te l'avouer, j'ai pas beaucoup pleuré sur le sort de ton frère. Il l'avait bien cherché. À cause de cette bande de mariolles, on pensait que les Allemands allaient revenir pour faire une expédition punitive. Le jour qui a suivi, on a même été quelques-uns à se demander si ça serait pas plus raisonnable de quitter le bourg. On savait ce qui arrivait à ceux qui s'amusaient à chatouiller les Allemands sur le départ. On s'est attendus au pire pendant plusieurs jours. On entendait parler de résistants pendus, de villages entiers que les SS avaient nettoyés au lance-flammes… »

Je ne pensais déjà plus à Jean. Je songeais à Pietro et aux enfants. J'ai dit :

« C'est étrange, tous ces drames qui se sont produits le même après-midi. »

Il y a eu une longue pause et, tout à coup, comme tiré d'un engourdissement, Georges a balbutié rapidement :

« C'est sûr… c'est sûr…

– Parce que le 27 août, c'est bien le jour où les Roccetti sont morts ? »

Il a regardé sur sa droite, puis sur sa gauche, comme pour prendre la mesure de tout ce qui l'entourait. Son regard a croisé celui d'un homme, de l'autre côté de la rue. Il a baissé la tête et le ton. J'ai eu droit au même manège que l'autre jour, quand Colette s'était trouvée soudain muette.

« On n'a jamais su ce qui s'était passé chez les Italiens, a-t-il murmuré. Tout le bourg était devant l'hôtel de ville à ce moment-là. À cause de ton frère et de ses copains qui s'occupaient de l'animation… »

Il faisait une chaleur insupportable. Les yeux me piquaient. J'avais mal à la tête. Les voix de Colette et de Georges tapaient contre ma tempe droite comme sur un tambour. Je leur ai dit que je devais passer voir mon oncle avant d'aller chercher Louise au salon de coiffure.

Colette a essuyé ses mains sur sa blouse.

« Au fait, ta sœur, elle aurait pas une lotion pour faire pousser les cheveux ? »

Lorsque je suis arrivée au cimetière, Félicien était près de ses rosiers, une binette en fer dans la main droite et un arrosoir dans l'autre. Je lui ai dit ce que je venais d'apprendre à la terrasse du *Cyrano*. Il a posé ses ustensiles de jardinage et m'a fait signe d'avancer dans l'allée.

« Allez, va, ta mère, ça lui fait du bien de croire que son fils est un héros… Ça l'aide à supporter sa médiocrité. Et ton frère, ma foi, il est jeune… Ça suffit à expliquer beaucoup de choses. Tu sais ce que j'ai fait quand j'étais jeune, moi ? »

Son regard s'est mis à pétiller.

« Dans ma tranchée, à Suippes, j'avais un copain qui passait pour le plus brave de notre compagnie. Il avait beau être con, con à faire pleurer un réverbère, tout le monde en bavait devant lui. Caporal Dufaye qu'il s'appelait. Un jour, j'ai voulu lui en remontrer. J'ai fait le bravache, je suis monté sur le parapet qui protégeait notre boyau et j'ai baissé mon pantalon pour narguer les Chleuhs. Heureusement qu'ils ont tiré à côté ! D'ailleurs, je me suis toujours demandé pourquoi ils m'avaient épargné. Ils auraient pu faire de mon derrière une belle passoire, s'ils avaient voulu… »

Il a levé sa main tout entaillée par les épines de roses.

« À vingt ans, on pense que la mort est très loin et qu'elle nous rattrapera jamais. Et même quand elle s'approche d'un peu trop près, on se croit assez fort et assez rapide pour la semer. C'est pour ça qu'on fait toutes sortes de bêtises. Après, avec l'âge, c'est différent. On sait qu'elle court plus vite que nous, cette radasse. On n'essaye plus de lui échapper, encore moins de la provoquer. On la laisse venir. »

Ma migraine me faisait toujours aussi mal. Je marchais dans une sorte de flou, tout était vague, tout m'était douloureux, le simple fait d'avancer un pied devant l'autre, d'écouter ou même de respirer me mettait au supplice. J'ai quand même adressé à Félicien le reproche que je ruminais depuis que j'avais quitté Georges et Colette :

« Tu savais ce que Jean avait fait à Brigitte. Tu savais aussi pour ce stupide attentat. Mais tu ne me l'as pas dit.

– Tu ne m'as rien demandé.

– C'est malin, ça... »

Il a continué de me regarder avec son air guilleret et puis, de but en blanc, en me pinçant la joue :

« Alors, t'as toujours pas d'amoureux ? »

J'ai tourné la tête.

« Tu devrais te trouver un homme. Sinon, tu vas devenir mauvaise. Comme ta mère. »

Il m'a pris le coude, pour que je comprenne mieux.

« Tu n'as jamais remarqué ? Les femmes, quand elles manquent d'amour, elles deviennent comme des plantes qui ont soif. Elles se fanent. Leur cœur se flétrit, il se ratatine en une petite boule sèche. »

Sa paume rugueuse, durcie par les cals, s'est posée sur mon avant-bras. J'ai réprimé un frisson de dégoût. Je n'ai jamais aimé la peau des autres.

« Réfléchis bien à ça, Gaby. Tu supporterais mieux ta solitude si tu avais un homme dans ton lit. »

J'ai retiré mon bras dans un geste brusque. Pour la première fois, j'ai vu mon oncle trembler sous mon regard.

« Hé ! Qu'est-ce que j'ai dit ? »

Je l'ai planté là, avec ses conseils stupides, ses maximes

à pleurer, ses roses pompon, son odeur d'ail et de fromage rance.

Je n'ai pas eu la force de rentrer à la ferme. J'ai coupé par les Rians et les Callonges, j'ai marché jusqu'au pied des collines. Je me suis arrêtée un moment au bord de la route. Les propos de Félicien se sont mis à retourner la bourbe de mes souvenirs. De cette fange nauséabonde sont remontés des visages et des voix.

C'était aux premiers jours de l'exode. Je fuyais avec la foule sur l'une de ces routes encombrées qui ne menaient nulle part. Mes pieds saignaient dans mes chaussures de ville trop étroites, j'avais faim, j'avais soif, la fatigue me faisait tituber.

Une vieille fourgonnette bleue est arrivée, une 202 de la marque Peugeot, avec un plateau et des ridelles en tôle. Elle roulait très lentement, essayant de se frayer un passage dans le ventre de la marée humaine, jetant dans l'air chaud les clameurs excédées de son klaxon. Elle s'est immobilisée à ma hauteur. Par la vitre abaissée est apparue la figure ronde et potelée d'un garçon à peine plus âgé que moi, coiffée d'un béret plat.

« Excusez, mademoiselle. Nous allons à Chartres. Il y a encore un poste à essence ouvert, à ce qu'on dit. Est-ce qu'il faut prendre la route de Jouy, après Maintenon ? »

J'ai répondu que je n'en savais rien. J'ignorais où je me trouvais moi-même. Quelque part entre Dreux et Nogent. Aux côtés du conducteur se trouvait un autre individu, un homme étrange aux yeux de porcelaine et aux cheveux si pâles qu'ils m'ont d'abord paru blancs, comme ceux d'un albinos. Il a chuchoté à l'oreille de son compagnon, qui a opiné.

« Écoutez… on s'était promis de ne prendre personne… mais on peut faire une exception… si vous voulez, on vous emmène jusqu'à Chartres. Profitez-en tant qu'il nous reste encore une goutte d'essence… »

Je leur ai dit que je n'avais pas d'argent. Le jeune homme grassouillet a laissé couler son regard sur mes chaussures éreintées. Puis il a soulevé sa calotte du pouce, l'air un peu vexé.

« Nous ne sommes pas mufles au point de faire payer une femme épuisée. »

J'ai bafouillé un vague remerciement. Un groupe m'a tout à coup bousculée. Puis un autre. Puis un autre. J'ai vacillé, j'ai serré la poignée de ma valise.

« Allez, montez avant de vous évanouir ou de vous faire piétiner ! La course est gratuite… »

Il m'a de nouveau offert son sourire. Un sourire amical, chaud et sucré comme un beignet de fête foraine.

La fourgonnette bleue n'est jamais allée jusqu'à Chartres. Avant Maintenon, elle a pris un chemin de terre qui nous a menés jusqu'à un petit village isolé puis jusqu'à une maison déserte.

Ils m'ont frappée et allongée sur la table. Ils ne m'ont laissé que mes socquettes. Ils m'ont fouettée de mots répugnants. Le rondouillard a commencé le premier. Ça a duré longtemps. L'albinos a regardé, le pantalon baissé sur les chevilles. Ensuite il a pris son tour. Il s'est acharné sur la plaie ouverte entre mes cuisses. Je suis rentrée en dedans de moi. Je me suis persuadée que mon corps n'avait pas plus de consistance que le parfum d'une fleur. J'ai arrêté le temps.

Lorsque les prédateurs ont eu leur ration de viande, ils sont partis, assouvis ou chassés par le soir. Je n'ai pas pu bouger pendant des heures. Je suis restée couchée sur la table, j'ai laissé venir la nuit. J'ai laissé les ténèbres poser leur voile sur mon corps nu et troué, cacher le sang impur entre mes jambes. J'ai laissé les larmes laver mon visage, de gentilles larmes, rondes et consciencieuses, bien appliquées à nettoyer l'ordure.

Pendant des semaines, j'ai repensé à ces hommes et à ce qu'ils m'avaient fait. Je revoyais leurs figures, j'entendais leurs souffles, leurs gémissements, leurs mots sales. J'avais beau plaquer mes mains sur mes oreilles, je sentais cette cataracte obscène gicler sur mon corps, dégouliner sur ma poitrine, mon cou, mon ventre, pénétrer jusque dans ma bouche. C'était à chaque fois la même chose : je devais filer aux cabinets et vomir. Et puis j'ai fini par ensevelir ces souvenirs dans la vase de mon cerveau.

Jusqu'au jour où, deux ans plus tard, à Royan, je suis tombée sur un article de journal. Une photographie les montrait tous les deux, entourés de policiers, sur les marches du palais de justice de Versailles. Je n'ai lu que le titre et les premières lignes de l'article : « Accusés d'avoir violé dix-sept femmes durant l'exode, ils en avouent fièrement vingt-trois… »

Théo était près de moi à moment-là, assis sur sa chaise haute, sa cuillère dans la main, occupé à pousser des pépiements d'oiseau. Il a souri. Une bile acide m'a brûlé les entrailles.

14

Mes pensées me ramènent aussi au jour où Lou m'a parlé pour la première fois de Paul Morand. J'aurais dû me méfier. J'aurais dû la prendre par la main et l'emmener très loin d'ici, dans un lieu où les hommes n'existent pas, où les femmes ne cherchent plus l'amour, où Lou et moi aurions été les seules à respirer.

C'était un soir comme les autres soirs. Les cigales faisaient leur insupportable concert nocturne. La terre suffoquait sous une chaleur lourde et poisseuse, exhalait un parfum entêtant de résine fondue et de lavande. Tandis qu'elle se glissait sous les draps, Lou m'a annoncé, radieuse :

« Je suis passée chez les Roccetti ce matin. J'ai vu notre nouveau voisin... »

Elle a enchaîné avec un sourire immense qui a laissé briller ses dents :

« On a échangé quelques mots dans la cour...

– De quoi avez-vous parlé ?

– De tout, de rien... Il m'aurait bien invitée à entrer mais il n'avait pas encore eu le temps d'arranger la maison convenablement. Il m'a proposé de revenir, quand il aura mis un peu d'ordre dans ce taudis… Tu sais ce qu'il a fait, au moment où je lui ai dit au revoir ?

– Non.

– Il m'a pris la main. Et il l'a gardée longtemps, pressée entre ses doigts. Et tu sais ce que j'ai fait, moi ?

– Non.

– Rien. Je me serais flanqué une gifle d'être la gourdasse, comme ça. »

J'ai repensé à ma première impression, le jour de ma rencontre avec Morand.

« Tu n'as pas le sentiment de l'avoir déjà rencontré ? »

Le visage de Lou s'est illuminé d'une férocité allègre.

« Si c'était le cas, je m'en souviendrais. Ce n'est pas le genre de gars qu'on croise par ici. Il a l'air de tout, sauf d'un plouc. »

Elle s'est appuyée sur un coude.

« Tu as remarqué qu'il avait une petite cicatrice sur la joue ? Là, juste en dessous de l'œil ? »

Elle a soufflé, en étirant ses bras et ses cuisses.

« Cette chaleur… ça me met les idées dans tous les sens…

– Tu veux que j'éteigne ?

– Attends encore un peu. Je cherche ce qui me dérange chez ce type… Mais je ne trouve pas. Il est épatant.

– Épatant ?

– Oui, épatant. »

J'ai haussé les épaules.

« Tu ne crois pas qu'il est épatant ?

– Je ne le connais pas. Et toi non plus. »

Lou a balayé d'un petit soupir cette réponse inutile à la conversation. Elle s'est enfoncée dans l'oreiller, la masse de ses cheveux blonds a coulé comme une nappe de miel sur la taie.

« C'est le plus beau gars que j'aie vu depuis longtemps dans ce trou. Encore plus beau que le Boche de Brigitte. Tu l'as pas connu, toi, le Boche de Brigitte ? »

Une expression amusée a ranimé, sous ses longs cils, la flamme de ses yeux bleus.

« Je les ai surpris, une fois, à Mirandes. Devant l'hôtel *Les Charmilles.* La Brigitte, minuscule, avec sa figure de mulot, et son Allemand, grand, les épaules larges comme une armoire mais une petite gueule à tomber par terre... Elle a eu de la chance, la Brigitte, de l'avoir vu la première... »

La suite, elle s'est interdit de la prononcer mais elle l'a imaginée avec une moue gourmande, une petite moue qui a amené sur ses pommettes un nuage de rose.

« Mais je préfère quand même les bruns, a-t-elle conclu dans un bâillement. Ils ont plus de chien. Les poils noirs, surtout sur le torse, c'est plus viril que les poils blonds. Tu trouves pas ? »

D'un geste las, je me suis penchée vers la table de chevet pour éteindre la lampe. Lou a répété dans le noir :

« Sans blague, Gaby, il est vraiment épatant... »

15

Le 13 juillet, le hasard a mis Paul Morand sur mon chemin, rue des Potiers, alors que je revenais de chez la mère Caille. Dès qu'il m'a aperçue, il s'est planté devant moi, à la façon de quelqu'un qui cherche à vous barrer la route.

« Bonjour. »

Il y avait dans ses yeux une sorte de détachement amusé qu'on aurait pu prendre pour de l'ironie. Il y avait quelque chose d'autre aussi, que je n'ai pas su bien définir, une lueur amicale mais retenue, un trouble fugitif, rapidement dissipé par la force tranquille du regard. Je lui ai fait un petit signe de tête auquel il n'a pas répondu. Il s'est contenté de s'écarter et de me laisser passer. Pas très loin.

« J'ai retrouvé votre rond de serviette, m'a-t-il annoncé tandis que je le contournais et que mon épaule frôlait presque son bras.

– Pardon ?

– Dans le buffet des Roccetti… j'ai trouvé un rond de serviette qui porte votre prénom. Gabrielle, c'est bien votre prénom ? »

Une vingtaine d'années plus tôt, Pietro avait eu l'idée d'inscrire à la peinture bleue, sur des petits anneaux en bois, les noms des membres de sa famille et des amis auxquels il réservait toujours une place à sa table.

« On commencera par le tien, *bambina*, m'avait-il promis. Toi, tu fais partie du clan. Il restera toujours là, dans le buffet, avec les nôtres. »

Je me suis rappelé qu'il en avait ainsi décoré sept, puis le nombre des anneaux peints s'était allongé à huit, neuf, dix, quatorze. Il y en avait un pour Céleste, le père Brignoles, un pour Benoît, le journalier, un pour Lazare, le parrain de Julia, un pour sa femme Baptistine, et d'autres pour des gens que je ne connaissais pas et que je n'avais jamais vus, mais que je supposais être de sa parenté : Vito, Sante, Giovanni. Des prénoms qui chantaient Taleggio et les montagnes d'Italie.

« Vous aimeriez peut-être le récupérer ?

– Oui, je viendrai le prendre. Merci.

– Le maire m'a dit qu'il comptait vider la ferme de tout ce qui s'y trouvait. Il a l'intention de vendre les meubles, la vaisselle et les bricoles à un camelot. Le bénéfice de la vente ira aux orphelins de guerre.

– Quand ?

– Je l'ignore. Mais vous devriez vous dépêcher de venir chercher votre rond de serviette avant qu'il ne disparaisse. Je suppose que ce souvenir n'est pas sans valeur pour vous. »

Son regard a plongé dans le mien.

« On y va ? »

Dans un coin de la cuisine, là où Maria rangeait autrefois sa lessiveuse, Morand avait disposé tout un attirail d'objets, un pic, une pioche à lame creuse, un marteau, des massettes, un burin, des sacs de jute, une paire de brodequins. Il s'est dirigé vers le buffet, sur lequel étaient posées ses affaires de géologue, un gros canif, une loupe, deux carnets, un crayon de bois et des cartes de la région. Il a ouvert le buffet et a sorti mon rond de serviette.

« Tenez. »

J'ai fait rouler l'objet précieux dans ma paume. En touchant son bois lisse, j'ai senti les doigts de Pietro sur les miens. Les lettres peintes de mon prénom avaient perdu leur éclat de turquoise mais elles brillaient dans ma main comme les enluminures d'un manuscrit inestimable.

« Ils vous aimaient beaucoup. »

Je me suis raclé la gorge.

« Je les aimais également. »

Il a fallu que je trouve un moyen de dévier le cours de cette conversation.

« Vous avez trouvé de la bauxite ?

– Non, pas encore. »

Une gourde et une veste militaire étaient accrochées à la patère, près de la porte. Morand est allé prendre son paquet de gitanes dans la poche de la vareuse. Nous sommes sortis de la maison.

« Parlez-moi un peu de vous, Gabrielle. »

J'ai senti le sang battre dans mon cou. J'ai bafouillé une excuse stupide, sur un ton de politesse infantile :

« Une autre fois… Désolée, je suis pressée.

– Qu'est-ce qui vous presse tant ?

– Ma mère. Elle m'attend. »

Il a placé sa cigarette entre ses dents comme s'il voulait la mordre.

« C'est bizarre. Vous n'avez pas l'accent du Midi.

– Perdu en route.

– Sur quelle route ? »

J'ai gratté le gravier du bout de ma chaussure.

« Peu importe. »

Il a souri. Malgré moi, j'ai détaillé ses pommettes hautes, ses cils noirs, la petite cicatrice sous l'œil droit qui laissait sur sa peau hâlée une minuscule empreinte de feuille. Son front, barré de rides fines et droites, commençait à accuser les marques de l'âge mûr. Mais la fermeté de son visage, de son cou, la ligne parfaite de sa mâchoire, l'abondance de ses cheveux coupés court, démentaient qu'il ait passé la quarantaine.

« Je n'imaginais pas qu'il puisse faire aussi torride dans cette région… »

Sur ces mots, il a roulé les manches de sa chemise jusqu'aux coudes, exposant à mon regard les veines dures de ses avant-bras. Il était à plus d'un mètre de moi et pourtant, j'ai eu l'impression de me trouver plus près de cet homme que je ne l'avais jamais été d'aucun autre. Je me suis éloignée de deux pas, un peu trop vivement. J'ai rompu cette intimité d'un coup de hache :

« Question d'habitude. Mettez un chapeau et pensez à boire au moins deux litres d'eau. »

Il m'a observée de nouveau étrangement, appuyé contre le mur de la maison, à la fois amusé et intrigué. Puis il a tourné son regard vers le jardin. Il a aspiré une bouffée.

« J'espère qu'il pleuvra bientôt. »

Au pied du vieil olivier, une gentiane coriace, jaillie

d'une crevasse, essayait de disputer la place à une fleur d'acanthe trop jeune pour survivre à ses blessures. Près du puits, quelques colchiques, têtus à éclore, âpres à mourir, tentaient de rouler leurs boutons sur la terre assoiffée. J'ai levé le nez vers le ciel. Des lambeaux de nuages effleuraient le sommet des collines. Ce n'étaient que de maigres traînées que la chaleur dissipait dès qu'elles menaçaient de prendre corps. J'ai annoncé à Morand qu'il ne pleuvrait pas le lendemain. Ni les jours suivants.

Il a jeté un œil songeur sur sa cigarette.

« J'ai beaucoup souffert du froid, pendant la guerre. J'ai tellement rêvé de soleil. Et là, je donnerais n'importe quoi pour pouvoir me rouler dans la neige. L'homme est un éternel insatisfait, n'est-ce pas ? »

J'ai dit « probablement » et j'ai levé la main, pour lui faire comprendre que je partais.

« Repassez me voir, Gabrielle. Nous parlerons encore de la pluie et du beau temps. Je vous rapporterai de la bauxite.

– Je suis très occupée. Je ne crois pas que j'aurai l'occasion de revenir…

– Excusez-moi de me montrer indiscret, mais à quoi passez-vous donc vos journées ? »

Félicien lui aurait sans doute répondu « à faire parler les andouilles ». Moi, je n'ai rien dit. J'ai marché vers la barrière et le sentier poussiéreux. Vers l'ineptie de mon existence. Vers les heures étouffantes qui mettaient tant de temps à s'écouler, vers ma vie qui se délitait en une suite de mots creux et de gestes inutiles, une vie semblable à ces guenilles de nuages effilochés, perdus dans un ciel trop bleu, trop pur, trop vaste pour être honnête.

16

J'ignore ce que l'avenir retiendra de cette guerre. Qu'elle a fait beaucoup de morts, bien sûr.

Des morts qui, au fil des années, se métamorphoseront en chiffres, susciteront des commentaires savants, s'étaleront en colonnes, ressusciteront en statistiques, qui ne seront plus que des chiures d'encre sur du papier. On ne gardera, pour faire parler les livres d'histoire, que quelques noms illustres, mais ceux des autres, de tous les autres, la masse innombrable des anonymes, des inconnus, des tombés sans gloire, des figurants sans intérêt, s'effaceront des mémoires comme sous un trait de gomme. Les générations futures parleront des batailles qu'elles n'ont pas faites avec une assurance pompeuse d'expert, elles évoqueront l'exode, le rationnement, les bombardements, à la fin d'un repas bien arrosé, en regardant des petites photographies pâlies sous une feuille gaufrée. Elles penseront avoir tout appris, tout compris de cette guerre et des autres. Jusqu'à la prochaine. Mais la réalité, c'est qu'elles ne sauront rien.

En juin 40, j'ai marché moi aussi. Pendant des heures, pendant des jours. Dissoute dans l'immense vague des fuyards. Noyée dans le grand fleuve des lâches et des égarés. Prise dans sa crue de tacots, de fourgons, de tombereaux, de corbillards, de charrettes à bras, de triporteurs, de brouettes, de vélos, de chevaux, d'ânes, d'hommes et de femmes résignés, de vieillards courbés, de jeunes filles au visage grave, d'enfants épuisés. Ce grand fleuve lent, versé sur la route de la défaite, qui charriait dans un silence honteux les matelas, les casseroles, les valises, les parapluies, les bébés posés sur les charrettes, bien calés entre les bidons et les musettes. Nous étions des milliers, peut-être des millions. Aux Belges, aux Alsaciens, aux Mosellans et aux Lorrains étaient venus s'ajouter les Normands, les Picards, les Parisiens, et toute cette marée obstinée qui coulait vers le sud encombrait les nationales, les chemins secondaires, les villes, les villages, les ponts, emportait tout sur son passage, l'essence, le pain, l'eau, la paille, les poules, fracassait les cadenas aux portes des magasins d'alimentation, envahissait les maisons, les granges, les églises, usait la pitié des habitants, aiguisait la hargne des campagnes.

Je me rappelle ce vieil homme qui ne parlait pas, droit, digne, son chapeau de feutre bien enfoncé sur son crâne. Il n'avait ni valise ni baluchon, mais il voyageait avec une sorte de caisse montée sur roulettes, une caisse chargée de livres, sans doute le seul trésor qu'il avait cru bon d'emporter avec lui. Je me rappelle aussi ce fou, échappé d'un hôpital déserté, errant sur une route de la Sarthe en pyjama, qui distribuait aux exilés des amandines et des berlingots qu'il prenait pour des cachets d'aspirine. Il y avait aussi cette dame un peu ronde, que j'ai vue pour la première fois à la sortie de Châtellerault. Elle poussait un chariot à commissions bourré de vêtements auquel elle avait attaché une corde. Au bout de la corde trottinait un petit cochon, rose et dodu comme elle, dont les pattes courtes emboîtaient docilement le pas à sa maîtresse.

Parmi toutes les images que j'ai gardées de l'exode, c'est celle de la jeune Anglaise qui revient le plus souvent dans mes souvenirs. Comment pourrait-il en être autrement ? Et celle de la fourgonnette bleue. Mais aussi celle de ce pauvre cochon. Ou plutôt, celle de sa mise à mort. Je repense alors à ce que m'a dit Félicien à propos de cette graine, cette graine de haine que certains portent en eux depuis la naissance.

Ça s'est passé un matin, sitôt après le passage des stukas. Le son strident des avions en piqué a provoqué une débandade générale, dispersant les uns derrière les arbres, sous les taillis, faisant plonger les autres dans les fossés. La dame a lâché son cochon qui s'est mis à courir en poussant un couinement de nouveau-né. À la fin de l'attaque, les gens sont sortis de leurs abris et ont ramassé leurs affaires. Puis la file des exilés a commencé à se reformer. Le porcelet s'était fait attraper par un sale type que j'avais déjà remarqué, un gars du Nord affublé d'une ribambelle de gamins dépenaillés et vicieux. Il avait une figure de brute, des cheveux paille, des petits yeux obliques. La dame a regardé son cochon mais elle ne le lui a pas réclamé. Je crois qu'elle savait déjà ce qui allait arriver. Je crois qu'elle le savait depuis le début, qu'elle l'avait deviné aux regards avides des autres. Un groupe d'hommes a soudain émergé de la foule et s'est approché du voleur. Ils ne se sont pas parlé. Ils se sont entendus d'un seul coup d'œil. Le blond a hoché la tête, sa femme a brandi un bâton, et toute sa marmaille, sa vermine de marmaille, a commencé à sautiller autour d'elle. Ils ont été une dizaine à se ruer sur le cochon. Ils ne l'ont pas égorgé, ils ne l'ont pas saigné, ils l'ont mis en pièces, déchiqueté avec des couteaux, des fourchettes, des cisailles, ils se sont disputé ses côtes, ses tripes, ses pieds, son foie, sa tête, jusqu'au dernier morceau de ses cartilages.

Je sais tout ce que les hommes sont capables de faire.

Je sais ce qui s'est passé dès les premières semaines de la guerre. Un grenadier de la compagnie à laquelle avait été incorporé Denis m'a écrit pour me dire comment celui-ci était mort, noyé dans les eaux remuées et boueuses du port de Dunkerque. Les journaux ont raconté en long et en large les exploits de ces milliers de soldats rassemblés sur la plage, qui ont essayé de rejoindre courageusement, sur des embarcations de fortune, malgré la houle et les remous causés par les bombes allemandes, les navires britanniques qui mouillaient au large, dans l'espoir qu'on les évacue vers l'Angleterre avant que l'ennemi ne s'empare de la ville. Mais les journaux n'ont rien dit de ces soldats français qui, profitant de la débâcle, ont pillé Dunkerque, ses magasins, ses maisons, ses entrepôts, ses hôpitaux. Ils n'ont rien dit de ces cinq fils de salauds qui ont poussé Denis de leur barque parce que leur fragile chaloupe, surchargée de leur minable butin, menaçait de verser, et qui l'ont abandonné dans la mer déchaînée jusqu'à ce que la fatigue et le poids de son barda l'entraînent vers le fond. Ils n'ont rien dit de ces héros qui ont frappé sur les doigts de leurs frères pour les empêcher de monter dans les canots parce que, à leurs yeux, la vie d'un camarade avait moins de valeur que la caisse de cognac, le poste de radio ou la cartouche de cigarettes qu'ils venaient de dérober.

Je sais ce qui s'est passé dans les villes bombardées. Je sais ce que les hommes ont fait, là-bas aussi.

À Royan, j'ai vu les maquisards voler tout ce que les aviateurs anglais n'avaient pas réduit en cendres. Sous les débris d'une toiture effondrée, j'ai vu une femme tabasser un vieillard parce que le malheureux s'accrochait à une couverture qu'elle convoitait. Dans les décombres d'une épicerie, j'ai vu un homme en égorger un autre pour une boîte de sardines.

Je sais ce que la barbarie nazie a fait. J'ai vu les photographies. J'ai vu les camps. Les charniers. Les monceaux de cadavres. J'ai vu ces corps livides, ces ossements entassés, soudés dans l'horreur. J'ai vu ces visages dans lesquels il ne restait plus rien d'autre que la cavité monstrueuse des yeux et le trou noir de la bouche. J'ai vu les bouches des gazés, des martyrs, ces bouches figées, ouvertes comme des gouffres, vomissant la plus effroyable terreur, absorbant tout, la chair et les hurlements.

Dans ce monde dévasté, j'ai vu notre espèce muer en une chose hideuse qui ne portait pas de nom.

Félicien prétend que ce ne sont pas les circonstances qui rendent les hommes mauvais et que la guerre est un monstre qui a bon dos.

Peut-être que Félicien a raison. Peut-être même est-ce toute l'humanité, finalement, qui est viciée.

Car aujourd'hui, je sais tout ce que Jean et ma mère ont fait.

Je sais aussi ce que Lou a fait.

Et surtout, surtout, je sais ce que j'ai fait, moi.

17

Le matin de la Saint-Jacques, il a plu quelques gouttes, pas grand-chose, quelques gouttes tiédasses, lourdes, chargées de sable. Cette poudre terreuse s'est déposée un peu partout, elle a sali la cour, les appuis de fenêtre, le seuil, les fleurs mort-nées du jardin. La chaleur toujours plus sèche, le soleil toujours plus agressif, la vision de ce paysage assommé sous son drap de cendres ocre ont creusé mon malaise au fer rouge.

J'ai d'abord songé à sortir de l'armoire ma petite valise en osier et à reprendre la route. Et puis l'idée m'a aussitôt paru stupide. Partir pour aller où ?

J'ai toujours eu le sentiment de naviguer sur un océan sans rivage, vide de toute attente, de toute espérance. Je me suis si souvent sentie amputée d'envies. Enfant, il me semblait parfois que je n'étais pas tout à fait comme les autres, que je n'aurais jamais d'espoirs à nourrir, jamais de jours meilleurs à imaginer. On ne m'a pas donné la clef qui actionne chez les autres cette étrange mécanique des rêves, qui les fait avancer jusqu'au bout de leur existence en souhaitant maison, famille, fortune, petits conforts ou grandes épopées. Je n'ai jamais eu de vrais désirs. Je n'ai jamais imaginé mon avenir radieux, jamais projeté mes volontés au-delà du lendemain. Mon départ pour Paris n'avait été qu'une fuite. Mon installation à Royan, une fuite encore. Mon retour en Provence, l'aboutissement de mille fuites avortées. J'avais voulu revenir à Bayon pour m'y enterrer vivante.

Alors, ce matin-là, j'ai pensé à un autre départ, définitif. J'ai décidé qu'il était temps d'en terminer avec ma vie. De fermer le rideau sur cette scène où se jouait depuis trop longtemps un spectacle qui ne valait pas un sou, ni un regret.

Je me suis préparée, j'ai mis un pantalon et un chemisier sans manches, mes espadrilles, mon chapeau de paille. Tout était simple. Je suis sortie dans la cour. J'ai vu au loin les seins rouges des collines et les amandiers dressés à leur sommet comme des tétines. J'ai trouvé là le moyen d'en finir. Je me suis dit que j'allais monter sur ces collines, à l'endroit où on avait découvert, au cours de l'été 1933, le vieux Guillou roussi et sec comme une barbe de bruyère. Je me suis dit que je trouverais enfin ma vraie place, là-bas, que je pourrais me laisser manger par le soleil et qu'ainsi tout rentrerait dans l'ordre. Je n'ai jamais été particulièrement courageuse. Les lâches préfèrent les morts lentes. Oui, tout m'a semblé très simple tout à coup. J'ai songé qu'il suffirait que je me couche sur la terre et que j'y demeure assez longtemps pour que le soleil m'assassine. Les insectes viendraient ensuite me vider de ma viande et de mes sucs, ils s'enivreraient de toute cette fermentation, et au bout du compte, il ne resterait plus de mon être qu'un petit tas d'os blancs et friables que le vent éparpillerait en une fine poussière de farine.

Je me suis rendue au cimetière pour voir Félicien une dernière fois. Je ne pensais pas au mal que je pourrais lui faire, au chagrin que ma mort allait causer à son vieux cœur déjà cent fois meurtri. J'ai toujours été égoïste. Je n'ai pas pensé non plus à ce qu'il allait advenir de mon âme. J'ai toujours été mécréante. Sûrement à cause du père Florentin. Le bonhomme en soutane n'aimait guère nous parler du paradis. À croire qu'il n'avait pas grand-chose à en dire ou qu'il n'était peut-être pas tout à fait convaincu de son existence, ou encore qu'il avait l'imagination plus fertile lorsqu'il s'agissait d'évoquer notre damnation éternelle. Lorsque nous lui demandions de plus amples informations sur ce lieu de grande félicité, il affichait l'air excédé que prennent les adultes devant les questions idiotes ou embarrassantes des enfants. Il utilisait des formules sibyllines et des paraboles absconses en tripotant nerveusement son surplis aux relents d'antimite et d'encens, il évoquait l'endroit avec un flou artistique qui dessinait dans nos esprits une topographie confuse. Denise Besson, une petite brune joufflue et inquiète, dont le père avait été écrasé par un autobus sur la route de Saint-Maximin, lui avait demandé un jour sous quel aspect nous arrivions dans cet endroit mystérieux, si nous étions condamnés à errer dans ce nouveau monde avec les blessures qui nous avaient coûté la vie. Le père Florentin lui avait répliqué que l'état dans lequel nous nous présentions devant notre créateur avait peu d'importance.

« Le bon Dieu se fiche bien que vous paraissiez devant lui avec une belle figure, la seule chose qui l'intéresse, c'est votre âme. »

Je préfère croire que tout s'achève avec la mort. Je préfère cette idée à celle d'une grande foule d'amputés, d'éventrés, de moribonds ravagés par la maladie, rassemblés sur leur nuage de félicité. Je préfère l'idée du néant plutôt que cette exhibition de corps souffrants, cette grande foire de gueules cassées et de mutilés. J'espère que la mort est la fin de tout, qu'il n'y a ni retrouvailles là-haut, ni résurrection, ni kermesse, je me réconforte avec cette certitude car sinon la peur de mourir me terroriserait, je ne pourrais supporter de voir dans quel état la bombe américaine a mis mon petit garçon.

Félicien ne s'est rendu compte de rien, parce que je ne laisse jamais rien paraître de mes intentions ou de mes humeurs. J'ai toujours le même air, calme et tendu à la fois, taciturne et obstiné. Je n'ai pas su comment dire à mon oncle que c'était notre dernière rencontre. Alors, je l'ai embrassé sur la joue, j'ai pris sa main et je l'ai serrée, peut-être un peu trop fermement.

« Qu'est-ce qu'il y a ? s'est affolé Félicien. Tu pars ? »

On ne devrait jamais dire adieu à ceux qu'on veut laisser derrière nous. Du moment où ils comprennent qu'on a cette idée de départ enracinée dans le crâne, ils s'acharnent à essayer de la trancher.

« Partir, c'est pas la solution, Gaby. Il y a d'autres moyens d'échapper à ses problèmes. »

Il a voulu me faire asseoir sur un lit de marbre mais j'ai fait non de la tête, j'ai tourné les talons. Il m'a rattrapée et m'a retenue par l'épaule.

« Tu ne peux pas changer le passé, Gaby, ni refaire le

monde. La seule chose que tu peux faire, c'est honorer tes morts et essayer d'aimer les vivants. »

J'ai failli lui dire qu'il était le plus mal placé pour me prodiguer ce genre de conseil, lui qui vivait en ermite depuis trente ans, qui avait rompu avec toutes les fausses obligations de l'existence. Il a dû lire dans mes pensées, il m'a avoué :

« Après la mort de ta tante, j'ai pas eu le courage de continuer à vivre. Je me suis enterré dans ce cimetière, comme ton père s'est enfermé dans son silence. Ne fais pas la même bêtise. »

Je me suis dégagée de son étreinte. Il a trottiné dernière moi, sa voix s'est faite implorante :

« Ne t'en va pas, attends… j'ai quelque chose d'important à te dire… »

Il a désigné d'un large geste de la main les sépultures autour de nous. Sur les dalles mouchetées, des milliers de petits points scintillaient comme si les étoiles et tous les corps célestes de l'univers, en se désagrégeant, avaient sucré les pierres de débris étincelants.

« Quand on a trop froid, on se réchauffe avec des mensonges… Moi aussi, j'ai menti. Ça fait trente ans que je te mens, que je me mens à moi-même. »

Il a baissé la voix et la voûte de ses épaules.

« Les morts ne nous entendent pas, Gaby. Ils ne nous répondent pas non plus. Rien ne s'échappe jamais de ces tombes. Le voilà, mon secret à moi. C'est à des pierres que je parle toute la journée… »

La conversation prenait le tour pénible que j'avais redouté. Une résille de nerfs à vif s'est mise à trembler sous ma peau.

« Ne pars pas, Gaby... »

Je l'ai repoussé, sans brusquerie.

« Laisse-moi tranquille, Félicien. Tu ne peux pas comprendre.

– Tu crois ? Tu crois que je ne suis pas le mieux placé pour comprendre ? J'en ai avalé, moi aussi, des cuillerées de malheur...

– C'est différent. »

Il m'a contemplée soudain avec un air de doute.

« Qu'est-ce que tu fuis, Gaby ?

– Fiche-moi la paix. »

Il a pris un air de plus en plus soupçonneux.

« Toi, c'est pas le chagrin qui te pèse... »

Il a réfléchi une seconde, sans me lâcher du regard. Puis je l'ai vu fléchir les genoux, accablé par ce qu'il venait de découvrir :

« C'est le remords. »

Mon cœur s'est mis à battre très vite mais j'ai feint l'ignorance.

« Je ne sais pas de quoi tu parles.

– De ce que je vois dans tes yeux, Gaby. Et ce que je vois, ça pèse bien plus lourd que le chagrin...

– Tu dis n'importe quoi.

– Peut-être pas. »

Son esprit de vieil entêté est revenu sur l'obstacle, comme une monture bridée par la poigne d'un cavalier chevronné :

« Qu'est-ce que tu as fait, Gaby ? »

Il a insisté :

« Qu'est-ce que tu as fait qui te tourmente à ce point ?

– Tu divagues.

– Je peux t'écouter sans te juger. »

La méchanceté s'est offerte à moi comme une suprême tentation mais je l'ai repoussée. Je l'aimais trop pour le blesser. J'ai dit seulement :

« Laisse-moi partir, Félicien. S'il te plaît. »

Il a poussé un profond soupir.

« Après tout, ça ne me regarde pas, ce que tu as fait. La seule chose qui m'inquiète, c'est ce que tu vas faire…

– Arrête.

– Le temps, ça met du baume sur la souffrance. Elle finit toujours par s'apaiser. Mais le remords, c'est comme un chancre. Ça ne disparaît qu'avec la mort… C'est de ça dont j'ai peur. Tu penses à la mort, dis ? »

Il m'a attrapée de nouveau fermement par le bras. Sa vieille figure a pris la couleur du plâtre.

« Ne fais pas de bêtise. Pense à Louise.

– Louise est grande.

– Détrompe-toi. Louise ne sait pas marcher toute seule. Si tu pars, elle tombera. Ta mère, elle est comme les bœufs, elle a besoin de ses œillères pour avancer droit. Mais ta sœur, elle a besoin d'une béquille.

– Elle s'est passée de moi pendant six ans et elle s'en est très bien portée.

– C'est tout le contraire, Gaby.

– Louise est forte.

– Non. Louise est fragile.

– Louise est belle.

– De l'extérieur. Mais à l'intérieur, elle est tout en plaies et en bosses. »

Je savais qu'il guettait sur mon visage une marque d'intérêt mais je l'ai laissé se heurter à un masque impénétrable.

Alors, il a enfoncé la pique un peu plus loin, pour réveiller ma culpabilité :

« Elle m'inquiète, cette petite. Personne n'a jamais pris soin d'elle. Personne. Toi, tu m'as eu, moi. Et tu as eu les Roccetti. Mais Louise… elle a poussé toute seule, dans un grand bocal vide. »

C'est avec ces mots-là, finalement, qu'il a réussi à couper la racine de mon idée. J'ai renoncé aux collines. J'ai fait ce qu'il m'a dit. J'ai songé à Lou.

« Elle a besoin de toi, Gaby. »

Il ne savait pas, en prononçant cette phrase, à quel point il avait tort.

18

Je suis restée. J'ai écouté ce vieil entêté. Et les jours m'ont poussée lentement jusqu'au mois d'août.

Tous les samedis, je retrouvais Lou en ville vers onze heures, le temps de sa pause. Nous faisions toujours le même trajet : nous rôdions rue Garibaldi, puis nous longions la mairie, la communale, la gendarmerie et nous allions flâner un moment sur la place des Augustins, en parlant de choses qui n'ont pas d'importance, en lançant dans l'air chaud des phrases et des mots plus légers que des plumes. Lou paraissait ravie de ces promenades. Elle avalait des yeux tout ce qui passait dans la rue, s'émerveillait de mille puérilités, lorgnait effrontément les hommes, raillait gentiment les femmes, ses ballerines effleurant le sol avec une grâce divine et cruelle. Je repensais à ce qu'avait dit la mère, le jour de mon arrivée : « Elle te ressemble de plus en plus », et je songeais que c'était la chose la plus absurde qu'on puisse dire parce que Lou et moi paraissions alors aussi contraires que le jour et la nuit. C'est plus tard que j'ai réalisé que cette vieille carne avait raison, même si pour elle cette phrase avait un tout autre sens. L'âme de Lou et la mienne saignaient du même mal.

Ce mal qu'elle nous avait fait et qui nous avait couturées toutes les deux de cicatrices invisibles.

La première semaine d'août, le 3 exactement, nous avons croisé Paul Morand devant la boucherie. Il nous a saluées poliment, j'ai eu l'impression qu'il n'avait pas envie de s'attarder à nous faire la conversation. Mais Lou avait déjà préparé son coup : avant qu'il ne se remette en route, elle l'avait invité à venir déjeuner le dimanche suivant.

Le dimanche, c'est le jour où, après avoir été à la messe coasser avec les grenouilles de bénitier, la mère va honorer de sa présence la tombe de son défunt mari. Elle apporte à mon père un minable bouquet de fleurs sauvages qu'elle a cueillies à la va-vite sous la rocaille du jardin et par convenance fait semblant de se recueillir sur sa tombe, dix secondes, pas plus, pas moins. Ensuite elle époussette d'un geste irrité la vilaine plaque funéraire qu'elle a achetée au rabais et sur laquelle elle a fait graver en lettres hypocrites « Regrets éternels ». Une fois sa corvée accomplie, elle passe un court moment à discuter avec Félicien, je dis un court moment parce que depuis qu'ils ont l'âge de parler, ces deux-là ne s'entendent pas plus que le bon lait et le vinaigre, et quand on les laisse trop longtemps ensemble, le mélange finit toujours par tourner. Pour terminer, elle emmène Jean et va rendre visite à une femme qui habite à la sortie du bourg, la Paulard, chez laquelle elle retrouve Henriette Gaubert et Simone Gragne. Le reste de l'après-midi, les quatre harpies tricotent et détricotent la vie de tout le monde, armées des longues aiguilles à ragots qui leur servent de langues. Le tout, c'est-à-dire l'allée, le cimetière, Félicien, la Paulard, les commérages, le retour, le tout lui prend au moins quatre heures. Lou dit que ces quatre heures-là valent l'éternité, parce que, lorsque la vieille n'est plus dans les parages, l'univers semble avoir été repeint d'une autre couleur. Pour moi, avec ou sans la mère, les choses ont toujours eu la même teinte. On peut toujours colorier les images, si le dessin est raté, il est raté.

« Dimanche, c'est d'accord ? Vous viendrez ?

– Je viendrai. »

Louise a de nouveau gloussé :

« Il faut me promettre de ne pas oublier. »

Morand a souri de mauvaise grâce.

« Je n'oublierai pas.

– Vous apporterez le vin ?

– Si vous voulez. »

J'ai vu ma sœur vibrer sous les inflexions basses et rauques de sa voix. Et pourtant je n'ai rien deviné. Je n'ai pas compris qu'elle était déjà perdue.

Dimanche est arrivé et, finalement, le déjeuner avec Morand a eu lieu chez les Roccetti et non pas à la maison. La mère a dû soupçonner qu'il se tramait quelque chose dans son dos. Le samedi matin, elle nous a annoncé qu'elle n'irait pas au cimetière, en prétextant du travail à la ferme et un mauvais tour de reins qui clouait la Paulard dans son lit. Ni Lou ni moi n'avons été dupes de ses mensonges. Louise s'est effondrée. Son masque d'enfant boudeuse a fait place à une expression douloureuse, proche du martyre.

Je suis allée voir Morand pour lui annoncer que le repas était annulé. Je ne lui ai pas caché que la présence de la mère nous interdisait toute sorte de distraction à la maison.

« Eh bien, venez manger ici. J'ai de quoi cuisiner. »

La proposition n'était pas indécente. Pourtant, elle m'a fait un gros nœud dans la gorge.

« Cela vous pose un problème ? »

J'ai dégluti pour faire passer le nœud.

« Un peu.

– Les Roccetti n'y verront certainement aucun inconvénient. »

Je l'ai détesté. Son détachement. Cet humour noir. Et puis cette phrase, lâchée comme une bouée de sauvetage :

« La vie continue, Gabrielle. »

J'ai quand même accepté sa proposition. Pour ma sœur. Uniquement pour elle. J'aurais accepté n'importe quoi pourvu que ce n'importe quoi lui rende son sourire.

« Je vais mettre ma robe mauve ! s'est exclamée Louise en tapant des mains. La mauve avec des volants, celle qui me fait un cul à la Betty Grable ! »

Il y avait quelque chose d'horripilant dans le rire de Lou. Horripilant et magique. C'était comme un effleurement léger et fugace de sensations inconnues. Un mélange confus et troublant d'innocence et de bêtise. Je ne pense pas avoir eu un jour ce rire-là, même lorsque j'avais quatre ans. Je ne pense pas qu'il y ait eu en moi, jamais, la moindre incandescence d'enfance et de légèreté.

Le lendemain, donc, Paul Morand nous a reçues très gentiment. Nous nous sommes installées dans l'herbe, à l'ombre de la vieille yeuse. Sur une nappe fleurie, des assiettes et des verres dépareillés entouraient des boules de pain, du poulet froid, un gratin de pommes de terre, une bouteille de rosé et un pichet d'eau fraîche. Lou était splendide dans sa robe mauve qui lui galbait les hanches à la perfection et lui faisait effectivement, sous sa taille de guêpe, une paire de fesses renversante.

Nous avons commencé à manger. Morand a entamé une discussion qui a vite tourné au monologue sur les prochaines élections, la suppression de la carte de pain, les événements d'Indochine, les exploits meurtriers de Pierrot le Fou et du gang des tractions. J'avais l'impression d'écouter les actualités à la TSF. Lou ne disait rien, occupée seulement à regarder l'objet de son désir. Ses prunelles étaient vissées aux muscles de Morand, rivées à ses épaules, à la saillie de ses pectoraux. Elle le goûtait des yeux, elle goûtait le cuir poli de ses bras, l'attache puissante de son cou, la toison mousseuse de son torse, entre le col de la chemise. Je savais exactement à quoi elle songeait. Elle le comparait aux pêches sauvages qui poussent sur la colline, qui ont une peau douce comme du velours mais en dessous une chair plus dure que du granit. Et je savais que cette pensée lui amenait des frissons de plaisir dans le ventre.

Lorsque Morand a sorti une cigarette, je lui ai dit :

« Vous avez été prisonnier. »

Il m'a regardée d'un air trouble, avant d'acquiescer d'un hochement de tête.

Je l'avais deviné dès le premier jour, à sa gourde suspendue dans la cuisine. Elle portait les initiales KG, *Kriegsgefangener*.

« Où ?

– Stalag I-A, près de Königsberg. »

Lou a lâché un soupir navré qu'elle a dû juger de circonstance.

« Je n'en ai pas gardé de séquelles, a précisé Morand. Avant d'ajouter, en désignant du menton le gratin auquel il n'avait pas touché : Mis à part mon dégoût pour les pommes de terre… »

Ma sœur a fait la sotte, elle a avancé l'ourlet charnu de ses lèvres dans une moue étonnée et Morand s'est cru obligé de nous raconter une histoire de soupe infâme que les Allemands leur servaient tous les matins, dans laquelle flottaient des légumes à l'aspect d'immondices, des fanes de chou et des morceaux de pommes de terre germées. Il nous a dit qu'un jour, un visiteur de la Croix-Rouge avait découvert que ces pommes de terre provenaient d'un silo où pourrissaient des cadavres de prisonniers russes.

« Depuis, a-t-il déclaré, je ne peux plus avaler une patate sans lui trouver un parfum de charogne. »

Louise a relevé sa jupe sur ses cuisses avant de dire en minaudant :

« On dirait que la guerre a laissé à chacun d'entre nous un goût particulier. Moi, c'est celui des rutabagas. Et du mouron. La mère nous en servait à toutes les sauces, en soupe, en salade et même en dessert. Heureusement que les réquisitions sont finies. »

Pendant plusieurs minutes, j'ai vu ses yeux de petite chienne avide chercher désespérément ceux de Morand, au bout de la nappe, sans jamais les rencontrer. Depuis le début du repas, il l'ignorait superbement. Je me suis demandé comment on pouvait rester indifférent devant la beauté de Lou. Mais après tout, Morand n'était pas un homme, c'était une roche. Qu'est-ce qui peut bien émouvoir une roche ?

Il m'a servi à boire.

« Et vous ? »

J'ai posé mon verre lentement. Mes mains se sont mises à trembler. J'ai répliqué un peu sèchement :

« La cendre. La guerre m'a laissé un goût de cendre.

– Oh, c'est d'un drôle, ce genre de remarque…, a ronchonné Louise. Encore un peu et on va se croire à un enterrement. »

La fin du pique-nique s'est déroulée sans que je n'ouvre plus la bouche, rythmée par le bruit des aliments mâchés et le chant monotone des cigales. Lou avait tort : un enterrement aurait été plus gai.

Lorsque nous sommes parties, vers trois heures, Morand m'a rappelée et m'a entraînée à l'écart. Louise était déjà sur le sentier.

« Pouvez-vous repasser demain ?

– Pourquoi ?

– J'apprécie beaucoup votre compagnie. »

J'ai dû le dévisager comme s'il lui était sorti un chapelet de perles de la bouche. Ou une tripotée de grenouilles.

Il a jeté un regard assombri en direction de ma sœur.

« J'ai besoin de vous voir. Seule. Je dois vous parler.

– À quel sujet ?

– Demain, Gabrielle. »

19

Il m'attendait sur le seuil, une boîte à biscuits dans les mains. Il semblait préoccupé.

« Qu'est-ce que c'est ?

– Les munitions d'un fusil de chasse. Elles étaient dans la grange. Pietro les avait cachées au fond d'une caisse. »

Cette découverte ne m'a pas semblé revêtir une grande importance. La seule chose qui m'a frappée alors, c'est que Morand venait de dire « Pietro » et non « Roccetti » ou « Pietro Roccetti ». Sans que je sache pourquoi, cette familiarité m'a vaguement déplu.

Il m'a ensuite confié qu'il avait déjeuné aux *Marées*, un petit restaurant du centre-ville, un bouge que tout le monde, ou presque, connaît même sans y avoir jamais mis les pieds, qui sert de la baudroie et du turbot deux fois la semaine et qui porte bien son nom, à cause des effluves douteux qui remontent de la cuisine, un fumet de varech et de poisson avarié. Le patron, Guichard, il n'y a pas grand-chose à en dire, si ce n'est qu'il est exceptionnellement grand et fort, certainement le type le plus costaud de Bayon. À la foire, c'est incontestablement lui le champion de la mailloche. D'un seul coup de marteau, en levant à peine le poignet, il est capable de vous exploser la cloche. Mais il a beau être charpenté comme un bœuf, Guichard dans sa tête loge un pépin de cerveau. Quant à sa femme, Toinette, elle déroule son temps à semer les racontars. Les rares clients qui fréquentent *Les Marées* n'y vont d'ailleurs que pour ça, pour entendre médire la Guichard, pour ramasser les graines de sa médisance dans le sillage de son cul démesuré, bombé comme un ventre de huit mois.

Morand m'a dit qu'au moment de payer l'addition, la commère lui avait demandé s'il arrivait à trouver le sommeil dans un lit où on avait étendu trois cadavres.

« Ça va vous porter malheur de vivre dans cette maison. »

Il lui a répondu qu'il n'était pas superstitieux.

« N'empêche, a poursuivi la Guichard, si j'étais vous, je chercherais à loger ailleurs. »

Sans doute voulait-elle qu'il s'installe dans l'appentis que son mari a construit à côté du restaurant, la cage à lapins qu'elle appelle leur « chambre d'hôtes » et qu'à son grand désespoir elle ne loue que tous les trente-six du mois.

Lorsque Morand l'a interrogée sur l'affaire Roccetti, j'imagine qu'elle en a salivé de satisfaction. Elle lui a susurré :

« À mon avis, c'est à cause de Maria. On lui aurait donné le bon Dieu sans confession, à l'Italienne, mais faut jamais se fier à l'eau qui dort… Il y a des gens qui disent… »

Les phrases de la Guichard commencent toujours par les mêmes mots : « Il y a des gens qui disent… » Une introduction qui donne l'absolution à ses mensonges. Après, c'est le sempiternel manège, la voix qui s'abaisse, qui se fond en chuchotement, l'œil sournois qui étincelle. Et puis, derrière sa calomnie lâchée comme un couperet, le petit hochement de tête convaincu.

« Il y a des gens qui disent que Maria fréquentait ailleurs… si vous voyez de quoi je parle… Pietro l'a appris et ça l'a rendu enragé. »

Lorsque Morand m'a rapporté les insinuations de la Guichard, je n'ai pas eu envie de démentir. Non seulement l'idée que Maria ait pu avoir un amant était absurde, mais chercher à en convaincre Morand aurait été une insulte à sa mémoire.

« Que s'est-il passé ici, exactement ? m'a-t-il demandé.

– Je croyais que le maire vous en avait parlé. »

Il a pris son paquet de cigarettes et l'a éventré d'un coup d'ongle. J'ai remarqué qu'il avait changé de marque, qu'il avait abandonné ses gitanes pour des américaines.

« Le moins qu'on puisse dire, c'est que monsieur le maire a été très succinct. »

Il a allumé sa cigarette en penchant la tête en arrière pour souffler la fumée vers le plafond. Son visage a affiché une contrariété évidente, derrière les volutes grises et blondes de sa Chesterfield.

« Trois phrases. Il a fait tenir la mort de quatre personnes en trois phrases. Trois phrases bien serrées, empaquetées dans une mine de circonstance. Un après-midi, un père de famille sans histoire a pris son fusil, s'est dirigé dans la chambre de sa fillette de six ans et l'a abattue d'un coup en plein cœur. Ensuite, il est sorti dans la cour, a tiré dans le dos de son fils aîné puis dans la poitrine du cadet, à bout portant. Après quoi, il a retourné son arme et s'est fait exploser le crâne. Fin du scénario. »

Je lui ai dit que je n'avais pas plus de détails concernant cette tragédie.

« Avez-vous seulement essayé d'en savoir davantage ? »

Cette question m'a pétrifiée comme une douche froide. Je l'ai reçue en pleine face.

Morand a continué de m'arroser :

« Ne me dites pas que vous avez cru un seul instant à cette fable.

– Non… enfin, je ne sais pas… je…

– Si les choses se sont vraiment passées comme l'affirme le maire, a-t-il poursuivi, Roccetti a dû aller s'approvisionner en cartouches avant de faire ce qu'il avait à faire, c'est-à-dire qu'il a dû se rendre d'abord dans la grange. Puis il est sorti dans la cour où se trouvaient ses deux garçons. Mais il ne les a pas tués à ce moment-là. Il a préféré les contourner et continuer son chemin, tranquillement, son fusil à la main. Il a choisi d'entrer dans la maison, de passer par la cuisine et de se rendre dans la chambre pour aller assassiner sa fille. »

Tout en parlant, j'ai vu qu'il était devenu plus ombrageux. Il continuait de fumer mais avec une certaine impatience. Il tirait maintenant des bouffées de plus en plus rapprochées. Je l'ai laissé terminer sans l'interrompre.

« Les incohérences ne s'arrêtent pas là. Ce premier meurtre accompli, qui étrangement n'a attiré personne dans la maison, Pietro Roccetti est retourné dehors. Et là, au lieu d'abattre ses fils du pas de la porte, il s'est avancé de nouveau jusqu'au milieu de la cour et a ouvert le feu sur eux. Cela vous semble logique ? »

Je n'ai pas répondu, j'ai juste secoué la tête. Ce n'était pas la première fois que je sentais le goût suspect de cette histoire. Cette histoire qu'on m'avait forcée à avaler et que je m'obligeais, depuis mon retour, à ne pas recracher.

Morand a pris sa cigarette entre ses doigts, l'a tenue un instant à la façon des dockers, entre le pouce et le majeur. J'ai eu l'impression, l'espace d'un instant, qu'il s'agissait d'un autre homme. La fumée lui est sortie par les narines, en un double jet, long et épais.

« Et si les gendarmes s'étaient trompés ? Peut-être que Pietro a tué Angèle en dernier…

– Dans ce cas, a objecté Morand, après avoir tué ses deux fils dans la cour puis sa fille dans la chambre, il ne serait pas ressorti dehors pour se suicider. »

Il s'est approché à pas lents du seuil de la pièce, sa démarche a repris son assurance tranquille. Il s'est adossé au chambranle avec une certaine nonchalance, abandonnant tout signe de nervosité. Il a ouvert la bouche et s'est mis à exhaler des petits cercles de fumée d'une rotondité parfaite, légers, aériens, pareils à des anneaux de brume.

« C'est un jeu puéril, s'est-il excusé. J'en ai pris l'habitude au stalag. Nous n'avions pas tellement de distractions. »

Il a balayé du pied la cendre de sa cigarette tombée sur le perron.

« J'aimerais vous montrer quelque chose, Gabrielle. »

Je me suis demandé où il voulait en venir. J'ai failli le prier de ne pas m'en dire davantage, de peur que cette histoire me hante plus que je ne le désirais. Morand ne m'a pas laissé l'occasion de lui répondre que je préférais oublier ce qu'il venait de me révéler, que tout cela n'était que des suppositions hasardeuses, que ma présence même, dans cette maison à l'agonie, m'était insupportable.

Il s'est dirigé vers le fond de la cuisine et s'est saisi du balai qui traînait à côté du buffet.

« Soixante-quinze centimètres. C'est à peu près ce que mesure un canon de fusil. »

Il a paru estimer mentalement cette longueur puis il a brisé le manche à balai sur sa cuisse, d'un coup sec, et il me l'a tendu.

« Pourriez-vous vous tirer une cartouche dans le front ? »

J'ai dû bafouiller une réponse inaudible qui l'a fait sourire. Son corps s'est approché du mien, sans que je le sente venir. Il s'est même approché si près que mes jambes ont failli se dérober.

« Imaginez que la détente se trouve à cette hauteur. »

Il a pris ma main droite pour la placer à l'extrémité du manche. De nouveau mes genoux ont fait cette danse grotesque des rotules qui se rapprochent et s'éloignent.

« Essayez de poser la bouche du canon sur votre front ou votre tempe. »

Effectivement, le geste était impossible. J'ai eu beau étirer le bras vers le bas ou l'allonger à la verticale, l'autre bout du balai n'a jamais pu atteindre ni l'une ni l'autre partie de mon visage.

« Trop long, a déclaré Morand. Personne ne peut accomplir cet exploit avec un fusil de chasse ou une carabine.

– Les gendarmes ont pourtant dit que…

– C'est bien là le problème. »

J'ai senti sa paume se poser dans mon dos. J'ai tressailli comme si elle avait traversé l'étoffe de mon chemisier et s'était plaquée à nu sur ma chair.

« Si Pietro Roccetti ne s'est pas suicidé, il n'a probablement pas tué ses enfants non plus. »

J'ai fait un pas sur le côté. Morand a dû sentir ma confusion.

« Je n'aurais peut-être pas dû vous faire part de mes doutes. Vous paraissez bouleversée. »

Cette voix. Toujours cette voix dont il jouait comme d'un instrument, qu'il modulait de tonalités rauques, basses, profondes.

J'ai lissé ma jupe et j'ai soufflé :

« Et maintenant ?

– C'est à vous de décider de ce qu'il faut faire.

– Moi ?

– Vous connaissiez Roccetti. Vous aviez de l'estime pour lui. »

Soudain, j'ai eu une sorte de vision, j'ai vu Pietro assis en face de moi, sur sa chaise. Je n'ai ressenti aucune espèce de frayeur ou de malaise. J'ai su qu'il ne s'agissait ni d'un revenant, ni même d'une hallucination, que c'était autre chose, un phénomène indicible, une sorte d'irruption inattendue de la mort dans la vie, un rêve éveillé, je le savais parce qu'il m'était arrivé plus d'une fois d'être confrontée à ce genre d'apparition, depuis le décès de Théo. Chacun de nous nie et repousse l'absence de l'être cher à sa façon, par des rituels, des certitudes ou des illusions qui défient la raison.

J'ai vu Pietro, donc, qui se tenait droit contre le dossier de la chaise, le visage grave, les mains sur les genoux, le front ouvert par un trou large et rond comme une pièce de cinq francs. Il ne semblait pas nous écouter, tout juste paraissait-il avoir remarqué notre présence. Il était là, simplement, assis à sa table, revenu chez lui, dans sa cuisine, et on aurait presque pu s'attendre à le voir couper le pain et se servir un verre de vin si ses yeux noirs, autrefois si vifs, n'avaient été empreints d'une tristesse immense.

Morand a insisté :

« Il est évident que Roccetti est innocent des crimes dont on l'a accusé. »

Pietro a tourné lentement son buste vers l'étranger. Il n'a eu aucune réaction. J'aurais voulu qu'il montre son approbation ou le contraire. J'ai attendu un signe. Mais il s'est levé et il a disparu, aussi subitement qu'il était arrivé.

« On peut accepter beaucoup de choses, Gabrielle. Sauf l'injustice. »

Morand m'a regardée avec une telle intensité que j'ai baissé la tête.

« Sauf l'injustice », a-t-il répété.

20

Deux jours plus tard, Titoù Barthélémy m'a abordée alors que j'étais en ville. Je regardais, placardée sur le mur de la salle des fêtes, une affiche qui annonçait la sortie des *Enfants du paradis*, avec Jean-Louis Barrault et Arletty. Le film se jouait au Lux, le seul cinéma permanent de Soulagnes, le seul cinéma de la région avec une vraie salle obscure, de vrais fauteuils, des tapis, une façade décorée d'arcades en plâtre et de pilastres élégants. Je me demandais, en regardant l'affiche enguirlandée de mauve et de rose, s'il plairait à Louise d'aller voir ce film.

Barthélémy m'a envisagée étrangement, les mains croisées sur son ventre.

« Tu as discuté avec l'étranger ? Tu lui as raconté pour les Roccetti ?

– Oui.

– Tu n'aurais pas dû.

– Il était déjà au courant du drame. Le maire lui en a parlé le jour où ils ont signé le bail. »

Il a rabattu sa casquette sur son front puis il est resté plusieurs secondes sans bouger, à me dominer de toute sa taille, avec une figure que je ne lui avais jamais vue.

« Un drôle de type ce Morand... Il m'a bombardé de questions. Il voulait tout savoir, comment je les avais trouvés, si on était bien certain que c'était Pietro qui avait tiré, ce qu'avaient dit les gendarmes... »

Il s'efforçait de parler avec bonhomie mais son expression trahissait un mécontentement qu'il n'arrivait pas à dissimuler, qui crispait ses traits dans sa face élargie et luisante. Il a enchaîné :

« Je le trouve bien curieux, le Lyonnais. Il ne devrait pas se mêler des histoires du pays. Entre nous, les gens d'ici, on peut se dire des choses, mais ça doit rester entre nous... »

J'aurais été incapable d'affirmer, sur le moment, si cette dernière phrase comportait une menace ou si elle sonnait simplement comme un avertissement. Les personnes comme Titoù Barthélémy sont les plus difficiles à percer. Sa grosse figure naïve, ses joues rondes et vernies, sa moustache qui semble remonter le coin de ses lèvres dans un sourire perpétuel lui ôtent toute expression de méchanceté. Mais les apparences ne prouvent rien. J'en sais quelque chose, depuis le jour où le grassouillet m'a fait monter dans sa fourgonnette bleue.

J'ai planté mon regard dans les prunelles du facteur.

« Vous voulez dire qu'on doit laver son linge sale en famille ? »

Il n'a pas eu l'air d'apprécier ma question.

« Son linge sale ? Comme tu y vas !

– Pietro n'a pas tiré sur ses enfants. Il ne s'est pas tué non plus. »

Un grand silence, lourd comme une chape, a suivi mes derniers mots. Barthélémy a tripoté nerveusement sa casquette élimée.

« C'est le Lyonnais qui t'a mis la favouille dans la pastèque ?

– Pietro Roccetti a été assassiné.

– Tu as trop, beaucoup trop d'imagination, Gabrielle…

– Je n'invente rien. »

Il a levé le menton pour contempler le ciel.

« À moins que ce soit le soleil, la chaleur ça fait tourner les idées.

– Quelqu'un a maquillé le meurtre de Pietro en suicide. »

D'ordinaire, Bartélémy me fait penser à un ours en peluche, avec ses petits yeux en boutons de bottine et son air bonasse. Mais là, je me suis dit que s'il avait pu ouvrir la bouche, l'ours apparemment inoffensif aurait montré, dissimulée dans son rembourrage de coton, une herse de dents capables de vous arracher les tripes.

« Tu insinues que j'ai menti, Gaby ?

– Non.

– Alors quoi ? »

Je me suis défendue comme je le pouvais :

« Vous êtes arrivé après le meurtre de Pietro et des enfants. Vous n'y êtes pour rien. »

Il m'a attrapée dans ses petits yeux rétrécis.

« Après leur meurtre ? C'est grave ce que tu dis là. Méfie-toi que ça ne t'attire pas des ennuis, ce genre de bêtises. »

Puis il a détourné le regard et il a changé de sujet :

« Tu savais qu'ils vont bientôt juger Pétain ? On dit qu'il va être condamné à mort… Ça m'embête. Je ne le porte pas dans mon cœur, le vieux, mais en même temps, je ne suis pas sûr qu'il a fait tout le mal qu'on dit… »

La veille, j'avais rendu visite à Zita Poncet, qui m'avait tenu, elle aussi, un discours sur le Maréchal.

« Ils vont le fusiller, tu peux en être sûre, avait-elle ronchonné. Quelle honte ! »

Zita était en train de disputer une partie de dames avec sa voisine Léonice, une petite femme tout émaillée de couperose, au nez rouge et boursouflé comme un brugnon trop mûr. Le mardi après-midi, Zita et Léonice ont l'habitude de jouer à toutes sortes de jeux, aux dadas, au jacquet, au jeu de l'oie, aux dominos. C'est un gentil vice qui les tient depuis vingt ans. Au moment où je suis entrée, les deux amies poussaient sur le damier, en guise de pions qu'elles avaient probablement perdus, des capsules de limonade.

« Pourquoi ils le laissent pas tranquille ? a repris Zita. Ils étaient quand même bien contents de le trouver, en 40, quand les Allemands ont débarqué et qu'ils avaient tous filé comme des lapins. D'accord, il a fait ce qu'il a fait. Mais ce qu'il a fait, c'était pour nous éviter le pire. Ça ne mérite pas qu'on le juge comme un criminel. Et puis la guerre est finie… ça sert à quoi de remuer toute cette cagade ? »

Léonice a reposé la petite couronne de fer ondulé qu'elle s'apprêtait à déplacer et elle a toisé Zita durement.

« Si tu dis encore une connerie comme celle-là, l'a-t-elle prévenue, je me lève et je sors. Et j'aime autant te faire savoir que ça ne sera pas de sitôt que je remettrai les pieds dans ton gourbi. »

Léonice a un frère aîné, à Toulouse, qui a été exécuté par les miliciens. Sa nièce lui a envoyé une photographie où on voit le pauvre homme pendu à la balustrade d'une terrasse, les mains attachées dans le dos, la langue bleue et tirée comme s'il lui sortait quelque bestiole répugnante de la bouche. Il paraît que depuis qu'elle a reçu cette photo, Léonice ne trouve plus le sommeil. Elle rêve de cordes vivantes qui l'enserrent avec des mouvements de couleuvre et cherchent à l'étrangler, elle rêve de corps suspendus à son balcon, de cadavres marchant dans son jardin, la nuque brisée, la face blême, exsangue, défigurée par une grimace de gargouille. Elle se réveille en sueur, agitée de tremblements et de soubresauts, et verse jusqu'à l'aube une citerne de larmes sur les manches de sa liseuse en tricot.

Les deux commères ont mis fin à leur partie de dames et m'ont invitée à m'asseoir à leur table. J'avais apporté à Zita l'un de mes tailleurs en lainage afin qu'elle le reprenne aux mensurations de Lou. Il n'était pas très joli, légèrement démodé, mais j'avais pensé qu'en ajoutant deux pinces dans le dos de la veste et en arrangeant un peu le col, il pourrait faire un cadeau convenable. Zita Poncet est couturière. Elle a des mains blanches et râpeuses comme des os de seiche qui font des prodiges quand elles manient les épingles et l'aiguille.

Elle a pris le vêtement et l'a examiné rapidement.

« La jupe, tu la veux à quelle longueur ?

– Au-dessus du genou.

– Tu fais bien. »

Elle a laissé glisser sa paume sur le tailleur, en accompagnant son geste d'un hochement de tête appuyé.

« C'est de la belle laine mais elle s'est feutrée. Frotte-la avec un chardon pour relever les poils. Ensuite, fais-la tremper dans de l'eau tiède, avec une grosse cuillerée d'huile d'olive. »

Le plaisir de Zita, c'est de toucher les étoffes. Elle peut rester des heures à caresser une panne de velours, un coupon de mousseline, un carré de mohair ou de taffetas. Je l'ai déjà vue faire. On a l'impression que sous la pulpe de ses doigts, les tissus sont des épidermes dont elle ne se lasse pas d'apprécier la texture et la chaleur. Malheureusement, la guerre l'a privée de sa passion, elle doit désormais tâter de la rayonne, de la viscose, de la fibre d'ortie, du drap recyclé.

Elle a retourné un pan de ma veste qu'elle a tendue à sa voisine.

« Touche. C'est de la satinette. »

Léonice a effleuré la doublure à son tour.

« Doux comme les fesses d'un bébé. »

Zita a haussé les épaules.

« Tais-toi donc. La peau des enfants, ça ne ressemble à rien. C'est autre chose, quelque chose d'unique, de plus précieux que le cachemire, de plus doux que la soie. C'est de la peau d'ange. »

Elle s'est adressée à moi :

« Pas vrai ? »

Mon visage est resté de marbre, lisse, imperturbable, comme il se devait de l'être. Je suis celle qui écoute, qui ne fait qu'écouter, même quand les mots me torturent, quand chaque syllabe me transperce. Ne rien laisser transparaître. Jamais. C'est le seul enseignement que m'a dispensé la cruauté de ma mère. Je me suis exercée toute ma vie à la souffrance et à la dissimulation.

La conversation entre Zita et sa voisine a ensuite dérivé sur la pénurie de sucre, les tickets de farine, Maurice

Chevalier, les élections, les commérages de quartier, le chat perdu de Léonice et enfin sur les Roccetti. C'est moi qui ai lancé le sujet, un peu comme j'aurais jeté un caillou dans une mare tranquille. J'ai demandé à Zita ce qu'elle savait du drame.

« C'est pas Dieu possible, a-t-elle répondu en soufflant, un père qui tue ses petits. Si je n'avais pas si mal aux genoux, j'irais jusqu'au cimetière cracher sur sa tombe. »

Léonice a enchaîné :

« S'il voulait mourir, il n'avait qu'à mourir tout seul, ce barjot. C'était pas la peine d'emmener ses enfants avec lui. »

J'ai préféré ne pas poursuivre sur ce terrain. Zita m'a raccompagnée à la porte en me promettant qu'elle arrangerait mon tailleur et qu'il serait prêt dans une huitaine de jours.

Les gros doigts de Titoù Barthélémy sont venus se poser sur mon épaule.

« Peut-être bien qu'il nous a protégés… peut-être pas. Peut-être qu'on aurait été mieux sans lui… Est-ce qu'il a pas plutôt apporté de l'eau au moulin des Boches ? Comment savoir ? Tu vois, Gaby, c'est dur de juger. Si tu écoutes les uns et les autres, ta tête fait le bateau qui tangue, ton cerveau devient plus noueux qu'un tronc d'olivier… Faut pas écouter. Ni écouter, ni parler. »

Il a tiré sur les manches de son uniforme, prenant tout à coup l'allure d'un procureur dans un prétoire.

« Tu te fais du tort à fréquenter et à bavasser avec cet étranger. C'est pour toi que je te dis ça…, tu comprends ?

– Non. »

Je n'ai pas pu rester une seconde de plus en face de lui. J'ai serré les dents. Je suis rentrée à la maison.

Léonice n'était pas la seule à avoir des ténèbres agitées. Moi aussi, la nuit précédente, j'avais fait un mauvais rêve. Un long cauchemar que je portais depuis le matin, qui me restait dans la tête et sur le cœur.

Je m'étais d'abord vue dans une salle d'hôpital. En chemise de nuit. L'une des cloisons s'est soudain effondrée et a ouvert une large brèche sur la pièce voisine, une chambre sans murs dont le plancher béait sur le vide. C'était une étrange plate-forme ouverte sur la nuit, encombrée de gravats, au milieu de laquelle se trouvait un lit d'enfant en fer forgé. La jeune Anglaise se tenait debout, près du lit, la tête légèrement penchée, dans une attitude d'affliction profonde. Elle était vêtue d'une robe de deuil en crêpe noir. Ses lèvres murmuraient des paroles inaudibles, sur le ton d'une psalmodie funèbre.

J'ai eu soudain très froid.

La jeune femme a cessé sa litanie et a pris un air sévère. Elle m'a désigné du doigt le lit dans lequel reposait un baigneur à moitié disloqué.

« Sans vous, il serait encore vivant. »

J'ai noué les bras autour de mon corps pour apaiser mes tremblements.

« Vous n'êtes pas une bonne mère. »

Elle m'a montré le gouffre de part et d'autre du plancher.

« Vous devriez vous jeter dans le vide. »

J'ai eu envie de lui obéir. J'ai fait quelques pas vers l'abîme. Mais elle a soudain changé d'expression et m'a souri.

« Allez, je vous pardonne. »

Je me suis entendue répondre d'une voix faible :

« Moi, je ne me pardonne pas. Je ne me pardonnerai jamais.

– Je n'arrive pas à avoir pitié de vous, a-t-elle soupiré. Ce n'est pas charitable, mais je n'y arrive pas. »

Un froid terrible m'a soudain saisie. J'ai senti la morsure du gel jusque dans mes os. La jeune Anglaise a tordu la bouche dans un rictus contrarié.

« Il a beaucoup souffert. À cause de vous. »

Elle s'est penchée au-dessus du lit pour prendre le baigneur. Mais au moment où elle le serrait dans ses bras, il est tombé en poussière et elle n'a étreint que du vide.

« Voilà ! Vous l'avez tué une seconde fois ! m'a-t-elle reproché d'une voix aigre. Vous êtes vraiment mauvaise ! Mauvaise ! »

J'ai reculé.

« Tu n'es jamais assez couverte, ma chérie, a soudain lancé une voix d'homme, dans mon dos. C'est pour ça que tu es toujours en train de grelotter. »

Derrière moi est apparu Denis. Il portait un drôle d'uniforme composé d'une capote défraîchie de la Grande Guerre, de guêtres jambières et d'un treillis de l'armée américaine. Il avait beaucoup maigri mais ses yeux étaient plus vifs, plus brillants qu'autrefois. À me voir trembler, ils semblaient s'allumer d'une joie nouvelle, d'une joie maligne et cruelle.

« Allons, viens vite m'embrasser ! Qu'est-ce que tu as ? »

Je n'ai pas pu articuler un seul mot. Des phrases prenaient forme dans mon esprit, mais mes lèvres ne parvenaient à en sortir aucune.

« Tu veux voir ma surprise ? »

Denis a soulevé son calot d'un geste brusque. Une plaie immonde lui ouvrait la tête. Un flot de vase noire a jailli de son crâne, comme le jus infect d'un bubon. J'ai voulu hurler mais, là encore, je me suis trouvée incapable d'émettre le moindre son.

« Je suis revenu, ma chérie. Nous allons pouvoir nous marier. »

Il a jeté un œil en direction des gravats.

« Mais avant de te conduire à l'église, je dois te demander de nous débarrasser de ça. Tu vas t'en débarrasser, hein ? Tu comprends que nous ne pouvons pas le garder, ce ne serait pas convenable… »

Mes yeux ont suivi son regard de dément. J'ai découvert ce dont il parlait. Sous l'amas des décombres émergeaient cinq petits doigts écorchés. Un désespoir atroce m'a crevé la poitrine. Je suis tombée à genoux.

« Je ne dirai rien à personne, je te le promets. Ce sera notre petit secret. Nous pouvons tout recommencer. Mais avant, je t'en prie, tu dois t'en débarrasser. »

Je me suis attaquée au tombeau de plâtre et de pierres sous lequel avait été enseveli mon enfant. J'ai essayé, avec une fureur proche de l'hystérie, de dégager les débris qui recouvraient son corps.

Denis a éclaté d'un rire étrange.

« Tu deviens folle, chérie. Il n'y a rien, ici. Rien que toi, moi, et elle. »

J'ai cligné des yeux et j'ai vu Denis qui tenait la jeune Anglaise par les épaules. Tous deux me regardaient avec une telle hostilité que j'ai été prise d'une terreur affreuse. Puis je me suis retrouvée sur une longue route plantée d'arbres tristes. Des milliers de personnes accablées de lourdes valises cheminaient en silence derrière la fourgonnette bleue qui roulait très doucement, au rythme de cette foule résignée. L'albinos était au volant. Le rondouillard, sur le siège d'à côté, lisait une page de *Libération*. La mère marchait en queue de l'étrange procession, tenant par la main un grand dadais salivant et hagard qui ressemblait à Jean. De vagues silhouettes de soldats se sont détachées de l'horizon vaporeux.

« Tu vois, les Boches reviennent, m'a prévenue la mère. Ils n'en ont pas terminé avec nous. »

Elle m'a tirée brusquement par le bras.

« Viens. Tout le monde t'attend. »

Je me suis dégagée de sa poigne et je suis partie en courant. Je l'ai entendue crier à pleine voix :

« Monte dans la fourgonnette, Gabrielle ! Tu ne crois pas que ça serait plus simple pour tout le monde ? Tu es morte ! Morte ! »

21

Après avoir planté Barthélémy devant la salle des fêtes, je suis rentrée à la ferme. C'est là que j'ai vu, par la fenêtre, Daniel Borel assis à la table de notre cuisine.

Avachi sur une chaise, la bouteille de prune dans la main, il discutait avec la mère, debout en face de lui. J'ai ouvert la porte, le soleil est entré avec moi, éclaboussant de clarté la pénombre de la cuisine, à la façon d'un projecteur sous la lumière de laquelle la vieille et Daniel se sont soudain figés. J'ai compris que j'avais interrompu une conversation dont il n'était pas question que j'attrape une seule miette.

Daniel Borel s'est mis à bafouiller un « bonjour » auquel j'ai répondu par un bref signe de tête, tout en continuant de marcher vers la chambre.

« Tu me reconnais plus, Gaby ? »

Je suis remontée loin dans le temps, à l'époque des encriers, des idées tristes et des robes moches, au temps où Borel, lui, avait déjà une passion pour les seins des filles.

Je me suis arrêtée mais je ne l'ai pas regardé. J'ai pris ma voix de pic à glace.

« Évidemment que je te reconnais. »

Ses épaules ont coulé le long du dossier. Je me souviens qu'à l'école, quand un plus grand venait le provoquer à la récréation, il s'affaissait sur lui-même, comme une pâte. C'est ça, Daniel Borel. Une pâte molle qui s'affaisse, qui n'a pas de force, on dirait qu'il est fait avec de la boue.

« T'es pas plus bavarde qu'avant, a-t-il gloussé. Déjà, à la communale, il fallait te chatouiller sous les bras pour te voir sourire… »

La famille Borel est arrivée de Tarascon il y a une vingtaine d'années. Là-bas, le père Borel était surnommé « le boucanier » parce qu'il fumait la viande des putois dans les pinèdes. Chez nous, il n'y a pas de putois, pas même des blaireaux, juste des fouines pas plus grosses que le poing, aussi le père Borel a-t-il dû changer de métier. Il s'est mis à rempailler les chaises. Mais le goût de la chasse et du faisandage ne l'a pas quitté pour autant, tout le monde sait que pendant son temps libre, il piège les chats errants et qu'après les avoir vidés, il les fait sécher dans son arrière-cour, pour le plaisir.

Quant à sa femme, celle que Félicien appelle « la pissotière », elle nettoyait autrefois les toilettes de la caserne de Tarascon. C'est là, justement, qu'elle aurait accouché de son rejeton, dans les latrines du 11e régiment de hussards. Daniel, quand je le regarde, je ne peux pas m'empêcher d'imaginer la scène, de voir sa mère à genoux, les cuisses ouvertes, les mains agrippées à la cuvette des toilettes, en train de le chier d'une poussée, tout en aspirant à grandes goulées les miasmes des étrons et de l'urine.

« T'es pas très causante avec les gens du pays… mais par contre, t'aimes bien parler avec les étrangers… »

Il a ravalé son sourire et s'est servi une rasade de prune, qu'il a fait couler dans sa gorge.

« Justement, j'étais venu le dire à ta mère. Tu devrais changer de fréquentations… »

J'ai enfin levé les yeux sur lui.

« Tu parles de Paul Morand ?

– Oui. Ce Lyonnais… il n'arrête pas de poser des questions… comme toi. Ça te fait du tort, tu sais, cette façon que tu as d'interroger les gens…

– Tu fais allusion aux Roccetti ? »

J'ai regardé les lents efforts de sa bouche. À présent, il avait l'air de vouloir prononcer des mots qui ne venaient pas.

« Tu sais quelque chose ? Tu sais qui les a assassinés ? »

La question est sortie toute seule. Elle a eu un effet immédiat sur Daniel. Il s'est raidi sur sa chaise, jamais je ne l'avais vu aussi droit.

« Je ne vois pas de quoi tu parles. »

Il y a eu, dans le rétrécissement de son regard, un mélange de frayeur et de rage, un tumulte qui disait son envie de fuir et en même temps de me sauter à la gorge, de me serrer le cou et de l'entendre se briser comme une noix.

« Vraiment ? »

Il a tendu vers moi un doigt menaçant.

« Méfie-toi, Gabrielle… »

J'ai haussé les épaules.

« De qui ? De toi ? »

Ma désinvolture lui a fait perdre sa raideur et son arrogance. Il a recommencé à se tasser, sans force, tout mou.

Malgré tout, ses petits yeux de fiente ont continué d'exprimer sa haine.

J'ai pensé « Il est né dans la merde… c'est ça qu'il a en lui, sur lui, partout. De la merde ».

La mère a ouvert la porte et ils sont sortis tous les deux. Ils ont descendu les marches du perron et puis ils se sont immobilisés. J'ai entendu Daniel Borel dire à la vieille :

« Faites-la taire. »

La mère a acquiescé. Dans ses yeux à elle aussi, il y avait quelque chose qui puait.

22

Je ne lisais plus la presse, je n'écoutais plus la radio. J'essayais de rester sourde aux clairons des journaux, aux murmures de la foule, aux bruits du monde. Malgré tout, je ne pouvais les empêcher de parvenir jusqu'à mes oreilles.

C'est ainsi que j'ai entendu, le lendemain, à la terrasse du *Cyrano*, des bribes de conversations au sujet d'une bombe que les Américains venaient de lâcher sur une ville du Japon. Une bombe d'un genre nouveau, plus puissante que des milliers de bombes réunies, faite avec de l'uranium, à moins que ce ne soit du plutonium, je n'ai jamais été calée en sciences, je serais bien incapable de faire la différence. Mais ce que j'ai parfaitement saisi, ce jour-là, c'est que le seul souffle de cette bombe avait rayé de la carte une ville entière en l'espace d'une seconde. Il paraît qu'en explosant, cette chose à peine plus grosse qu'un ballon de football, d'après Colette, avait fait surgir du sol un nuage de fumée qu'aucun œil humain n'avait vu jusqu'alors, un nuage qui avait pris la forme d'un gigantesque champignon et empli le ciel sur des kilomètres.

« Des dizaines de milliers de Japonais ont été aspirés par le champignon, a déclaré Georges. Et pas seulement des gens, mais des bus et des trains, qui se sont volatilisés dans cette boule de feu, et après la bombe, tout ce qui restait encore sur terre a fondu comme neige au soleil. »

Personne ne l'a cru, moi oui. Il n'y aura jamais de limite à la rage de destruction de l'homme.

Dans les jours qui ont suivi, les articles de journaux n'ont cessé de chanter l'avenir radieux où l'on se passerait de charbon grâce à l'énergie de cette monstruosité qu'ils appellent le nucléaire. Les scientifiques prétendaient que l'homme venait d'atteindre le sommet du progrès parce qu'il était capable, désormais, de raser le mont Blanc ou de faire fondre le pôle Nord en un claquement de doigts.

Qu'ils pulvérisent donc les glaciers avec leur fameuse bombe. C'est peut-être cela qu'il faudrait après tout, un grand cataclysme, des trombes d'eau qui laveraient la terre de leurs abominations, un gigantesque champignon qui les ramènerait enfin à ce qu'ils sont : de tout petits grains, de ridicules particules de matière, réduites à leur tour au néant par l'atome.

À midi, Morand était devant la maison. Il tenait à la main l'éditorial de *Combat*. Je ne l'avais jamais vu aussi sombre depuis le jour où il m'avait fait part de ses doutes à propos des crimes de Pietro.

« Vous avez lu les nouvelles ? Vous êtes au courant pour Hiroshima ? »

J'étais contrarié de le voir dans notre cour. Je ne voulais pas que Lou le trouve ici, ni ma mère, qu'on puisse imaginer qu'il pouvait exister ne serait-ce qu'une ébauche d'amitié entre un homme et moi. Morand a brandi son journal d'un air grave.

« Le Japon était sur le point de capituler. C'est insensé. »

Je suis sûre que mon fils aurait adoré apprendre à lire et à écrire. Mais nos amis alliés ne lui en ont pas laissé le temps. La veille du jour où ils ont décidé d'en finir avec sa vie, alors que l'armée ennemie était en déroute et que la défaite de l'Allemagne ne faisait plus aucun doute, il avait passé une heure à dessiner une sirène avec ses petits bâtonnets de pastel. Je l'ai embrassé. Je lui ai dit que Matisse et Derain n'auraient qu'à bien se tenir car jamais, de mémoire d'homme, on n'avait vu de sirène plus jolie que la sienne. Ensuite, je lui ai fait prendre un bain et je lui ai lu un conte, pour que sa nuit soit douce. Pendant ce temps, quelque part sur une base militaire américaine, un assassin en uniforme chargeait avec application, dans le ventre de son B29, la bombe qui allait creuser sa tombe.

Théo aurait eu cinq ans au printemps.

J'ai toisé Morand. Qu'est-ce qui avait du sens ?

Ensuite, nous n'avons pas eu le temps d'échanger trois mots parce que Lou est arrivée sur sa bicyclette. En voyant Paul Morand, elle a pris cette pose que je détestais, sa pose de raclure de bar louche qui creuse le ventre et pointe les seins contre un billet de dix. Morand l'a saluée d'un vague signe de tête et il est parti. Lou s'est décomposée.

« C'est tout ? Il s'en va ? Comme ça ?

– Il a sûrement des choses à faire.

– Il n'a rien dit, pour les biscuits ?

– Quels biscuits ?

– Ceux que madame Diderot m'a donnés en pourboire. Elle était tellement contente de son chignon…

– Tu les as offerts à Morand ? »

Elle m'a avoué qu'elle était passée le matin même à la ferme des Roccetti lui dire bonjour. Elle avait déposé les gâteaux secs devant sa porte, accompagnés d'un petit papier signé de son prénom. Je lui ai demandé si elle lui rendait souvent visite, elle m'a répondu, avec un certain agacement, qu'elle y allait quand l'envie lui prenait, c'est-à-dire à peu près tous les jours, mais qu'hélas, la plupart du temps, Morand était absent.

« Nous nous sommes croisés en ville, avant-hier. J'étais à plat. Il m'a aidée à regonfler mon pneu. Va pas te faire des idées, les biscuits, c'était pour le remercier.

– Il ne faut pas aller trop souvent chez lui, Lou. Il pourrait s'imaginer des choses. »

Elle m'a gratifiée d'un clin d'œil.

« Ça tombe bien parce que c'est exactement ce que j'espère. J'espère qu'il pense très fort à moi, la nuit, dans son lit… »

Elle a suivi, avec ses paumes, le renflement provocant de ses seins, de sa taille et de ses hanches rondes, comme si elle mimait les contours d'un violon.

« Paul Morand n'est pas l'homme qu'il te faut.

– Qu'est-ce que tu en sais ?

– Tu devrais t'intéresser à un garçon de ton âge.

– Je m'en fiche qu'il soit trop vieux. Il me plaît.

– Lou, tu risques d'être déçue…

– D'après ce que j'ai vu pointer dans son pantalon, hier, quand je me suis penchée pour tâter le pneu de mon vélo, ça m'étonnerait bien que je sois déçue. »

J'ai rougi mais mon embarras ne l'a pas empêchée de poursuivre, avec un plaisir nerveux :

« Tu sais qu'il fume des blondes maintenant ?

– Oui. »

Elle a saisi une de ses mèches dorées entre ses doigts.

« C'est à cause de moi...
– Ne va pas te faire des idées...
– Tu sais ce qu'il a dit en allumant sa Chesterfield et en me reluquant de haut en bas ? Il a dit : "Les blondes sont beaucoup plus douces. Leur goût est incomparable." À quoi est-ce que tu crois qu'il faisait allusion ? C'était gros comme les yeux au milieu de la figure.
– Le nez.
– Quoi le nez ?
– On dit "gros comme le nez au milieu de la figure".
– N'empêche que ce type-là est en train de m'avoir dans la peau. Je m'y connais.
– Lou... »

Là-dessus, elle s'est baissée pour cueillir une pauvre marguerite rescapée de la sécheresse, une miraculée qui poussait sa tige frêle parmi les herbes incendiées. Elle lui a arraché les pétales un à un en murmurant une litanie vieille comme le monde :

« Il m'aime... un peu... beaucoup...
– Viens dîner.
– Passionnément...
– Lou...
– Il m'aime... un peu... beaucoup... passionnément...
– Le repas va être froid.
– À la folie... »

Elle a regardé le dernier pétale, celui du « pas du tout », qui la narguait. J'ai cru qu'elle allait se mettre à pleurer. Finalement elle l'a enfermé au creux de sa paume avec une moue agacée.

« J'y crois pas du tout à ces trucs de péquenots. J'ai pas besoin d'une pâquerette à la con pour me dire ce que je sais.

– Qu'est-ce que tu sais ?

– Que Paul en pince pour moi. »

Après le déjeuner, nous sommes redescendues ensemble à Bayon, Lou embauchait à quinze heures. Elle m'a fait monter derrière elle, sur son porte-bagages. Elle m'a prévenue :

« Accroche-toi, fillette ! »

Assise en amazone, les bras passés autour de sa taille fine, j'ai savouré durant tout le trajet la caresse du vent dans mes cheveux, dans mon cou, sur mes plaies.

Je me souviens qu'elle pédalait vite, par peur d'être en retard, et qu'elle riait. Son rire lançait au soleil des notes effrontées et gamines, les roues du vélo écrasaient les cailloux et la sonnette lançait dans l'air chaud ses grelots criards, pour se moquer du monde. Je n'arrive pas bien à dire les choses quand elles sont gaies. Je souffre d'une inaptitude à décrire les instants d'allégresse, même les plus simples, comme l'aveugle est incapable de décrire ce que ses yeux morts n'ont jamais vu. Mais je sais qu'il brille parfois, dans la grande nuit des vies désespérantes, des étincelles, des petits éclats, fugaces, filants, de joie pure.

Avant de pousser la porte du salon, ma sœur a posé un baiser au bout de ses doigts et l'a soufflé vers moi. Ses jolies lèvres ont formé un « je t'aime » silencieux. J'ai souri et je me suis remise en marche.

C'est là que je l'ai vu. L'homme aux cheveux roux.

La première fois que je me suis aperçue de sa présence, c'était en traversant la rue Clemenceau, en face de la pharmacie. Il portait un pantalon beige, un tricot avachi et un béret. Je n'ai pas bien vu son visage. La deuxième fois, c'était en allant chercher de la serpentine pour Louise à la mercerie, la troisième fois près de chez Zita Poncet.

Je me suis figée. Il était là, à une dizaine de mètres du salon de coiffure, toujours dans la même posture, les mains enfouies dans les poches de son pantalon élimé, le béret bas, le regard fuyant. Il est resté quelques minutes à la même place, il m'a observée de loin et il s'est volatilisé. Lorsque j'ai tourné au coin de la rue Garibaldi un instant plus tard, il est réapparu et il m'a de nouveau filée jusqu'à la sortie de la ville.

Le soir, j'ai dit à Lou :

« Un homme me suit. Ça dure depuis trois jours. »

Elle m'a donné un petit coup de coude.

« Tu lui plais, tiens ! Mais sûrement qu'il n'ose pas t'aborder.

– C'est autre chose. Il m'inquiète. »

Elle m'a dévisagée, visiblement amusée.

« Est-ce qu'il a une tête de brute ?

– Non.

– Quelle couleur, les cheveux ?

– Roux.

– Connais pas. Un air vicieux ?

– Il n'a pas d'air particulier. C'est un homme ordinaire.

– Jeune ?

– Je crois.

– Qu'est-ce qu'il fait ?

– Il ne fait rien. Il se contente de me suivre. Il m'observe.

– C'est tordant, il m'est arrivé la même chose avec Julien Donnadieu. Il m'attendait tous les jours devant le salon, cette espèce de cornichon, sans rien dire, les yeux fascinés par le bout de ses chaussures dès que je passais à sa hauteur. Il lui a fallu un mois avant qu'il m'adresse un bonjour.

– Je ne sais pas ce qu'il cherche.

– Un rendez-vous, voilà ce qu'il veut, ton rouquin, un rendez-vous. Et puisqu'il n'est ni vieux, ni laid, tu devrais peut-être saisir ta chance.

– Quelle chance ?

– De sortir avec quelqu'un. Tu vas quand même pas mourir rosière !

– C'est ce que tu as fait ? Tu es sortie avec Julien Donnadieu ?

– Non, il a pas d'épaules. Je suis pas du genre à coucher avec des hommes-bouteilles. »

Elle a rabattu, insouciante, une mèche vaporeuse sur sa tempe.

« Il y a toujours quelque chose qui cloche chez les types que je fréquente. Les cuisses molles… des yeux de fille… des pieds tournés… la nuque courte, pas de biceps. Mais les hommes-bouteilles, ça non. »

Elle a souri, ses yeux ont pris un éclat de turquoise mouillée.

« Paul, c'est différent. Il est parfait. »

Cette remarque a mis un point final à la conversation. Je n'avais pas envie de parler de Morand, encore moins de chanter ses louanges. Je pensais toujours à cet homme qui m'avait suivie dans les rues de Bayon. Je reliais naturellement cette énigme aux avertissements de Titoù Barthélémy et aux menaces de Daniel Borel. J'éprouvais la sensation d'un abcès, l'abcès d'une appréhension vague mais réelle, qui enflait et m'obsédait comme s'il logeait sous ma peau.

Lou s'est déshabillée puis elle a sorti toutes ses robes de l'armoire pour vérifier s'il ne pendait pas de fils aux ourlets. Elle a hésité longtemps entre un foulard rose à pois blancs et une pince papillon pour sa coiffure du lendemain, entre une paire de sandales en taffetas violet et des espadrilles hautes en raphia. Elle a lavé sa culotte, peint ses ongles, brossé ses mèches blondes, vidé son petit sac à main en ficelle de papier tressé. Elle a cherché, sans le trouver, son numéro de *Confidences* et pesté contre la mère qui l'avait sûrement caché pour la faire suer. Pour finir, elle s'est mise à la couture, assise sous la lumière débile de la lampe, ses cheveux ramassés en chignon, ses grands cils débarrassés de leur cire de mascara, belle à pleurer. Je n'ai pas eu le cœur de l'interrompre et de lui confier mes craintes. Elle s'était déjà retranchée dans ses occupations ordinaires, dans son monde de futilité et d'insignifiance, préoccupée seulement par ces petits riens qui comblent l'univers des enfants, ces petits riens qui ne font ni de grands bonheurs ni de grandes blessures.

23

En fin de semaine, mon oncle Félicien est venu à la maison. Il y avait longtemps que je ne l'avais pas vu ailleurs qu'entre les alignements des tombes froides et muettes. Rencontrer Félicien hors du cimetière, hors de son décor familier, m'a paru aussi incongru que de voir une vache sur un toit.

« Je m'ennuyais un peu, m'a-t-il avoué en s'asseyant sur le banc. Trop de silence. Trop de solitude. »

Je lui ai servi une liqueur de framboise. C'est tout ce que j'avais pu dénicher dans le buffet. Manifestement, Daniel Borel avait siroté ce qui restait de prune. Félicien a plissé le nez en regardant son verre.

« Elle manque de caractère cette liqueur. Rose comme un cul de nonne. C'est ta mère qui l'a faite ?

– Je suppose. »

Il l'a goûtée du bout des lèvres.

« Celle de ton père était meilleure. Il y mettait des écorces d'orange.

– Tant mieux.

– Et elle avait une belle couleur de rubis. »

J'ai soupiré :

« Pourquoi faut-il toujours qu'on en vienne à lui ?
– Parce qu'il méritait d'être connu.
– Vraiment ? Pour tous les exploits qu'il a accomplis ou pour avoir tant aimé sa famille ?
– Fais pas ta pimbêche. T'en as déplacé, toi, des montagnes ? Quant à l'affection, t'en as pas donné plus que tu en as reçu... »

J'ai failli lui dire qu'il se trompait encore une fois. Que j'avais eu un enfant, un enfant à moi, que j'avais chéri et qu'on m'avait pris.

« Il disait que tu étais plus belle que Louise. »

J'ai ricané :

« J'ignorais qu'il était aveugle.
– Il parlait de tes qualités, Gaby.
– Heureuse qu'il ait remarqué que j'en possédais. »

Des vagues de feu ondulaient sur les champs comme une houle, déformaient l'horizon. Le soleil, vautré en nappe d'or sur le flanc des collines, brûlait le regard. J'ai incliné bas mon chapeau de paille pour me protéger la vue.

« Il rêvait de vous emmener vivre tous les quatre au bord de la mer, dans un village où il avait séjourné quelques semaines quand il était jeune. Un petit port de pêche d'où on voit, paraît-il, les côtes de la Corse quand le mistral a bien lavé et essoré le ciel. Il disait qu'il ferait le tour des colonies avec Louise et toi, lorsque vous seriez grandes. Le Tonkin, les Marquises, Constantine. Quand il parlait de ses projets, il avait des étoiles plein les yeux. »

Je lui ai repris son verre un peu brusquement.

« Tu les as jamais vues ces étoiles, dans les yeux de ton père ?
– Non.

– C'est pas ta faute, va. C'est celle de ta mère. C'est elle qui les a éteintes. »

Il s'est essuyé le front, découragé.

« Tu penses toujours que c'était un pauvre type ?

– On ne peut rien te cacher. »

Il a jeté un coup d'œil vers la maison.

« Ta mère est sortie ?

– Elle étend le linge, derrière.

– À ton avis, elle en a pour combien de temps ?

– Cinq, dix minutes.

– Ça devrait suffire pour te faire comprendre. »

Il a allongé ses vieilles jambes. Le bas de son pantalon, en remontant, a découvert ses chevilles maigres sur lesquelles gonflait un entremêlement sinueux de veines bleues.

« Bon, alors je vais te le dire. Je vais te dire pourquoi ton père n'a jamais osé vous montrer qu'il vous aimait. Parce qu'il vous aimait, toi et Louise, tu peux en être sûre. Et il aimait aussi ta mère, même si j'ai jamais compris comment on pouvait aimer cette mégère. Elle a beau être ma sœur, quand je dis une mégère, c'est parce que je suis gentil. »

Il a rejeté la tête en arrière, comme pour atténuer la gravité des paroles qu'il se préparait à lâcher.

« Avant son mariage, Micheline a connu un homme qui habitait Saint-Paul-les-Vires. Un gros cultivateur qui avait déjà une femme et quatre enfants. Voilà. Je ne sais pas comment ça s'est fait mais ça s'est fait. »

Il a lu dans mes prunelles l'incompréhension de ce qu'il racontait. Il a repris plus lentement :

« Ta mère est tombée enceinte. »

Je me suis affaissée à côté de lui sur le banc.

« De Jean ?

– Oui. De Jean. »

Il a tendu l'oreille, inquiet de voir la vieille débouler soudain et nous surprendre à parler d'elle.

« Ton père lui courait après depuis des années mais elle ne faisait pas grand cas de lui. Elle le méprisait déjà. Il lui fallait un homme comme elle, un homme taillé dans le même bois, un bois solide, un bois de charpente. Elle disait que Joseph était trop frêle, trop tendre, qu'il faisait partie de cette race de rêveurs qui cassent au moindre coup de vent. Mais quand son ventre a commencé à soulever sa blouse, elle a pas eu le choix. Elle a mis son mouchoir sur sa fierté et elle l'a épousé. Lui, ce nigaud, il s'est pas méfié, il était amoureux, aveugle et sourd, il a pris ce qu'elle lui donnait, c'est tout juste s'il lui a pas dit merci, il a tout pris, le gros ventre, le bâtard que le cultivateur avait mis dedans et la vie qui allait avec. Il a cru que Micheline finirait par lui montrer un peu d'affection ou, au pire, un minimum de gratitude, mais qu'est-ce que tu veux, on peut pas demander un million à un pauvre… »

Il a baissé un peu la voix, éraillée par une tristesse sincère.

« Il redoublait d'efforts pour lui plaire. Je l'ai vu passer des jours et des nuits entières à travailler cette maudite terre, à s'en casser les os, cloué derrière les bras de sa charrue. Ça n'a pas suffi à Micheline. Alors, il lui a fait deux belles gamines, en pensant que ça arrangerait leurs problèmes. Mais il existe aucun ciment pour coller la haine et l'amour. Votre arrivée a même empiré les choses. Ta mère vous a tout de suite rejetées comme des mauvaises graines et elle s'est davantage attachée à Jean, pour bien montrer à ton père qu'elle crachait sur tout ce qui venait de lui. Il était tellement malheureux de la façon dont elle vous traitait... Tout le mal qu'elle vous faisait, il le prenait sur lui. Tu peux me croire, Gaby, je ne te mens pas. La peine que ton père a endurée, peu d'hommes l'auraient supportée. Souffrir pour trois, c'est beaucoup trop. »

Il a posé sa liqueur de framboise sur le banc.

« C'est vrai qu'il était fragile, ton père. À chaque fois qu'elle lui soufflait dessus, cette carne, il partait par petits morceaux. »

Les mots m'ont fait faire un grand bond en arrière, dans les méandres du passé, dans ces eaux troubles où je m'étais promis de ne plus jamais mettre les pieds. Les années ont filé à l'envers, très vite. Mon père sur la grand-place, avec les vieux, sa casquette bleu marine rabattue sur les yeux, apathique, somnolent, comme retranché dans une sénilité précoce. Je n'avais jamais réalisé qu'il n'avait même pas cinquante ans. Mon père, le jour de ma première communion, sa main tendue vers ma joue, son geste aussitôt interrompu dans un reflexe de pudeur que j'avais pris à tort pour du dégoût. Mon père dans le potager, caressant les cheveux de Louise, une caresse si légère, si brève, qu'à présent encore je me demandais si je ne l'avais pas tout simplement rêvée. Était-ce la crainte de souffrir qui retenait ses élans, qui étouffait ses baisers ? Avait-il honte d'aimer encore une fois et ne pas être payé en retour ?

Des années durant, je l'ai haï. Je l'ai même haï davantage que ma mère. Je l'ai haï à cause de ses silences, de ses bras vides, de ses regards lointains ou dérobés. L'indifférence blesse plus que la méchanceté. C'est une torture subtile et lisse, sur laquelle personne ne peut avoir de prise, sur laquelle tout passe et tout glisse, les larmes, les cris, les coups de griffe. En l'espace d'une minute, en quelques phrases, Félicien avait abattu ma rancœur patiemment accumulée. Quels sentiments pouvaient la remplacer ? Il était trop tard pour la pitié. Et encore trop tôt pour le pardon.

J'en ai voulu à mon oncle.

« Tu aurais pu me le dire avant. »

Il a haussé les épaules, espérant peut-être faire rebondir mon reproche loin de son vieux crâne.

« Les secrets de famille, ça doit rester caché, sinon on appellerait pas ça des secrets.

– Si j'avais su…

– Quoi ? Dis-moi… Est-ce que c'est si terrible de savoir que Jean n'est que ton demi-frère ? D'ailleurs, qu'est-ce que ça veut dire un demi-frère, un quart de frère, un dixième de frère ? Les liens du sang, on s'en fout.

– Maintenant, tout est plus clair. »

Il a posé sa main sur la mienne. J'ai eu l'impression qu'elle pesait très lourd, comme si Félicien avait voulu y mettre tout le poids de la fatalité. Il a dit :

« Sans doute, Gaby, sans doute. Mais ça veut pas dire que tout ira mieux. »

24

J'ai découvert le journal de Lou par hasard, un matin, en bordant notre lit. Trois petits cahiers d'écolier grenat datant d'avant la guerre, sur lesquels elle avait couché son quotidien et ses pensées, jour après jour, durant les deux dernières années. Sans doute trop pressée, elle avait négligé de les repousser aussi loin que d'habitude sous le matelas.

J'ai hésité à les ouvrir. Je les ai regardés un long moment, étalés sur le sol de la chambre, sans pouvoir décider de ce que j'allais en faire. Je crois que j'avais honte, peur aussi, peur de pénétrer dans l'esprit de Lou, de découvrir la part la plus intime de son être, celle qu'on ne connaît jamais, celle que l'on cache sous le vernis des apparences et le cirage des convenances et, bien en dessous encore, sous l'enduit épais de notre pudeur. J'ai fini par feuilleter les petites pages collées. La curiosité l'a emporté sur la crainte et sur la honte. C'était un combat inégal. La curiosité est une roulure qui sait flatter nos plus bas instincts.

J'ai reconnu l'écriture maladroite de ma sœur, pleine des hésitations et des crâneries de l'enfance, tantôt penchée, têtue et obstinée, tantôt droite, parfois ondulée, lente ou pressée. Des phrases serrées les unes contre les autres, ignorant les virgules et les majuscules, qui faisaient d'étranges petites chenilles surmontées par endroits d'accents qu'elle avait rayés et recommencés plusieurs fois, aigus, graves, circonflexes, qui finissaient par faire des sortes de guirlandes au-dessus des mots, entre les traces de doigts, les bavures et les pâtés d'encre violette.

Le premier cahier racontait ses journées entre les mois de septembre 1942 et mars 1943. Il parlait très peu de la guerre et de l'Occupation. Tout juste faisait-elle allusion, ici et là, aux restrictions et aux rumeurs du Débarquement. Les réflexions qu'elle livrait en confidence n'étaient pas plus profondes qu'un dé à coudre :

J'ai coiffé madame Espagnon. Celle qui a dit à Joselyne que j'étais une putain. J'ai raté sa mise en plis. Exprès. Quand elle est sortie du salon, elle avait l'air d'un chou-fleur.

J'ai demandé à ma patronne pourquoi elle récupérait les cheveux des clientes. Elle m'a répondu que c'était pour en faire des bâillons à gourdasses. En vrai, je sais bien ce qu'elle en fait de tous ces cheveux coupés. Elle les vend à un tisseur de Marseille qui en fait des pantoufles. Je n'ai plus de rouge à lèvres. Ni de pain à mascara. Il faut que j'en trouve ou je n'ai plus qu'à me pendre.

Cet après-midi, j'irai dire à madame Ridot que je veux bien aller la coiffer chez elle. J'espère qu'elle me donnera la pièce au lieu d'une gaufrette. Si je travaillais à Paris, les bonnes femmes me donneraient de vrais pourboires, pas l'aumône d'un biscuit.

Les deuxième et troisième cahiers étaient plus insignifiants encore. Ils contenaient une foule d'anecdotes puériles et de potins sans intérêt. C'était une tapisserie de minuscules histoires, des histoires d'amitié, de rendez-vous manqués, de robes à retoucher, de volants à coudre, de chaîne de bicyclette enrayée, de ruban perdu, un babil sans queue ni tête qui parlait de chansons, de chiffons, de résilles et de chapeaux à mentonnière, de rêves de bas de soie, de coups de soleil, de savonnette troquée contre un lapin, de vedettes de cinéma, de mesquineries féminines, de chamailleries de voisinage, de parfums introuvables, de clientes exigeantes et de rancunes infantiles. J'étais sur le point de ranger le troisième cahier lorsque je suis tombée sur un passage qui m'a donné un grand coup dans la poitrine :

Quand j'étais petite je faisais le rêve qu'un prince charmant venait chez nous et me promettait, si j'étais sage et si je devenais belle, de m'emmener loin de ce trou pour m'épouser. Pendant des mois, je n'ouvrais plus la bouche de peur de lâcher un vilain mot. J'essayais de ressembler à l'image que mon oncle Félicien a accrochée au-dessus de sa maie, l'image de sainte Rita, celle qui parle aux abeilles avec son sourire niais et son air de coucourge. Et chaque soir, surtout, je faisais ma prière, agenouillée devant mon lit, en demandant au Seigneur Jésus de me faire pousser des nichons gros comme des citrouilles.

Je sais que je n'ai pas entièrement réussi à être comme la sainte-nitouche. Mais pour ce qui est des nichons et du reste, je crois que mes prières ne sont pas tombées dans l'oreille d'un sourd.

Paul voudra-t-il m'épouser ?

Par la suite, elle évoquait notre déjeuner chez Morand, nos promenades du samedi après-midi, nos soirées dans la chambre verte. Et puis, de nouveau, son attirance pour notre nouveau voisin et leurs brèves entrevues :

Hier, j'ai vu Paul. Il s'apprêtait à monter dans les collines pour aller chercher des pierres. Il m'a dit qu'il ne pouvait pas me faire entrer, qu'il avait du travail. J'ai bien vu qu'il était contrarié. Il aurait préféré rester avec moi. Si j'avais insisté un peu, il aurait sûrement renoncé à ses projets. Mais je ne veux pas qu'il me trouve trop colle. Je sais qu'il me désire, ses yeux ne se cachent pas pour le dire.

Gabrielle est jalouse.

Elle dit qu'elle s'inquiète pour moi mais la vérité, c'est qu'elle ne supporte pas que nous nous aimions.

Elle n'a jamais connu d'hommes, je veux dire de vrais hommes. Son Denis, elle m'en a parlé une fois, j'imagine bien à quoi il pouvait ressembler. Ce devait être une sorte de Nicolas-benêt, le fils du pharmacien Collet, celui qui rougit quand il se regarde pisser. Le genre de type falot et timide, pas viril pour un sou, avec du sang de navet dans les veines et une toute petite souris, rose et molle, entre les jambes.

Si seulement elle s'arrangeait un peu ! Comment est-ce qu'elle espère trouver un mari ? Il faudrait qu'elle commence par jeter ses horribles jupes et ses chaussures de vieille fille si elle veut voir le loup.

En vrai, je prie en secret pour que Gaby ne change pas. Jamais. Je ne veux pas qu'on me la prenne. Gaby doit rester Gaby. Avec ses robes de rombière. Avec sa petite sœur. Jusqu'à ce que la mort nous sépare.

J'ai refermé les pages. J'ai remis sous le matelas de laine les trois cahiers d'écolier et mon malaise par-dessus.

25

Dans les semaines qui ont suivi, j'ai de nouveau feuilleté le journal de Lou et ce que j'y ai trouvé, à chaque fois, m'a fait tomber dans un abîme. Mais j'y reviendrai plus tard. Je dois reprendre les choses dans l'ordre, non pas dans l'ordre de la logique, mais dans l'ordre où elles sont arrivées, abruptes, précipitamment, comme les pierres qui dévalent la pente d'une montagne, les jours d'orage et de tempête.

Il faut que je parle de monsieur Bonnet et aussi de son épouse, Anne.

Un après-midi, j'ai croisé Morand qui m'a annoncé qu'il avait « attrapé une rumeur » concernant Pietro. Je lui ai rétorqué qu'il ferait bien de la relâcher, les rumeurs sont des oiseaux de malheur, elles sont faites pour voler dans l'air vicié de la calomnie. Morand ne m'a pas entendue, il m'a fait venir à la ferme des Roccetti et, à peine assis, il a relâché la mauvaise bête. Elle a déployé ses ailes qui, d'un battement, ont envahi l'espace étouffant de la cuisine :

« Pietro Roccetti aurait provoqué la mort de madame Bonnet. »

Là-dessus, il m'explique qu'Anne Bonnet, la femme du contrôleur des postes, est née à Varsovie et qu'avant son mariage elle s'appelait Szlomowicz. Son mari était persuadé qu'elle était fichée par les services de la Gestapo et, en avril 43, il a trouvé plus prudent qu'elle aille se cacher chez des amis, à Cassis, sous une fausse identité. Morand ajoute que Pietro était au courant, qu'il était même le seul à connaître sa nouvelle adresse parce que c'est lui qui a amené Anne Bonnet en charrette jusqu'à Cassis. Un mois plus tard, des miliciens sont venus la chercher dans sa famille d'accueil et elle a été détenue quelque temps à l'hôtel Bompart, qui servait de camp d'internement à Marseille. C'est de cet hôtel que madame Bonnet a envoyé sa dernière lettre à son époux, deux jours avant d'être déportée.

Il me déballe d'un trait toute cette histoire, qu'il a recueillie par petits morceaux à la terrasse des bistrots et dans les fonds de bouteille.

Je garde mon air imperturbable mais, sitôt franchi le seuil de la ferme, je ne peux m'empêcher d'aller chez monsieur Bonnet pour ouvrir le ventre de la bête, pour être enfin sûre, parce que derrière l'indifférence que j'affiche pour tout, il y a un long cri que je retiens, il y a cette vie qui me fait horreur, avec son beau cortège de salauds, et pour que ce cri sorte enfin de ma gorge, je dois savoir si Pietro faisait partie du lot.

Monsieur Bonnet a sa maison derrière l'ancien marché aux légumes. Je marche sur une allée de graviers brûlants, pointus comme des tessons de verre, qui me mène jusqu'à une bastide confortable, assoupie derrière l'écran de ses volets bleus.

Monsieur Bonnet me fait entrer. C'est un petit homme sans cheveux, très fluet, dont on devine les jambes sans muscles sous son pantalon de toile. Le moindre coup de vent le transporterait à l'autre bout de la ville. Je lui mens effrontément, je lui annonce que je travaille pour une association qui s'occupe des déportés politiques dans le département, que j'aimerais savoir dans quelles conditions son épouse a été arrêtée. Il me répond que sa femme ne faisait pas de politique, que c'était « une femme sans histoire ». Il précise, comme si cela ajoutait encore à son incompréhension : « Elle avait soixante-deux ans. »

Nous nous installons dans sa salle à manger, je vois qu'il a posé, sur l'une des chaises, un vieux plaid élimé, sans doute pour ses chats, il y a en trois dans la pièce.

Sur le buffet en châtaignier dont il semble avoir pris la teinte, un gros mâle dort, couché en boule. Une seconde bête gît sur le flanc, au pied d'un fauteuil, les pattes étendues. Le dernier chat, lui, reste assis dans un coin, collé au mur, comme s'il craignait d'exposer sa laideur. C'est une bête effilée, pellagreuse, au ventre creux et aux reins tordus. Monsieur Bonnet me dit qu'il en a huit, tous différents de poil et de caractère, tous abandonnés et recueillis par son épouse. Elle leur a donné des drôles de noms, des noms qui fleurent bon les livres d'histoire – Cambacérès, Charlemagne, César, Clovis, Colbert, Cléopâtre, Copernic, Catherine de Médicis.

« Madame Bonnet adorait les chats, me dit-il. Ça devait venir de sa mère qui en possédait plus d'une douzaine. »

Mes tempes battent comme des forges. Je me trouve ridicule d'être là, en intruse, de voler des bouts de vie à ce monsieur si tranquille et si fragile.

Je le regarde s'éloigner vers l'une des chambres, peut-être la sienne, et revenir avec des coupures de journaux. Il sourit, d'un sourire sans gaîté, qui étire ses joues sèches.

« Nous ne nous sommes jamais séparés, madame Bonnet et moi. Nous allions partout ensemble, comme les deux pieds d'un même corps. »

Il dit « madame Bonnet » avec le respect que l'on a pour les grandes dames, celles qui s'accrochent au bras des députés ou des ministres, celles qui pensent que leurs doigts tendus pour le baisemain est une grâce et qui portent des gants blancs en été.

« Madame Bonnet était très craintive comme femme. Elle ne sortait jamais seule. Même pour aller au petit coin, elle me suppliait de l'accompagner. Elle disait "Reste derrière, Robert, on ne sait jamais si ce fichu verrou ne veut pas s'ouvrir, tu seras plus près pour enfoncer la porte". Quand je l'ai informée de mon intention de la faire partir pour Cassis, elle a pleuré d'angoisse toute la nuit. »

La suite, il l'a avalée. Il n'y a pas eu de « si j'avais su », ni regret, ni culpabilité. Seulement un long soupir.

« Depuis quatre mois, je découpe toutes les photos qui paraissent dans les journaux. Vous voulez les voir ? »

Je lui demande de quelles photos il parle.

« Celles des camps. »

Ensuite, il étale sur la table une vingtaine de coupures. Il les arrange méticuleusement, calmement, avec beaucoup de soin, bord à bord, comme s'il cousait un patchwork noir et blanc de paysages lointains, désincarnés, d'une froideur inhumaine.

Une première photographie montre un grand terrain cerclé de fils de fer barbelés, une clairière gelée emprisonnée dans l'ombre de sapins rigides, au milieu de laquelle s'alignent, en rangs serrés, de longs et sinistres édifices de bois. Une deuxième, des ruines de bâtiments incendiés qu'on devine encore fumantes, des tranchées sombres, des dépôts abandonnés aux carreaux brisés sous la garde impassible d'un mirador. Une autre, une plaine désertique, blanche à perte de vue, isolée du monde par une forêt ténébreuse et trouée par une voie de chemin de fer qui semble venir de nulle part. Et puis sur une autre, encore, une vaste sommière, plate et grise, couverte de baraquements lugubres dont les fenêtres battent au vent, un porche d'entrée portant l'inscription «*Arbeit macht frei*». Et sur l'image d'à côté, au milieu de tuiles arrachés, de toits effondrés, d'amas de briques, la silhouette sombre d'une très haute cheminée.

La voix basse de monsieur Bonnet commente, tandis qu'il pointe de l'index chaque coupure :

«Celui-ci, c'est Dachau, en Bavière, à côté de Munich... Et voilà Birkenau... J'ai regardé sur une carte, il se trouve en Pologne... Vous saviez qu'ils avaient construit des camps en Pologne ? Je crois qu'on l'appelle aussi Auschwitz... Celui-ci, je pense que c'est Buchenwald ou alors Sachsenhausen, on ne sait plus, avec tous ces noms compliqués... On ne voit pas grand-chose... je n'ai rien trouvé de mieux, les journaux montrent très peu de photographies de ces endroits... et puis les nazis ont presque tout détruit derrière eux, pour effacer le mal qu'ils ont fait. Regardez... Celui-là, c'est Ravensbrück... au nord de Berlin... Il est possible que madame Bonnet ait été détenue là. Il paraît que c'était une prison réservée aux femmes...»

Sous la table, ses doigts griffent discrètement l'étoffe de son pantalon.

« Elle ne reviendra pas. C'est trop tard. Presque deux ans… »

J'essaie de le rassurer :

« Il revient des déportés tous les jours. On dit qu'il y a encore des camps qui n'ont pas été entièrement évacués… »

Il fait non de la tête.

« J'aurais eu des nouvelles si elle avait été libérée… »

Je plaque mes mains sur mes genoux, je ne sais plus où les mettre et je ne sais plus quoi lui dire. J'attends, le cœur battant, qu'il recommence à parler, mais il ne dit rien, il continue de regarder les photos.

« Vous n'avez pas conservé les articles des journaux ?

– Non, je ne garde que les photos. Je les contemple tous les jours, vous savez. Ainsi, j'ai l'impression d'y être allé, moi aussi, dans ces camps du bout du monde… d'y être allé avec madame Bonnet. »

Il ajoute :

« Mais les articles, j'ai arrêté de les lire. Du délire de journalistes… Non, je ne crois pas du tout à ce que ces gens racontent, c'est impossible, c'est tellement… épouvantable… Personne ne peut croire à des énormités pareilles… »

Il retrousse les manches de sa chemise. Il a de petits bras secs, des muscles tendus comme des cordes. Il regarde de nouveau les coupures. Son visage devient très pâle.

« Non, les articles, je ne les ai pas gardés. Vous y croyez, vous, à toutes ces horreurs ? Des inventions, c'est ça, des inventions pour vendre leurs feuilles de chou… Vous voyez ce pan de mur écroulé, là ? Ils prétendent que c'est l'emplacement d'une salle où l'on envoyait les prisonniers prendre une douche pour les… »

Il s'arrête court. L'un des chats vient se frotter contre sa jambe de pantalon. Il le prend dans ses bras et le caresse machinalement. Des larmes brillent dans ses yeux. Moi, je me rappelle la une de *L'Humanité* en avril dernier et celle du *Figaro*, en mai, qui annonçaient : « Des millions d'êtres humains exterminés dans les camps de la mort. » Les gros titres de *France-Soir* qui révélaient l'horreur des charniers découverts dans les allées et les dortoirs des camps. Les premières pages de *L'Aurore* en juin, du *Midi libre* et du *Provençal*, qui montraient des photographies de créatures flottant dans des guenilles, les yeux caves et le ventre gonflé, hors de l'humanité, vivantes et mortes à la fois. Des photographies que monsieur Bonnet avait sûrement vues, lui aussi, mais qu'il n'avait pas voulu conserver.

Il murmure :

« J'ignore où ils l'ont emmenée. Je ne saurai jamais dans lequel de ces camps elle est partie pour toujours. »

Après, ses mains tripotent de nouveau les coupures de journaux. Ses yeux s'égarent. Le chat saute à terre en grognant. Monsieur Bonnet libère un flot de paroles et j'ai la poitrine qui se serre à me couper la respiration, je tourne la tête pour qu'il ne voie pas mon visage. Je n'entends plus que sa voix qui s'arrête par instants devant le gouffre infranchissable de la réalité, qui saute quand même l'obstacle, s'arrête de nouveau, trébuche sur un mot trop douloureux à prononcer, qui s'égratigne encore et encore, se reprend, puis finit dans un souffle. C'est une cacophonie de phrases hésitantes, brisées, hachées, qui peinent à avancer :

« Ils disent que les SS brûlaient les corps dans des… des fours… mais c'est impossible… ce conduit, là… pour moi, c'est un fourneau de cuisine, c'est évident… Il en fallait bien, des cuisines, pour nourrir tous les détenus… Ça prouve au moins qu'on leur donnait à manger… Je ne peux pas… je ne peux pas y croire… Les journalistes racontent n'importe quoi… vous y croyez, vous ? C'est de la folie, n'est-ce pas ? Qu'est-ce que vous voyez, là ? Ils disent que c'est le fourneau d'un crématorium… un crématorium… ils brûlaient les corps… les Soviétiques ont retrouvé des milliers de chaussures… des bijoux… des dents… des cheveux… ils sont morts du typhus, n'est-ce pas ? Le typhus, ça oui, je peux y croire… et les travaux forcés… mais tous ces squelettes… tous ces squelettes entassés, par milliers… du gaz… par les trous de la toiture… de l'insecticide… dans les douches… on n'a jamais entendu parler de ça… Si c'était vrai, on l'aurait su… Ils les jetaient dans des fosses… Ils leur ont pris leurs dents… des femmes, des bébés… ils ne pouvaient pas… pas leurs dents… »

Des larmes coulent sur sa figure. Je baisse le front. Il y a quelque chose qui s'abat sur nous, ce n'est pas de la gêne, ni de la tristesse, c'est quelque chose d'autre, de plus puissant, quelque chose d'indicible, ça n'a pas de nom.

Monsieur Bonnet fait un effort pour se ressaisir. Mais il a toujours les yeux humides, qu'il essuie avec ses doigts.

Je le questionne sur la dernière lettre qu'il a reçue de sa femme, celle qu'elle lui a écrite de l'hôtel Bompart. Je cherche à savoir s'il l'a gardée. Bien sûr, il l'a conservée.

Est-ce que cette lettre fait allusion à Pietro Roccetti ? Il secoue la tête. La lettre ne dit rien à propos de Pietro. C'est une lettre très courte, dans laquelle madame Bonnet lui parle de ses conditions de détention. Elle a entendu dire qu'elle allait prendre un train, on lui a confisqué son sac à main. Elle a peur mais elle promet d'être courageuse. Elle lui demande de bien s'occuper des chats, surtout de Charlemagne qui a une mauvaise santé. Elle espère être revenue pour le 1er mai. Elle aimerait bien voir si le muguet qu'elle a planté sous la fenêtre de la cuisine va fleurir cette année.

Est-ce qu'il sait qui a dénoncé son épouse ? Il fait de nouveau non de la tête. Personne n'a dénoncé madame Bonnet. Et même si c'était le cas, il ne chercherait certainement pas à savoir de qui il s'agit. Surtout pas parmi les gens qu'il connaît. Il ajoute que ce serait faire trop d'honneur aux nazis que de nous déchirer les uns les autres et de nous accabler des crimes qui sont les leurs, pas les nôtres.

Je lui demande :

« Vous savez ce que les gens racontent ?

– J'imagine qu'ils accusent Pietro Roccetti.

– Oui. »

Il fait, au-dessus de son crâne lisse, un geste de chasse-mouches, comme pour écarter cette éventualité. Mais les mauvaises idées ne se laissent pas déloger si facilement.

L'instant d'après, il me jette un regard plein d'incertitude.

« Ça lui aurait rapporté quoi d'aller dénoncer ma femme ? »

Il répète :

« Ça lui aurait rapporté quoi ? »

Je réponds un peu vite :

« Une balle dans la tête. »

Il me raccompagne jusqu'à la porte. J'ai comme un goût de fer dans la bouche. Au moment où je franchis le seuil, je l'entends déclarer :

« Pietro était un brave homme. »

Je ne peux m'empêcher de lui rétorquer que beaucoup de gens en doutent.

Il me dit :

« N'allez pas crier avec les loups. »

Il écrase une larme au coin de son œil. Et puis soudain, il y a cet aveu, cet aveu auquel je ne m'attendais pas. Il me confie :

« C'est à cause de moi si elle est morte. »

Je ne fais plus un mouvement. Je ne bouge pas un cil. Il comprend qu'il en a trop dit ou pas assez.

« C'est à cause de l'eau de Javel, déclare-t-il. Quand j'ai lavé sa carte d'identité. »

Il m'explique d'une voix altérée :

« Je devais falsifier ses papiers. J'ai effacé son nom de jeune fille et notre adresse, ensuite j'ai imité le tampon de la mairie avec de l'encre de copie. Mais l'eau de Javel, je ne l'avais pas suffisamment diluée. La carte a blanchi. Madame Bonnet n'aurait jamais passé le premier contrôle. Elle le savait… mais nous n'avions pas d'autre solution. »

J'ai ressenti un immense soulagement. Et une immense désolation. J'ai dit merci. C'est tout. Merci.

Morand était devant sa porte, une cigarette au coin des lèvres. Je lui ai annoncé ce que j'avais découvert :

« Pietro n'est pour rien dans l'arrestation de madame Bonnet. Je viens de parler avec son mari.

– Je n'en ai jamais douté. Ce n'était pas le genre.

– Comment pouvez-vous en être aussi sûr ? »

Je l'ai regardé plus attentivement. Il fumait une cigarette à bout doré, l'air impassible. Un doute absurde m'a traversé l'esprit :

« Ce n'est pas la première fois que vous parlez de Pietro Roccetti comme si vous l'aviez connu. »

La surprise lui a écarquillé les yeux, il a levé les épaules et ouvert les paumes.

« Comment aurais-je pu le connaître ? »

Puis il a vite détourné la conversation :

« Vous aimez la musique Gabrielle ? »

Sans me laisser le temps de répondre, il a jeté sa cigarette et sorti de la poche de son pantalon un vieil harmonica en métal argenté. Les mains posées en coque sur le capot de son instrument, il a soufflé un train continu de notes graves. Avant qu'il ne poursuive, je l'ai arrêté d'un geste :

« Excusez-moi, il faut que je rentre. Je vous écouterai jouer une prochaine fois. »

Sa bouche s'est détachée de l'harmonica.

« Déjà ? »

Il a laissé filer un regard oblique vers la cuisine :

« Attendez-moi, j'ai quelque chose pour vous. »

Tandis qu'il pénétrait dans la maison, j'ai laissé mon regard errer dans la grande cour. Les souvenirs sont revenus. Par rafales. Des dizaines de souvenirs, égarés au fil des années. Une résurrection de sons, de parfums, d'images. César en débardeur et culottes courtes pourfendant de son bâton d'invisible pirates, sous le regard amusé de la belle de Corse. Maria, tendrement penchée sur le berceau d'Angèle, à l'ombre de la vieille yeuse. Les figues vertes que Julia et moi faisions sécher au soleil jusqu'à ce qu'elles deviennent blanches et craquantes, jusqu'à ce qu'elles suent tout leur jus, un jus clair et épais qui remontait sous leur peau en formant des petites boules de sucre. Les prunes que Pietro préparait à la tarentine, selon une vieille recette des Pouilles. Les amandes grillées qu'il leur fourrait dans le ventre. L'odeur de la cannelle poudreuse. L'odeur du soleil qui mâche le romarin et les olives noires. Les pique-niques. Les petites sardines d'argent et les aubergines grillées au feu des sarments, la fumée lourde et salée qui montait au ciel comme un encens. Les grimaces de Luigi imitant Crapaud, le garde champêtre. Les sourires timides de Julia. Les chansons de Maurice Chevalier que Pietro fredonnait en nous servant son vin frais, tendre et rond, au goût de vanille.

Lorsque Morand est revenu, il tenait un objet dans la main. Une pierre dans laquelle on pouvait voir la réplique exacte d'un escargot.

« Qu'est-ce que c'est ?

– Un fossile de gastéropode. L'animal a disparu mais il a laissé son empreinte dans le calcaire. Cette trace est vieille d'au moins vingt millions d'années. »

Il l'a tendu vers moi.

« Tenez. J'aimerais vous l'offrir. »

J'ai repoussé son cadeau :

« Non merci. J'aurais peur de le perdre.

– Vous n'acceptez jamais rien ?
– Le moins possible.
– Vous êtes une femme mystérieuse, Gabrielle Magne.
– Je suis la femme la plus simple qui existe.
– J'aimerais vous croire mais je n'y arrive pas.
– C'est votre problème. »

Il m'a lancé un regard étrange et, sans ironie, m'a répondu :

« J'ai tout mon temps. Je finirai par vous apprivoiser. »

26

Il paraît que les rêves sont des brèches bienfaisantes qu'ouvre notre mauvaise conscience pour jeter nos remords aux ténèbres. Ils nous ramènent au matin, vidangés de notre culpabilité, purgés de nos vilenies, de nos hontes inavouables. Nos vies sont des cloaques. Et nos rêves ne sont, en somme, que le trop-plein d'une immonde marinade.

Tant d'années après, j'éprouve toujours une répulsion indicible à me souvenir de cet autre cauchemar. Pourtant, si j'avais eu le courage d'y repenser le jour même, ou les jours suivants, peut-être aurais-je eu l'intuition de ce qu'il signifiait. Et de ce qui allait arriver.

C'était au bord d'une route comme toutes les routes. Il y avait encore la jeune Anglaise. Morte, cette fois. Couchée dans un fossé. Et l'albinos était penché au-dessus de son cadavre. Il portait un long tablier de boucher. Il a plongé ses mains dans le ventre ouvert de la jeune femme comme s'il vidait un poisson. Il a retiré du corps un amas sanguinolent de boyaux, des boucles d'intestins rouges et brillantes qu'il a tenues un instant au creux de ses paumes puis qu'il a tendues à Benjamin Calisti. Celui-ci a arboré un air de triomphe.

« Parfait. On en tirera au moins cinquante francs. »

L'albinos a ensuite entaillé la poitrine de la jeune femme. La pointe de son couteau a déchiré la chair tendre, entre les seins blancs et menus. Benjamin Calisti a posé un doigt amical sur mon épaule.

« On te garde le cœur, Gabrielle, promis. Le meilleur morceau. »

Tout à coup, mon fils a surgi aux côtés de la jeune Anglaise. Il a contemplé son cadavre sans aucune expression. Il avait grandi, son visage n'était plus celui du petit garçon que j'avais adoré. Ses traits s'étaient alourdis, sa mâchoire était celle d'un jeune homme. Ses cheveux avaient perdu leur couleur dorée, ses yeux leur innocence.

Je l'ai supplié :

« Mon amour, ne les laisse pas faire ça. »

Théo a articulé d'une voix lente :

« Pourquoi ? Tu as eu ce que tu voulais, non ? Tu l'as toujours voulu, maman. »

Sa bouche s'est étirée lentement dans un sourire atroce, une grimace railleuse qui a retroussé à peine ses lèvres, qui a découvert des incisives pointues comme celle d'un jeune vampire.

J'ai reculé, terrorisée.

« Qui es-tu ? »

Théo m'a fixée avec des yeux mornes.

« Ton mensonge. »

Je me suis arrachée de ce cauchemar en nage. Lou n'était plus dans le lit, ni dans la chambre. Ses chaussures en raphia et la petite robe mauve qu'elle avait pendue à la poignée de la fenêtre avaient disparu.

Je savais que ma sœur pouvait partir des heures entières et revenir sans un mot d'explication. Ce genre de fugues était dans ses habitudes. Pour autant, je ne l'avais jamais surprise à déserter la maison au beau milieu de la nuit. J'ai songé qu'elle était probablement dans la cuisine ou qu'elle était sortie prendre l'air. Il faisait une chaleur à anéantir toute la création. Mais le mas était vide. La cour aussi. Nulle trace de Lou sur le sentier ou dans les environs. Je n'ai pas osé appeler, de peur de réveiller la mère, j'ai avancé à pas feutrés jusqu'au potager comme on avance sur un plancher vermoulu, en essayant d'éviter le moindre bruit qui aurait fait sortir la sorcière de son repère. Je n'ai trouvé que le tas de fumier qui coulait son pus vers les plants de tomates moribonds et le pistou fondu.

Revenue dans la cour, j'ai regardé vers le mas des Roccetti. Un petit point de lumière vacillait dans l'obscurité.

« Louise ? »

La porte s'est ouverte sur Morand, le menton bleui par une barbe naissante, torse nu. J'ai dû rougir parce qu'il est aussitôt rentré et lorsqu'il est réapparu, il avait passé un débardeur noir.

« Que se passe-t-il ?

– Je cherche ma sœur.

– Ici ?

– Ici et ailleurs.

– Depuis quand a-t-elle disparu ?

– Je n'ai pas dit qu'elle avait disparu… Elle est sûrement partie se promener. »

Il a jeté un cou d'œil à son bracelet-montre.

« Un peu tardive, la promenade. »

Puis il a haussé les épaules.

« Ne vous inquiétez pas. Elle aura pris sa bicyclette pour aller en ville…

– Qu'est-ce qu'elle serait allée faire en ville à cette heure-ci ?

– À votre avis ? »

Il m'a gratifiée d'un sourire déconcertant. C'est toujours curieux, une roche qui sourit.

« Que fait-on, un soir d'été, quand on a vingt ans ?

– Dix-neuf. »

Cette petite rectification a été la seule chose que j'aie trouvé à dire pour me défendre de son arrogance.

« Allez, m'a-t-il proposé, ne restez pas là. Entrez. »

Sur la table, la lampe éclairait un pêle-mêle d'objets, des fragments de pierres, une carte topographique, des feuilles de papier, un journal, une assiette et des couverts sales.

« Vous travaillez la nuit ?

– J'essaie, a-t-il répliqué en souriant, mais cette chaleur me fait tourner en rond… »

Il a sorti du buffet une carafe d'eau et deux verres.

« Pourquoi avez-vous cru que votre sœur pouvait se trouver en ma compagnie ? »

J'ai d'abord croisé les bras sur la poitrine mais je les ai vite décroisés, incapable de trouver la posture qui me conserverait mon assurance. C'est d'une voix basse, après un moment de silence, que finalement j'ai osé lui avouer :

« Louise vous apprécie beaucoup. Vous avez dû vous en rendre compte.

– Je m'en suis rendu compte. »

En me servant à boire, son visage s'est durci, ses yeux ont pris un air préoccupé.

« N'importe quel homme se sentirait flatté de l'attention que lui porte une jeune fille aussi… »

Il a hésité sur l'adjectif. Il a dû le peser et le soupeser avant de le lâcher mais il n'en avait trouvé aucun autre à la hauteur :

« Aussi belle. Mais je ne suis pas n'importe quel homme. »

Il a soupiré :

« J'ai trente-cinq ans, Gabrielle. Presque le double de son âge. Je ne suis pas assez prétentieux ou assez stupide pour imaginer avoir quoi que ce soit à offrir à une gamine qui pourrait être ma fille. »

J'avais déjà remarqué qu'il ne portait aucune alliance à son annulaire. Avait-il fait le choix du célibat ou la vie lui avait-elle imposé cette solitude austère ? Je me suis demandé s'il appartenait à cette espèce d'hommes blasés, pétris d'indifférence, qui se contentent de goûter la saveur intime des femmes puis la recrachent aussitôt.

Je ne sais pas par quel miracle Morand a lu dans mes pensées.

« J'ai été marié, il y a quelques années…

– Vous avez perdu votre épouse ?

– Disons que c'est elle, plutôt, qui m'a perdu. Elle m'a lâché sans même se retourner. Mais je n'ai aucun regret. Nous n'avions rien en commun. »

Il a fait tourner son verre à la façon d'un homme qui roule son vin, avant de s'épancher :

« C'est un luxe de n'être attaché à personne lorsqu'on est en guerre. Je pense même que c'est à ça que je dois ma survie au stalag… Le souvenir des absents vous bouffe le cerveau et les tripes. Contrairement à bon nombre d'hommes dans mon baraquement, je n'ai jamais eu à me demander comment ma femme se débrouillait avec l'ennemi, si mes gosses avaient de quoi manger ou si je retrouverais mon lit occupé par un autre en rentrant à la maison. Dans des situations comme celle-ci, être sa seule charge d'âme est une veine. »

J'ai bu mon verre d'un trait puis je lui ai posé une dernière question, dont la réponse m'était égale, juste pour dire quelque chose, n'importe quoi, pour ne pas avoir à me reprocher d'avoir avalé son eau sans le payer en retour d'un minimum d'intérêt :

« La guerre est finie. Vous n'êtes plus prisonnier. Le raisonnement tient toujours ? »

Il s'est dirigé vers la fenêtre et l'a ouverte. Il a allumé une cigarette, le dos tourné.

« J'ai toujours éprouvé quelque réticence à fonder une famille. La peur de perdre un être cher est la seule terreur que je n'ai pas réussi à vaincre. Alors oui, d'une certaine façon, le raisonnement tient toujours. »

La suite est tombée comme un sac de sable sur mes épaules :

« Vous comprenez ce que je veux dire, puisque vous êtes seule, vous aussi. Vous vous êtes certainement fait la réflexion qu'il vaut mieux ne pas s'habituer à un bonheur dont on pourrait être privé un jour.

– Vous vous trompez. J'aurais préféré ne pas être seule.

– Alors, pourquoi n'êtes-vous pas mariée ? »

Tout le temps où il a attendu ma réponse, il n'a pas bougé d'un millimètre.

« Je ne suis pas tout à fait décatie. Je n'ai que vingt-six ans.

– Excusez-moi. Vous avez raison, vous êtes encore jeune. Vous avez le temps de rencontrer quelqu'un. Et d'avoir des enfants. »

Il a débité ces fadaises sans me regarder, parfaitement immobile, les yeux fixés sur le lointain, ne m'offrant que la vision de son profil aux lignes dures, soigneusement découpées par le clair-obscur, et cependant j'ai eu le sentiment qu'il épiait chacune de mes émotions, qu'il scrutait, dans le verre poli de la vitre, le reflet de mon visage, cherchant à en attraper la moindre des crispations.

« Nous verrons, ai-je rétorqué pour couper court. Pour l'instant, ce n'est pas à l'ordre de mes priorités.

– Qu'est-ce qui vous importe, Gabrielle ?

– Retrouver Louise. Rentrer me coucher. »

J'ai fait trois pas en direction de la sortie. Morand a enfin daigné se retourner et il m'a ouvert la porte.

« Votre sœur est sûrement revenue.

– Je l'espère. »

Il a regardé vers la table. Il a arboré un petit sourire satisfait.

« Vous avez accepté mon cadeau, finalement. J'en suis ravi.

– Quel cadeau ? »

Ses yeux m'ont transpercée d'une drôle de façon.

« Le fossile. Vous avez eu raison de passer le prendre. »

Mon regard, à son tour, a balayé la table. Je suis tombée des nues. J'ai bafouillé :

« Je ne l'ai pas pris… Vous… vous croyez que je l'ai pris ?

– Il n'y a pas de mal. Je vous l'ai offert. »

Il fallait que je dissipe le malentendu, j'ai lissé nerveusement ma jupe sur mes cuisses, dans ce reflexe stupide qui était devenu une manie.

« Je ne me serais jamais permis de venir ici pendant votre absence. Encore moins de prendre quelque chose. »

Il a senti mon malaise, et j'ai senti le sien, lorsque, à son tour, une ride inquiète a froissé ses sourcils.

« Je n'ai rien pris du tout. Vous avez dû le ranger quelque part…

– Vous avez raison. J'ai dû le mettre ailleurs. N'en parlons plus. »

La nuit chaude, crevée d'étoiles, m'a attirée à elle.

« Gabrielle ?

– Oui ?

– Deux choses, avant que vous ne partiez. »

Il a passé une main dans ses cheveux.

« Je suis content de vous avoir vue… et…

– Et ?

– Votre sœur ne m'intéresse pas. »

Lorsque je suis revenue dans la chambre, Lou n'était toujours pas rentrée. J'ai soulevé le matelas, j'ai pris le dernier cahier d'écolier, celui que je n'avais pas encore achevé. Je suis allée directement à la dernière page :

Je rêve du goût de sa langue. J'aime ses épaules larges, j'aime ses cheveux noirs, son nez, ses oreilles, j'aime son torse, j'aime ses pieds, j'aime ses mains, j'aime m'endormir en imaginant qu'il s'allonge sur moi, sa peau contre ma peau. Il me prend, je l'avale, je le dévore, je le garde pour toujours dans mon ventre. Il embrasse mes seins, il lèche le petit bout. Il met sa bouche partout, dans ma nuque, sur mes genoux, entre mes jambes, sur mon trésor. C'est tellement bon que j'ai du mal à respirer. Il pleut sur mon corps. Il pleut des baisers, des caresses, des éclairs, des lames de plaisir, des gouttes de sueur, il pleut de la lumière, du rouge, du blanc, du doux, du brûlant.

Si Gaby trouve ce journal, elle va se trouver mal. Elle pensera que je suis une fille facile, une vas-y-couche-toi-là.

Une marie-salope comme m'appelle la mère.

J'ai déjà trois cheveux à lui, au fond du tiroir de ma table de nuit. Trois cheveux que je garde dans une boîte d'allumettes avec quelques autres reliques : un mégot de cigarette et un petit bout de gomme qu'il a mâchée, ramassés dans la cour, un bouton de chemise qui traînait sur sa table et ma marguerite à pétale unique que je n'ai pas osé jeter, pour conjurer le mauvais sort. Le caillou blanc, celui qui porte l'empreinte de l'escargot, ne rentre pas dans la boîte d'allumettes. Il est trop gros. Je l'ai caché dans le poulailler. Je ne veux pas que la mère le trouve. Cette charogne serait capable de me le voler. Quant à Gabrielle, je ne veux pas lui faire de la peine. J'ai l'impression que Paul ne lui est pas indifférent, malgré ses airs de vierge effarouchée. Je ne sais pas comment elle réagirait si elle savait qu'il m'a fait ce cadeau.

Qu'est-ce qui m'a fichu une famille pareille ?

Parfois, Gabrielle me regarde comme si j'étais complètement demeurée. Ou folle.
Comme maman.
Elles ne savent pas le mal qu'elles me font.

27

Louise a fini par rentrer aux premières lueurs de l'aube. J'ai feint le sommeil pendant qu'elle se changeait furtivement. Je n'ai ouvert l'œil qu'une fraction de seconde, le temps de la voir changer de culotte sous sa jupe, debout, devant la toile rose que tendait l'aurore entre les montants de la fenêtre. Ensuite elle est repartie. J'ai entendu les roues de sa bicyclette faire râler les cailloux.

À midi, la mère m'a envoyée rendre un châle qu'elle avait emprunté à Geneviève Paulard. Il n'y a que deux maisons sur la route qui sort du bourg, celle de la Paulard et celle de Gaston Pistachi, que la harpie exècre depuis toujours. Avant elle, son père et le père de son père détestaient déjà les Pistachi et les Pistachi détestaient les Paulard. C'est un héritage ancestral que cette vieille haine qui vient du fond des âges, qui n'a pas de raison, pas de commencement. Une sorte de tradition qui se perpétue de génération en génération, qui a ses rituels, ses formules, ses accessoires, ses petites habitudes bien huilées. Rien ne déroge jamais au protocole de leur querelle. Chaque matin, en sortant de chez elle, la Paulard file vers le mur qui la sépare de son voisin et crache dessus. Lui, de sa fenêtre, lui fait un bras d'honneur et la traite de morue. Chaque soir, il se plante sur son perron et chante à voix haute une chanson paillarde qui met la commère à l'honneur. La Paulard réplique en lui lançant une pierre qui n'atteint jamais sa cible mais qui vient taper contre la porte de Gaston en laissant sur le vantail de bois une nouvelle trace de l'offensive.

La vieille fille est venue m'ouvrir la porte en ronchonnant. À part les visites de ma mère, elle n'aime guère recevoir. Je suis restée sur le pas de la porte, je lui ai remis le châle.

« Dis à Micheline qu'on aura du lièvre pour dimanche. »

J'ai fait oui de la tête. La Paulard a eu un clappement de langue agacé.

« Je te fais pas entrer. Après tout ce que ta mère m'a dit sur ton compte, j'ai pas envie d'être aimable. »

Elle s'est balancée sur sa jambe courte et m'a fixée de son vilain regard de brume.

« Il paraît que tu fais des histoires. »

La Paulard n'a pas été gâtée par la nature. C'est une petite femme chétive qui sent la naphtaline et cache son pied-bot dans des chaussures orthopédiques ornées de grosses boucles. Elle souffre aussi de cataracte. Ses yeux de poisson crevé, d'un gris laiteux, ne voient plus le monde qu'à travers une vitre sale.

« Elle a eu de la chance, ta mère, d'avoir eu un fils. Ça compense.

– Certainement.

– Un bon garçon. »

J'ai opiné mais, avant de tourner les talons, j'ai eu envie de la faire enrager :

« À propos d'histoires… vous n'en auriez pas une ou deux à me raconter, au sujet de la mort des Roccetti ? »

Ses lèvres se sont pincées pour empêcher les mots de sortir.

« Dommage. Je ne trouve pas grand monde pour m'en parler. À croire que vous avez tous quelque chose à cacher. »

Elle a voulu me faire avaler qu'en plus de la vue, elle avait aussi les idées floues :

« J'ai jamais entendu dire quoi que ce soit sur la mort des Italiens. Ou alors, j'ai perdu la mémoire. À mon âge, c'est des choses qui arrivent. Tu diras à Micheline que je ferai des navets avec le lièvre. C'est pour ton frère, il adore les navets. »

J'ai coupé par la rue Jean-Jaurès, celle qui longe l'ancien quartier des Innocents, le cœur médiéval de Bayon. La terrasse du *Beau Rivage* était déjà complète, envahie par des femmes en robes claires, en sandales ouvertes, les bras lourds de colifichets, les tempes décorées de petits rouleaux de cheveux jaunes et serrés comme des coquilles de beurre. Les hommes buvaient, souriants, suants, gominés. Quelques voitures passaient, les vitres descendues. Une adolescente aux jambes de sauterelle était assise devant l'échoppe de vannerie, entre les corbeilles et les bourriches tressées.

C'est là que je l'ai vu de nouveau. L'homme aux cheveux roux. Posté à l'angle de la boutique, essayant de se cacher derrière une colonne de bannetons et de paniers en osier. J'ai cru défaillir. Mais cette fois j'ai pris mon courage à deux mains et j'ai marché vers lui, en essayant de ne pas flageoler malgré mes jambes de chiffon mou. Les bras croisés sur la poitrine, j'ai attaqué la première :

« Qu'est-ce que vous me voulez ? »

Il s'est trouvé stupide. Il m'a considérée un instant, la lippe entrouverte.

« Depuis des jours, vous marchez dans mes pas. Qu'est-ce que vous me voulez ? Vous cherchez à m'effrayer ? »

L'homme a fait plonger son nez vers ses chaussures.

« Si vous ne me dites pas immédiatement pourquoi vous me suivez, j'irai voir la police. »

Il a levé la main. C'était un geste d'apaisement, pas une menace.

« Ne vous trompez pas sur mes intentions, mademoiselle, je veux de mal à personne.

– Alors, expliquez-vous. »

Son malaise s'est dissipé, il a abandonné son air penaud du gamin pris en faute et il a même ébauché un sourire.

« On pourrait pas marcher un peu ?

– Pardon ?

– Marcher. Vous savez, on avance une jambe et puis l'autre…

– Non, je n'irai nulle part avec vous. »

De nouveau, il a baissé le front.

« Vous vous intéressez toujours à ce qui est arrivé à cette famille d'Italiens, les Roccetti ?

– Pourquoi ? »

Il m'a fait signe d'avancer sur le trottoir. Il me dépassait de deux têtes et pesait le double de mon poids mais cela importait moins que la curiosité que ses paroles venaient d'éveiller en moi. J'ai acquiescé. Nous sommes passés devant la quincaillerie, l'impasse du Belvédère, l'ancien lavoir, puis devant *Le Gaulois*. J'ai cru qu'il allait pousser la porte du bistrot et choisir une table où nous pourrions parler mais il a continué à marcher. Nous avons progressé jusqu'à la rue des Ormeaux et tourné dans une venelle étroite. Mon cœur s'est mis à battre un peu plus vite.

« Où m'emmenez-vous ? »

Il s'est arrêté, il a eu l'air très lourd, il m'a semblé qu'il allait s'immobiliser sur le trottoir pour toujours, ancré dans le sol.

« Ça suffit. Dites-moi ce que vous avez à dire ou je m'en vais. »

Après avoir jeté un coup d'œil à sa droite et à sa gauche, il a chuchoté :

« Ce n'est pas le facteur qui les a trouvés en premier, c'est moi. Je marchais tranquillement sur le bas-côté de la route quand j'ai vu les trois corps allongés dehors. Je suis entré dans la cour. J'ai pensé qu'il y en avait peut-être un des trois qui vivait encore. Mais c'était trop tard.

– Et vous êtes reparti, sans prévenir personne ? »

L'homme aux cheveux roux s'est mis à tanguer d'un pied sur l'autre. Ensuite, il a inspiré un grand coup pour prendre des forces.

« Je ne voulais pas d'ennuis. Je me suis dit que ces cadavres, quelqu'un d'autre les découvrirait, tôt ou tard. Je n'avais pas à m'en mêler. Qu'est-ce que ça aurait changé que j'aille le crier partout ? Ça ne les aurait pas fait revenir. J'ai préféré sauver ma tête.

– Pourquoi est-ce qu'on vous aurait tenu pour responsable ?

– Il faut toujours un coupable. Et j'avais pas envie de prendre pour un autre.

– On m'a dit que Pietro tenait encore son fusil dans la main. Le coupable était tout désigné.

– C'est vrai qu'il avait son fusil… mais ça n'aurait pas suffi. »

Il a hoché la tête en bredouillant qu'il aurait été vraiment trop bête d'aller se fourrer dans cette sale affaire, surtout avec son passé, qu'avec une histoire comme celle-là, c'est sûr, il aurait été bon pour le rasoir national.

« J'ai fait sept ans dans une colonie pénitentiaire, mademoiselle. Le bagne, ça vous marque au fer rouge pour le restant de votre vie. Surtout si vous avez été condamné pour meurtre à quatorze ans. Vous ne pouvez plus faire un pas, ni un geste, sans qu'on vous regarde de travers et qu'on vous soupçonne de préparer un mauvais coup. Les gens pensent que si vous avez tué une fois, vous recommencerez forcément, que vous avez ça dans le sang, le vice et le crime. Et puis, en prison, on n'apprend pas à faire la différence entre le bien et mal, mademoiselle, ni entre ce qui est juste et injuste. On apprend seulement que la vie n'est qu'un gros paquet de merde et que si vous avez les pieds dedans, c'est votre faute entière. »

Il s'est adossé contre le mur d'une façade et s'est mis à triturer ses doigts.

« Quand j'ai su que vous posiez un tas de questions sur cette affaire, j'ai paniqué. J'ai commencé à vous suivre, pas pour vous faire peur, juste pour voir où ça allait vous mener, en espérant que ça ne vous conduirait pas jusqu'à moi. »

Un bruit confus, au balcon d'une maison, l'a fait sursauter. J'ai demandé :

« Pourquoi ? Quelqu'un vous a vu chez les Roccetti ? »

Il a commencé à ronger ses ongles.

« On m'a vu sur la route. Quelques minutes avant d'arriver devant la ferme des Italiens, j'ai croisé un camion qui roulait en sens inverse. Il y avait trois hommes dans le véhicule, peut-être plus, en tout cas il y en avait trois devant. Le conducteur avait le coude sur le rebord de la fenêtre ouverte. Il roulait sacrément vite mais quand il est passé à ma hauteur, il m'a regardé. Et je suis sûr qu'il m'a reconnu.

– Quel genre de camion ?

– Un Renault bâché avec une inscription. Une inscription peinte en rouge sur la cabine : L'Espérance.

– Ces hommes, qui était-ce ?

– Des résistants. »

Il a de nouveau jeté un coup d'œil inquiet tout autour de lui.

« Celui qui conduisait… il est venu me voir il y a deux ans. Il a essayé de me convaincre de rejoindre son groupe mais j'ai décliné l'invitation. Qu'est-ce que je serais allé y faire dans leur maquis ? Il m'a dit que c'était mon devoir de patriote. Je lui ai répondu que je n'étais pas un patriote. Il m'a traité de lâche. Je lui ai balancé que le plus difficile dans la vie, ce qui est vraiment fort, c'est pas de prendre un pistolet, c'est d'éviter les ennuis. Ceux qui disent le contraire sont des cons. L'Histoire est pleine de héros, de martyrs et de monuments aux cons. »

Il s'est occupé de l'ongle de son pouce. La nervosité faisait trembler sa main.

« Pour en revenir à ce gars que j'ai vu dans le camion, je savais qu'il m'avait dans le collimateur. Pendant des semaines, j'ai bien cru qu'il irait me balancer… »

Une femme est apparue au coin de la ruelle. Une petite femme qui tirait un cabas à provisions derrière elle. Elle a remonté la rue jusqu'à nous en soufflant. L'homme aux cheveux roux a attendu qu'elle nous dépasse et qu'elle s'éloigne avant de se remettre à parler :

« Je n'ai rien à voir avec cette histoire, mademoiselle, je vous le jure. Je me suis seulement trouvé au mauvais endroit, au mauvais moment. Si quelqu'un vient vous raconter que je traînais dans les parages ce jour-là, vous saurez maintenant que c'est vrai mais vous saurez aussi que je vous ai dit toute la vérité. »

Il avait l'air sincère mais, en regardant ses paumes larges et ses ongles noirs, je n'ai pas su si je devais le croire. Je me suis souvenue que ses mains étaient celles d'un assassin.

« Je sais ce que vous vous demandez. Les gens se posent toujours les mêmes questions lorsqu'ils se retrouvent en face d'un meurtrier. Ils se demandent s'il a tué par vengeance ou par jalousie, si c'est la folie ou la cupidité qui l'a poussé à ôter la vie. Ils se demandent si ces mains-là, que vous regardez à la dérobée depuis tout à l'heure, ont serré la gorge d'un enfant, égorgé une femme ou tenu le fusil qui a tiré sur un honnête commerçant… »

Je n'ai pas eu l'hypocrisie de démentir. Il m'a demandé :

« Votre père, c'est un type bien ?

– Je ne sais pas.

– Le mien, il avait une maladie incurable, la maladie du mensonge. C'était comme une mauvaise gale qui lui collait à la peau… »

De nouveau, il s'est plaqué contre le mur.

« Vous voulez savoir comment je suis devenu un assassin ? »

Je n'ai pas répondu mais il a enchaîné :

« En 1914, il s'est mis en ménage avec une femme qui tenait un petit hôtel sur le port de Marseille. Ma mère et moi, on le croyait au front, à éviter les shrapnels. On n'a jamais su où il avait trouvé l'uniforme, la capote et les gros godillots qu'il portait quand il est revenu à la maison – trois fois en quatre ans – pour piquer l'argent que ma mère gardait sous son matelas. C'est plus tard qu'on a appris qu'il avait été mobilisé d'usine durant toute la guerre, et que son seul fait d'armes, à ce grand trouillard, ç'avait été de mettre du thon en boîte pour l'armée. La guerre finie, le planqué est rentré pour de bon. Il avait une longue cicatrice sur la joue gauche, qui remontait de la bouche jusqu'à l'œil. Il nous a raconté qu'un obus avait éclaté tout près de lui, dans sa tranchée, à Fleury, et que c'était comme ça qu'il avait eu cette balafre. Il disait : "Nous autres, les gueules cassées..." en prenant l'air d'un môme qui va se mettre à chialer. Il était doué pour ça, pour inventer des bobards. On lui aurait donné la croix de guerre rien qu'à l'écouter. Le problème, c'est qu'il n'avait pas plus de cervelle qu'un petit moineau et qu'à force de piper tout le monde, il a fini par se faire pincer. Un gars de sa connaissance est allé tout raconter à ma mère : la logeuse, la double vie, le coup de rasoir que ce salopard s'était pris en pleine figure pendant une rixe, dans un bar de la Canebière, à cause d'une dette de jeu. À partir de ce jour, plus rien n'a été comme avant. Mon père est reparti vivre avec sa poule, et ma mère, de chagrin, a commencé à s'amouracher de la bouteille. Elle s'est mise aussi à fréquenter des tas de types un peu louches, des sales types qui lui passaient dessus plus vite que le train. C'est comme ça que ma sœur Marguerite est née, deux ans plus tard, de père inconnu.

« La déchéance de ma mère, je ne vais pas vous la raconter, parce que c'est trop triste et parce que je n'aime pas les violons. Elle est morte en 23, d'avoir trop bu, ou d'avoir trop pleuré, je ne sais pas, peut-être des deux, on aurait dit qu'elle buvait pour compenser toutes les larmes qui lui sortaient du corps. On l'a enterrée un mardi matin, quelques jours avant Noël.

« En allant au cimetière, j'ai pris ses grands ciseaux à couture. J'espérais que mon père viendrait. Et il est venu. Quand il s'est penché au-dessus du cercueil, je lui ai planté la paire de ciseaux dans le dos, d'un coup. J'ai souri en le regardant tomber comme une chiffe dans le grand trou où il avait foutu ma mère. »

L'homme a baissé les bras.

« Voilà, il n'y a pas grand-chose à ajouter. Les juges m'ont envoyé à la colonie pénitentiaire d'Aniane pour au moins trois cents ans, enfin c'est ce que j'ai cru en entendant le verdict. Mais je n'étais pas vraiment malheureux parce que moi non plus, à cette époque, je n'avais pas plus de cervelle qu'un petit moineau. La seule chose que j'aie vraiment comprise, c'est qu'on allait me donner à manger et un lit pour dormir, et que c'était déjà bien pour un pauvre orphelin. Et puis, je me suis dit qu'ils allaient faire de moi un homme, dans cette maison de redressement, un homme droit, tout le contraire de l'ordure qui avait gâché ma vie. Je me suis bien trompé : les matons m'ont tellement piétiné que j'ai failli en garder l'esprit encore plus tordu que celui de mon vieux. »

Il s'appelait Philippon. Justin Philippon. L'homme aux cheveux roux avait un prénom, un nom, un passé et une histoire. Une histoire qui lui laissait un voile triste sur le blanc des yeux et un air vague de dégoût sur les lèvres, un dégoût des choses et des gens.

« Tous ces types qui pleurnichent d'avoir été au stalag, c'est les mêmes qui trouvaient ça normal, avant la guerre, qu'on envoie des enfants de dix ans au bagne. Ils ne s'en remettent pas d'avoir goûté aux coups de botte des Chleuhs, à la boule de pain rassis et aux barbelés, mais j'irai pas les plaindre. Moi aussi, en taule, j'ai connu l'enfer. Pourtant, j'étais pas un soldat, j'étais même pas un homme. Je n'étais qu'un gosse. Des coups de trique, j'en ai reçu pendant sept ans, à m'arracher la peau des os. J'ai eu droit à la tonte et aux travaux forcés. J'ai vu des gamins qu'on avait envoyés là parce qu'ils avaient volé un franc ou pour trois fois moins que rien. Au bout de quelques mois, la fatigue et la peur leur avaient bouffé les chairs. Ils ressemblaient à des vieillards. »

Il s'est mis à respirer plus vite, les yeux brillants sous ses sourcils roux, le visage tendu.

« Pour ma sœur, les choses n'ont pas été plus roses. Après la mort de ma mère, elle a été placée chez une tante éloignée, une vieille rosse qui lui fichait des claques à lui arracher la tête. Et puis quand la tante a passé l'arme à gauche, on l'a envoyée dans une institution religieuse, la Solitude-de-Nazareth, pour en faire une honnête fille à grands coups de taloches et de bondieuseries. Elle était pourtant mignonne, ma frangine, avec ses grands yeux qui lui mangeaient la moitié de la figure. Je me suis toujours dit qu'elle méritait pas ça. Aujourd'hui encore, je n'arrête pas de penser que tout ce qui lui est arrivé de moche dans la vie, c'est un peu à cause de moi, à cause de ce foutu coup de ciseaux. »

Je ne pensais plus aux Roccetti. J'avais même oublié la raison pour laquelle je m'étais trouvée échouée dans cette ruelle. J'écoutais et je regardais le visage de cet homme, l'altération de ses traits, au fur et à mesure qu'il laissait sortir sa peine.

« J'ai été libéré en 1930, à ma vingt et unième. Marguerite, elle, la pauvre gosse, elle a quitté les Sœurs Salopes de la Miséricorde beaucoup plus tard, en 38. C'est elle qui m'a retrouvé et qui m'a écrit pour me dire qu'elle voulait que je vienne la voir pour qu'on fasse connaissance. J'ai pas pu faire le voyage parce que j'avais pas l'argent mais je me souviens que c'était le jour où Hitler a envahi les Sudètes, ça faisait les gros titres de la presse. J'ai jamais lu les journaux mais j'ai toujours regardé les gros titres, histoire de ne pas passer pour un abruti avec les gens qui ont de la conversation.

– Vous ne l'avez jamais revue ?

– Si. Une seule fois. C'était pendant la drôle de guerre. On venait tout juste de l'interner. J'ai profité d'une permission pour lui rendre visite à l'asile. La pauvre gamine n'était pas plus haute que la table quand je suis parti pour le pénitentiaire, alors, évidemment, je ne l'ai pas reconnue. La seule chose que j'aie retrouvée d'elle, c'était ses yeux. Ils étaient toujours aussi grands, avec des cils très longs, des balayettes comme on en voit aux yeux des poupées en porcelaine. J'ai tout de suite vu que quelque chose ne tournait plus rond chez elle, à sa façon de tenir ses bras autour de son corps et de se balancer d'avant en arrière toutes les deux secondes, à vous donner le mal de mer. »

Il s'est détaché du mur. Nous sommes sortis de la ruelle en marchant côte à côte, à pas lents.

« Il faisait très beau le jour de nos retrouvailles, a repris Philippon. On s'est promenés dans le jardin de l'hôpital. On ne s'est pas beaucoup parlé. On n'avait rien à se dire. Ou alors, peut-être que c'était le contraire. Peut-être qu'on avait trop de choses à se raconter, mais ça pouvait pas sortir, ça restait au fond de nous, comme quelque chose qu'on n'a pas digéré, qu'on voudrait rendre, mais qu'on se retient quand même de vomir parce que ça risque d'être trop dégueulasse. En partant, je lui ai promis de revenir la voir et de lui apporter du chocolat. Malheureusement, je n'ai jamais pu tenir ma parole parce que Marguerite est décédée onze mois plus tard. Elle venait tout juste d'avoir vingt ans.

– De quoi est-elle morte ?

– De faim, mademoiselle. Elle est morte de faim, comme les soixante-quinze autres patients de l'asile psychiatrique où on l'avait enfermée. »

L'ironie a aiguisé le timbre de sa voix :

« Pourquoi est-ce qu'on leur aurait donné à manger à tous ces cinglés ? Pensez ! Toutes ces bouches inutiles, elles auraient avalé le pain des Français… et du pain, on n'en avait déjà pas beaucoup… La guerre a fait tellement de morts, on vous dira qu'une poignée de fous ou de bagnards en moins, ça ne change pas grand-chose. Les braves gens vont pas sortir leurs mouchoirs pour si peu… »

J'ai détourné le regard, gênée par une honte obscure.

« Le jour où j'ai appris le décès de ma petite sœur, j'avais réussi à dénicher du chocolat au marché noir. Le meilleur. Du Meunier. J'avais l'intention de le lui apporter… »

Il a expiré un long soupir mélancolique.

« Le pire, dans la vie, c'est pas de faire du mal à ceux qu'on aime. C'est d'être privé de l'occasion de pouvoir le réparer. »

Je me suis obligée à le regarder plus attentivement. Je l'ai vu devant moi, avec ses ongles rongés, son débardeur sale, son cœur nu, à vif, son cœur qui suintait le pus nauséabond de la souffrance et du remords.

« Je ne voulais pas vous rendre triste, mademoiselle… Je ne sais pas pourquoi je vous ai raconté tout ça… Quelquefois, je me laisse aller, alors que je devrais plutôt la boucler…

– Je suis désolée.

– De quoi ?

– Pour votre mère. Pour votre sœur aussi.

– Faut pas, mademoiselle. La pitié, ça n'apporte rien. Et puis, vous êtes déjà bien assez désolée pour vous-même, c'est pas la peine de vous charger du chagrin des autres. »

J'ai dû me raidir. Sur la défensive. Toujours.

« Qu'est-ce que vous voulez dire ?

– On voit bien que vous avez eu votre lot, vous aussi. Il suffit de vous regarder. »

Il a soufflé :

« Vous ressemblez à une ombre. »

28

« Un témoin a vu un camion du maquis près de chez les Roccetti, le jour du massacre.

– Quel camion ?

– L'Espérance. »

Colette et Georges Pagnon ont échangé un regard embarrassé.

« Il pouvait très bien revenir de chez Pietro...

– Parle moins fort, Gabrielle.

– J'ai à peine murmuré...

– Un murmure, ça suffit parfois à déclencher une tempête. »

Colette m'a fait signe de me lever. Nous avons pris nos verres pour les porter à l'intérieur du *Cyrano*. Le café était vide.

« Ces hommes, dans le camion, est-ce qu'ils auraient pu... ? »

Georges m'a coupé la parole de la main.

« Les Enragés, oui, mais ce groupe dont tu parles, ça m'étonnerait. Ils appartenaient à l'ORA. Ces hommes-là ne sont pas des assassins. »

Colette s'est mise à astiquer son comptoir avec des gestes nerveux.

« La plupart des gens d'ici savent que Pietro n'a pas massacré sa famille. Cette histoire de suicide, c'est le plus gros mensonge qu'on a jamais entendu depuis que Michaux a dit qu'il avait vu la Vierge se laver les fesses avec l'eau de son puits. Mais je ne pouvais pas te le dire, la dernière fois que tu es venue.

– Pourquoi ?

– À cause des deux grandes oreilles, à la table d'à côté. »

Je me suis souvenue de l'homme aux accroche-cœurs, attablé près de nous, et des soudaines réticences de Colette à poursuivre notre conversation.

« Vous avez parlé des Enragés…

– Un groupe de FTP. Ils avaient une sale réputation dans la région.

– Ils sont descendus en ville ce jour-là ?

– Oui. Vers midi, ils sont venus parader, avec leurs grosses mitraillettes. Ils ont commencé à chauffer la population, surtout les jeunes, à qui ils ont distribué des brassards FFI et des armes automatiques. »

Georges a approuvé d'un mouvement de tête.

« Je te l'ai déjà dit : la petite bande de Benjamin Calisti s'était retrouvée dès le matin au *Gaulois*. À midi, ces abrutis étaient déjà bien imbibés et prêts à en découdre avec la terre entière. Les Enragés sont allés les exciter en leur disant qu'ils devaient nettoyer le territoire de la vermine qui avait sympathisé avec l'ennemi. Il n'en fallait pas plus pour que ces merdeux se sentent investis d'une mission patriotique.

– Les FTP étaient encore là quand ils ont tondu les filles ?

– Non. Ils ont seulement fait un petit tour en ville, histoire de foutre la pagaille. Ensuite, ils ont filé. »

Colette a ajouté :

« Par la route de Virenargues. »

Le ton de ses paroles, à lui seul, était une accusation.

« Si ce sont eux qui ont abattu les Roccetti, pourquoi l'avoir caché ? Pourquoi est-ce qu'il n'y a pas eu d'enquête ?

– Personne n'a osé mêler la Résistance à ce massacre, encore moins les gendarmes. Les gens voulaient protéger les maquisards. C'était leur façon de les remercier pour les risques qu'ils avaient pris pendant la guerre et de mettre un mouchoir sur leur propre lâcheté. On a parlé de marché noir, de délation, on a chargé Pietro de l'arrestation de madame Bonnet, on a fait des barigoules à propos de tout et de rien, il fallait charger la mule… Bref, c'est malheureux à dire, mais les gens ont décrété que si ça s'était passé comme ça, c'est que les Roccetti l'avaient sûrement cherché, qu'ils devaient avoir quelque chose de louche sur la conscience… Les maquisards n'avaient fait que rendre la justice. Tu connais le proverbe : “Il n'y a pas de fumée sans feu…” Et puis il y a eu ceux qui se foutaient de découvrir la vérité mais que ça arrangeait bien finalement cette histoire… Petit à petit, on est venu voler les voleurs d'Italiens… Avec Maria qui restait cloîtrée à l'intérieur de la maison et qui avait perdu la tête, c'était facile… D'abord des bricoles, des outils, des tuiles, un lapin, puis deux… En moins de trois semaines, la remise et les clapiers étaient vides…

– Et puis certains ont eu peur des représailles…, a murmuré Georges. La Résistance, c'est comme un panier de pommes. Quand tu les tries, tu en trouves des bonnes et des gâtées jusqu'au trognon. Ces types, qui se faisaient appeler les Enragés, crois-moi, c'étaient de belles pourritures. Pendant trois ans, ils ont écumé le coin en faisant régner la terreur. Même les autres maquisards en avaient la frousse. Après la guerre, ç'a été encore pire. Ils ont pris le pouvoir dans les comités de libération et les milices patriotiques. »

Colette a grincé :

« Qu'est-ce qu'on aurait pu faire ? Les Enragés étaient couverts par Escariot, le commandant du maquis des Braux, à Soulagnes. À la Libération, Escariot a été nommé chef de secteur du comité local par les responsables du Parti communiste. Tout passait entre ses mains. C'est lui qui était chargé de constituer le fichier des vrais patriotes et qui décidait à qui on devait remettre une carte de résistant. Et Dieu sait qu'ils la voulaient tous, leur carte ! Même Titoù Barthélémy, ce gros lard qui n'a jamais rien fait d'autre que de foutre ses lettres dans sa besace, il a réussi à en obtenir une.

– Mais les gendarmes…

– Les gendarmes ? Ils n'en menaient pas large non plus. Le brigadier-chef Duval, celui qui est venu constater le triple meurtre de Pietro, il était dans la ligne de mire de la commission d'épuration dirigée par des FTP. Après l'enquête, non seulement il n'a pas été inquiété par la commission, mais il a pris du grade. Il est devenu chef d'escadron. »

Georges a jeté un coup d'œil entendu à sa cousine.

« Il paraît que la commission avait quinze autres dossiers en attente, sur des gendarmes et des policiers qui avaient fait un peu trop de zèle pendant l'Occupation. Comme par hasard, sur les quinze dossiers, quatre ont été classés sans suite.

– Ceux des gendarmes chargés de l'enquête ?

– Oui, ma belle. »

29

Après le souper, la mère m'a ordonné de rester à la cuisine. La vieille bourrique m'a fait déplacer le buffet, sous prétexte qu'un mulot pourrissait dessous. Après s'être assurée que je m'étais bien cassé les reins, elle m'a fait repasser le linge de Jean, remplir les sachets de lavande, saigner un lapin et balayer la cour. J'ai dû lui rapporter ensuite du petit bois pour le poêle, quatre baquets d'eau dont elle n'avait pas besoin et lui préparer sa tisane de baies de cassis et d'ortie blanche pour soulager sa goutte. Ce n'est qu'à dix heures que j'ai pu enfin rejoindre Lou.

Ma sœur ne dormait pas encore. Elle avait étalé sur le lit de vieilles revues et d'anciennes planches colorées, *Modes & Travaux, Marie-France*, *Vogue*, *La Gazette du bon ton,* dans lesquelles elle découpait des silhouettes de bonnes femmes en tailleurs chics, manteaux cintrés, robes de cocktail et bas couture.

« C'est Fernande qui m'a passé les magazines… mais cette conne a déchiré tous les patrons… Va savoir ce qu'elle en a foutu, elle sait même pas tenir une aiguille. »

Tandis que je m'écroulais à ses côtés, elle a pris tout à coup son air de jubilation gamine.

« Au fait, j'ai une nouvelle. Et pas une petite… Tu veux savoir ?

– Dis toujours.

– Fernande se ronge les ongles.

– C'est ça ta nouvelle ? »

Elle a pouffé.

« Les ongles des pieds. »

Devant mon air pince-sans-rire, elle s'est vite interrompue.

« Et sinon, toi ? Ta journée ? »

J'ai songé qu'il était temps qu'elle sache. Pour la première fois, je lui ai confié les doutes que Morand et moi partagions au sujet des crimes de Pietro et dans la foulée je lui ai tout lâché, je lui ai parlé de L'Espérance, des révélations de Justin Philippon, des menaces de Titoù Barthélémy et de Daniel Borel, des premières réticences de Colette et de Georges puis de notre conversation au sujet des Enragés. Elle a gardé les yeux rivés à la fenêtre. J'ai d'abord eu l'impression qu'elle n'entendait rien de ce que je lui disais, qu'elle était ailleurs, dehors, de l'autre côté de la vitre, que mes paroles passaient dans son oreille gauche pour en ressortir par la droite, sans qu'une seule bribe de ce que je venais de lui expliquer ait effleuré sa pensée. Puis elle a incliné la tête et m'a jeté un regard de reproche.

« Pourquoi est-ce que tu essayes de mêler Paul à toute cette histoire ?

– Je n'ai jamais rien demandé à Morand.

– Je préférerais qu'il reste en dehors de ça, Gaby.

– Morand est assez grand pour décider de ce qu'il a à faire. Ni toi ni moi n'avons à lui dicter sa conduite.

– Toi, peut-être. Moi, c'est différent. »

Je l'ai dévisagée sans comprendre.

« Paul et moi avons une relation. »

Ses yeux ont flambé d'une joie vaniteuse.

« Tu devais bien t'en douter, non ? »

J'ai essayé de parler sans anxiété, avec le détachement le plus naturel qui soit :

« Depuis quand ?

– Je crois que c'est du sérieux, cette fois.

– Lou...

– Il m'a dit qu'il m'aimait, l'autre soir, chez lui. Il m'a dit "Je t'aime, Lou. Je t'aime à ne plus pouvoir respirer". J'ai ri ! Quel idiot ! On n'étouffe pas d'aimer ! Mais ça m'a plu quand même, d'entendre ces mots-là. C'était tellement romantique... Paul, c'est un tendre, sous ses airs de vrai dur, comme Gabin.

– Lou...

– Tu l'as vu, Gabin, dans *Quai des brumes* ? C'est quelque chose, quand il dit à Michèle Morgan : "T'as de beaux yeux, tu sais ?" et qu'elle lui répond : "Embrasse-moi." Tu vois, au fond, la vie, la vraie, c'est un peu comme au cinéma... »

Elle s'est levée pour se diriger vers la cuvette de toilette. Elle s'est mise à se frotter les yeux, les lèvres et les joues avec l'éponge alors qu'elle n'était pas maquillée. J'ai senti les battements de mon cœur s'accélérer.

« Mais pour la ressemblance, je trouve que Paul est beaucoup plus beau que Gabin. Il a quelque chose de

Gary Cooper dans le haut du visage, non ? Et sa façon de marcher, il me fait penser à Clark Gable… »

Elle souriait légèrement sans pourtant avoir l'air d'être heureuse, comme une poupée, une poupée sur le visage de laquelle on aurait moulé un sourire factice, à jamais figé. J'ai demandé :

« Quel soir ?

– Quoi, quel soir ?

– Quand es-tu passée chez lui ? Quel soir ? Mardi ?

– Oui, mardi.

– Tu étais avec Morand ? Lorsque tu as disparu au beau milieu de la nuit, c'était pour aller le rejoindre ?

– Si je te le dis, bête.

– Lou, je suis passée chez… »

Elle a posé son éponge et s'est assise au bord du matelas.

« Oh, Gaby ! Il est tellement gentil ! »

La suite, elle l'a chuchotée, mais suffisamment fort pour que je puisse l'entendre :

« Et pour ne rien te cacher, c'est un amant épatant… Tu n'imagines pas comme il est doué… »

J'ai essayé de la faire revenir à la réalité en douceur. Je retenais mes mots comme des flèches sur la corde tendue d'un arc :

« Lou. Je t'ai cherchée ce soir-là…

– Oui ? »

Elle s'est mise à remuer les pieds devant elle, dans le vide, elle avait l'air d'avoir six ans.

« Bon, tu me diras, ça ne mange pas de pain, les déclarations d'amour, j'en ai déjà reçu des tonnes… Et des jules, j'en ai fréquenté plus d'un… Mais avec Paul, ce n'est pas qu'une histoire de coucherie. Il le sait. Il sait que je veux plus qu'un amant.

– Lou…

– Quoi ?

– Ce soir-là, je suis allée te chercher chez lui. Tu n'y étais pas, Lou. Pourquoi est-ce que tu… »

Elle a eu une grimace consternée, la bouche en avant, comme pour cracher un noyau. J'ai réussi à achever :

« Pourquoi est-ce que tu mens ?

Elle m'a coupée, brutale, aigre :

« La paix ! »

Et puis son visage a changé d'expression. Elle m'a regardée bizarrement, avec des yeux dénués d'émotion, fixes, étrangement vides.

« Tu n'es pas prête. Je croyais que tu l'étais, mais manifestement tu ne l'es pas. Tu ne veux pas entendre que Paul m'aime. »

Ses mains ont chassé une poussière invisible sur la manche de sa chemise de nuit.

« Ce n'est pas grave, je ne t'en veux pas.

– Lou, j'essaye de t'aider… »

Elle a de nouveau incliné la tête sur le côté.

« Pauvre Gaby… »

Et puis, la seconde suivante, elle a pris son air de petite chienne battue et elle a tendu son index en direction de mon visage.

« S'il continue à se mêler de l'affaire Roccetti, il finira par avoir des problèmes. Peut-être qu'on l'obligera à quitter la ferme. Je te préviens, s'il part, j'en mourrai. Est-ce que c'est ce que tu veux ? Que je meure ? Est-ce que tu ne penses jamais qu'à toi ? »

Après, elle m'a dit qu'elle allait prendre l'air, qu'il faisait une chaleur à aller se noyer dans la Doue, et elle est sortie de la chambre. Je me suis levée à mon tour et j'ai regardé par la fenêtre. Je l'ai vue tourner au coin de la maison, vers le potager. J'ai ressenti un énorme pincement dans la poitrine, juste au-dessus du cœur, de la voir comme ça, en chemise, pieds nus, si jeune et si fragile dans la nuit noire qui l'engloutissait comme une proie, qui jetait sa grande bouche sombre sur ses épaules. J'ai tremblé de ne plus jamais la revoir.

30

Le jour où j'ai fait la connaissance de Garrera, il est tombé la première averse de fin de saison. Pas un déluge, une petite averse qui n'a duré que dix minutes, un fin rideau de gouttes chaudes comme du lait, mais c'était tout de même l'annonce d'un changement. Dans la seconde quinzaine de septembre, la pauvre haleine de brise à laquelle l'été nous avait habitués s'est muée en un vent nouveau qui poussait désormais des grappes de nuages bien enrobés, de vrais nuages qui commençaient enfin à prendre des formes et du ventre.

Gérard Garrera, je l'ai rencontré à Casenelle, devant le monument aux morts. Colette et Georges avaient évoqué un groupe de résistants de l'ORA, basé dans les collines de l'Ubac, mais je n'avais pu obtenir aucun nom. C'est Paul Morand qui, à force d'interroger tout le bourg, a finalement retrouvé la trace d'un de ces hommes.

L'autocar m'a emmenée à Casenelle, au départ de la navette pour la savonnerie. Garrera travaillait là-bas depuis quelques mois. Chaque matin, à sept heures tapantes, il prenait, en compagnie d'autres ouvriers, le chemin de l'usine dans une fourgonnette appartenant à l'entreprise.

Je me suis retrouvée au milieu d'une dizaine de gaillards, mi-sceptiques, mi-goguenards, dont les regards appuyés semblaient vouloir transpercer ma robe en rayonne. Lorsque j'ai demandé qui était Gérard Garrera, la réponse ne s'est pas fait attendre, ils se sont tournés comme un seul homme vers leur collègue en gloussant. L'un d'entre eux lui a même flanqué une claque dans le dos en le gratifiant d'un sifflement admiratif. J'ai vu alors s'avancer vers moi un petit blond, sec, assez pâle, aux paupières bombées et fendues comme des amandes sèches.

Garrera a senti mon malaise, il m'a proposé de nous écarter du groupe. Les autres ont continué à rigoler grassement.

« Faut les excuser, ils sont un peu lourds. Pour eux, dès qu'un homme parle avec une femme, c'est pour flirter. Allez, faites pas attention. »

Je me suis présentée, j'ai joué franc jeu. Je lui ai dit que je venais de rentrer au pays et que je cherchais des informations sur la mort d'un de mes amis. J'ai eu peur d'une rebuffade mais il n'a paru ni surpris ni contrarié.

« Est-ce que vous avez entendu parler du massacre des Roccetti ?

– Les Italiens qui vivaient à Bayon ?

– Oui. »

Il a posé sa gamelle en fer-blanc par terre.

« J'ai entendu dire que le père avait perdu les pédales et qu'il avait tué toute sa famille.

– Vous les connaissiez ?

– J'ai rencontré leur fils, César. Les autres, je ne leur ai jamais parlé, ni au père ni à la mère. Je les connaissais de vue, comme on dit. Mais ce n'est pas connaître les gens, que de les avoir croisés. Pourquoi vous voulez savoir ça ?

– On m'a dit que vous étiez passé devant leur ferme avec votre camion, le jour du drame. J'ai pensé que vous aviez peut-être remarqué quelque chose d'inhabituel dans les environs.

– Non. »

J'ai contemplé ses traits. Ils étaient aigus, saillants. Si aigus et si saillants qu'ils lui faisaient un visage tout buriné en angles et en arêtes.

« César Roccetti, vous l'avez rencontré où ?

– Je ne l'ai vu qu'une seule fois. Chez les Grésillon. On a eu un petit problème avec lui. »

Il a soupiré.

« Ça remonte à loin. »

Je n'ai pas bougé un cil. Il a compris que j'étais décidée à attendre qu'il parle, comme si ma vie en dépendait.

« Un après-midi on est partis faire la tournée des fermes. On était cinq : Rex, Clémentine, Marielle, Barberousse et moi. Marielle, il s'appelait Poujeot de son vrai nom. Il était sergent dans l'armée d'armistice, tout comme Pierre Gaubert, alias Barberousse, un sous-officier d'artillerie. Clémentine, lui, j'ai jamais su parce qu'il nous a rejoints beaucoup plus tard. Ce fameux jour, donc, on est descendus chez les Grésillon, une famille de paysans qui possède une ferme près de La Roque. On savait qu'ils aidaient le maquis. On était tous dans un bel état de nerfs, la Milice nous traquait depuis un mois. Il nous manquait de tout, de la nourriture, de l'essence, des vêtements, même des chaussures. On venait de changer huit fois de planque. »

Sur le trottoir d'en face, les ouvriers l'ont sifflé en se

tapant sur les cuisses. Garrera n'en pouvait plus de rougir. Moi aussi.

« Chez les Grésillon, on a trouvé le fils aîné des Roccetti qui était venu donner la main pour les ensilages. Après avoir chargé les vivres dans L'Espérance, Barberousse s'est adressé à lui en rigolant, il lui a lancé : "Et toi, petit, tu fais quoi pour sauver ton pays ?" Le gamin a haussé les épaules, il n'a rien répondu. Alors Barberousse a insisté, histoire de le titiller un peu. Il lui a demandé son âge. César lui a dit qu'il avait quinze ans. "Alors, t'as l'âge de tenir un fusil, a ajouté Marielle. Tu pourrais venir avec nous. On a besoin de monde." Rex n'aurait jamais enrôlé un garçon aussi jeune, évidemment. Ce n'était qu'un jeu entre Marielle et Barberousse. Le gamin a baissé les yeux en marmonnant : "J'ai du travail à la ferme." Les choses auraient dû s'arrêter là mais Clémentine s'en est mêlé. C'est lui le premier qui a monté le ton : "Qu'est-ce que t'en as à foutre de ta ferme ? C'est la guerre. Tu veux pas te battre pour ta liberté ? La liberté, ça compte plus que tes poules..." Le petit lui a tourné le dos. Barberousse a ricané : "Allez, laisse-le... pauvre gosse, il a la frousse." Le père Grésillon est rentré dans la maison. "Ouais, c'est ça, je crois bien qu'il a le trouillomètre à zéro", a renchéri Marielle sur le ton de la plaisanterie. Le fils Roccetti s'est vexé, il n'a pas compris qu'ils le taquinaient. Je vous l'ai dit, Rex ne recrutait pas de civils, encore moins des enfants. »

La fourgonnette de la savonnerie est arrivée, le chauffeur l'a garée devant la statue du poilu triomphant. Garrera s'est mis à parler plus vite :

« Ensuite, Clémentine est revenu à la charge. Il a dit au gamin : "Au fait, en parlant de ta famille... On dit qu'elle vend cinq fois le prix aux pauvres gens qui ont plus rien à bouffer… mais qu'elle est bien serviable avec les Boches qui viennent se ravitailler chez vous…" Cette fois, le jeune Roccetti a mal pris l'insulte. Il a balancé à Clémentine : "On dit beaucoup de choses. On dit aussi que vous avez revendu cinq cents francs le kilo le charbon que vous avez volé aux chemins de fer, après l'attaque de la gare de Soulagnes." Clémentine a donné un coup de pied dans la portière du camion en hurlant : "Espèce de petit salopard ! Tu sais à qui tu parles ?" Rex a dit au jeune Roccetti qu'il se trompait, que nous n'avions pas organisé l'attaque de la gare. Il nous a fait signe de nous calmer et de remonter dans le camion. On a obéi mais Clémentine s'agitait sur le siège et tripotait la crosse de son arme. Rex lui a dit : "Tu ne vas pas faire une bêtise ?" Clémentine a grogné : "Faudrait pas me pousser beaucoup." Avant de démarrer, il a penché le buste par la fenêtre ouverte et il a craché à César Roccetti : "T'as de la chance d'avoir quinze ans ! Cinq ans de plus et t'étais bon pour le Travail obligatoire, sale morveux ! Remarque, si les Boches restent, ça arrivera forcément un jour. Et alors là, il faudra bien que tu l'abandonnes, ta putain de ferme, quand les Boches t'enverront de l'autre côté du Rhin ! À moins que tu décides de te barrer… C'est sûr que tu viendras chialer pour qu'on te planque… mais je te jure que moi, je te laisserai crever !"

« César Roccetti s'est approché du camion. Il avait du cran, ce môme. Je l'ai entendu répliquer : "Comme vous avez laissé crever ce pauvre boulanger, après avoir coupé la ligne téléphonique, à Bonnieux ?" Rex lui a répondu qu'on n'était pas responsables non plus, que c'était des rouges, des types du Front national, qui s'étaient chargés du sabotage de cette ligne. Mais il a fallu que Clémentine en rajoute encore une couche. Il a dit au gamin que ça aurait pu tout aussi bien être nous, que ça ne changeait rien. "Elle est belle votre guerre, a ricané le petit. Vous faites vos coups en douce et puis vous filez, comme de beaux lâches. Vous laissez les Allemands prendre des otages et punir des innocents à votre place." Par la vitre baissée, Clémentine lui a collé le canon de son fusil sur la joue. Il lui a dit : "C'est pas *notre* guerre, petit merdeux, c'est la guerre tout court. La guerre pour la liberté, et pas seulement la nôtre, celle du monde entier. Désolé si ça dépasse ta cervelle de cul-terreux. Tant qu'il y aura un Boche sur notre sol, on continuera le combat. On doit tous se sacrifier pour la liberté. La liberté, c'est tout. La mort d'un homme, c'est rien. Et la mort d'un boulanger, c'est deux fois moins que rien." Rex lui a fait signe de ranger son arme et lui a ordonné de fermer sa grande gueule. Après ça, Clémentine a démarré et on a filé. »

Le chauffeur de la fourgonnette a commencé à montrer des signes d'impatience. Il a envoyé trois coups de klaxon à Garrera.

« Faut que je me grouille… On embauche à sept heures et demie.

– Encore une minute… »

Il a agité la main.

« Vraiment pas le temps…

– Attendez… »

Les autres l'ont de nouveau interpellé, plus amusés qu'irrités par la situation.

« Gégé, magne-toi le train ! On n'a pas le temps d'attendre que tu lui fasses un minot ! »

J'ai presque supplié :

« Encore une question…

– Allez voir Rex. Il vous en vous dira plus que moi…

– Rex ?

– Armand Lambert. »

Il a fait une volte et s'est éloigné. Il a traversé la rue, il est monté dans le véhicule. Alors qu'il était encore sur le marchepied, j'ai crié :

« Où ? »

Les deux mains en porte-voix autour de la bouche pour couvrir le bruit du moteur, Garrera a répondu :

« À Maubec ! »

31

Dans l'angle du salon, un vieux ventilateur brassait l'air chaud en ronflant. Armand Lambert s'est assis en face de moi, en gardant le buste très droit. J'ai noué mes mains autour de mes genoux, puis je les ai dénouées, mal à l'aise. Je les ai finalement posées sur mes cuisses. J'avais du mal à respirer. L'homme avalait tout l'air de la pièce.

Ses cheveux coupés très court découvraient un front et des tempes autoritaires, une nuque sculptée. Beau comme un bronze, il avait le nez droit, les pommettes hautes, des yeux d'une couleur divine. Le commandant Rex était de ce genre d'hommes devant lesquels les femmes s'enfuient ou se couchent. Évidemment, j'ai eu envie de prendre mes jambes à mon cou et de repasser la porte.

« Votre lettre parlait d'une affaire d'importance... De quoi s'agit-il précisément ? »

J'ai essayé de lui répondre mais son regard m'intimidait tant qu'il a arrêté les mots sur mes lèvres.

« Mademoiselle ? »

Lorsque j'ai ouvert enfin la bouche, il a dû penser que j'avais avalé trois tonnes de sable.

« Vous avez entendu parler de la famille Roccetti ?

– Comme tout le monde dans la région. »

J'ai tenté de mettre toute ma force dans ma voix :

« Alors vous devez savoir que beaucoup de gens ont menti à propos de cette histoire. À commencer par les gendarmes. »

Il m'a considérée attentivement, comme sous le coup d'une intense réflexion, puis il a hoché la tête.

« C'est une grave accusation que vous portez là.

– Pas plus grave que celle qui salit la mémoire de Pietro Roccetti. »

J'ai réussi à lâcher cette phrase sans baisser les yeux. Un exploit. Cette première victoire m'a encouragée à poursuivre :

« Il est impossible qu'il ait tué ses enfants et se soit donné la mort ensuite. Ce n'est un secret pour personne. »

Lambert a posé sur moi un regard dénué d'hostilité, seulement curieux.

« En quoi puis-je vous être utile, exactement ?

– Le jour où les Roccetti ont été assassinés, vous êtes passé devant leur ferme.

– C'est possible.

– On a vu votre camion. "L'Espérance".

– Où voulez-vous en venir ?

– Je voudrais savoir si vous avez remarqué quelque chose de particulier. »

Il a levé un sourcil dubitatif. J'ai précisé :

« Quelqu'un entrer ou sortir de chez les Roccetti. »

Il a répondu calmement, sans se départir de sa raideur militaire :

« Je n'ai vu qu'un pauvre type qui marchait au bord de la route. »

Un insecte d'une belle taille, de ceux qu'on appelle les cerfs-volants à cause de leurs mandibules énormes, est entré dans la pièce. Il s'est mis à grimper le long d'une lampe bleue.

« Les hommes qui étaient avec vous dans L'Espérance, ils n'ont rien vu, eux non plus ?

– Il faudrait le leur demander. Ils vivent toujours dans la région. Mais s'ils avaient remarqué quoi que ce soit de suspect, je l'aurais remarqué également. »

Je n'ai rien trouvé de plus intelligent que de fixer le lucane qui griffait l'abat-jour. Je me sentais une parfaite idiote. J'avais l'impression de livrer bataille à un adversaire qui pouvait m'envoyer mordre la poussière d'un seul battement de cils. J'ai commencé ma phrase avec ces mots que je déteste, mais je n'avais pas d'autres armes :

« Les gens disent… que vous avez eu des démêlés avec les Roccetti… chez les Grésillon. »

Ma remarque a semblé le surprendre, plus que l'incommoder.

« Pas avec les Roccetti, seulement avec leur fils. Et cela ne fait pas de nous des assassins. Parce que c'est bien à cela que vous pensez, mademoiselle Magne ? Vous pensez que nous avons exécuté cette famille ? »

Il a marqué une pause. Ses yeux d'un bleu intense ont plongé dans les miens.

« Aucun de nous n'a jamais revu le jeune Roccetti après cette altercation. Nous avions d'autres chats à fouetter. Et je connaissais bien les hommes de mon groupe. Le seul qui aurait pu chercher à se venger pour une broutille comme celle-ci, c'est Clémentine. C'était un impulsif, un sanguin. Je n'ai même jamais été certain qu'il ait eu une formation militaire. Mais il est impossible qu'il s'en soit pris aux Roccetti parce qu'il nous a quittés deux mois après, pour rejoindre un maquis de républicains espagnols. Clémentine et moi n'avions pas la même conception du combat, ni de l'avenir. Il a préféré rejoindre les communistes pour mener une lutte plus politique.

– Et les autres ?

– Barberousse et Marielle, on les a perdus tous les deux, avant la Libération. Le premier, en mai 44, dans une embuscade qu'on avait tendue aux Allemands dans le Haut-Var. Marielle, c'était en novembre 43. Il est tombé entre les mains de la Gestapo. Il a été torturé et fusillé. Reste Danton. Celui-là est toujours vivant. Vous n'avez qu'à aller l'interroger mais vous perdrez votre temps. Il s'appelle Gérard Garrera. On ne fait pas plus brave type.

– Mais le camion, c'était bien le vôtre ?

– Ce jour-là, nous sommes effectivement passés devant la ferme des Roccetti. C'était notre route. Mais, contrairement à ce que vous semblez penser, nous ne nous sommes pas arrêtés chez ces gens. Nous avions reçu l'ordre de couper la vallée du Rhône et de protéger les divisions américaines qui s'apprêtaient à débarquer. Nous nous préparions à un événement militaire d'une envergure que vous n'imaginez sûrement pas. »

J'ai tenté de cacher ma confusion, j'ai soutenu le regard cobalt qui me toisait maintenant avec agacement.

« Qu'est-ce que vous cherchez au juste ?

– La vérité.

– Laquelle ?

– Il ne peut pas y en avoir plusieurs. »

Ma réplique a été un peu sèche mais il n'a pas quitté son visage impassible.

« J'aimerais vous demander… Pietro Roccetti avait-il quelque chose à se reprocher ?

– Je n'en sais strictement rien. Et quand bien même. Nous étions des combattants. Pas des justiciers.

– Est-ce que les FTP… ?

– Mademoiselle Magne, nous n'étions pas un, nous étions mille. Vous comprenez ?

– Non. »

Il s'est levé et il a pris une cigarette dans la poche extérieure d'une veste pendue à une patère, derrière la porte. Il l'a allumée d'un geste sûr.

« Expliquez-moi. »

Il a aspiré une longue bouffée.

« C'était très compliqué… »

Après trois secondes de réflexion, il est devenu tout à coup beaucoup plus loquace. Il m'a perdue dans une forêt de noms, Giraud, Delestraint, Rivet, Paillote, Moulin. Il m'a noyée dans des détails, expliqué les rivalités entre les réseaux et les mouvements de la Résistance, les chamailleries de clans, il a évoqué les rouges, les syndicalistes, les militaires, les civils, la cuisine entre gaullistes, les chantages, les parachutages d'armes, les stratégies, les coups bas. Il m'a entraînée d'Alger à Vichy, de Londres à Paris, m'a étourdie de querelles d'états-majors, de combats de chefs.

Je n'avais jamais entendu parler d'un seul de tous ces colonels et de ces généraux de l'ombre, jamais entendu parler de Comité de coordination, de contre-espionnage, d'Intelligence Service, de tous ces groupes aux noms pittoresques, j'ignorais qu'il pût y avoir tant de conflits et de divergences entre un si petit nombre de gens, que derrière la grande et glorieuse Armée secrète se cachaient tant de différences, de jalousies, tant d'âpres conflits de puissance.

J'ai fini par retenir une chose essentielle, celle à laquelle Armand Lambert aurait pu en venir, sans passer par tous ces détours compliqués, j'ai compris la féroce allusion de Georges Pagnon au panier de pommes.

Mais comme je suis aussi têtue qu'une mule qui refuse d'avancer, je me suis accrochée à mon idée qui, elle, était aussi simple que deux et deux font quatre, j'ai voulu savoir si des résistants avaient pu exécuter la famille Roccetti. J'ai mentionné à nouveau les FTP.

« J'ai rencontré des Francs-tireurs et partisans à qui j'aurais confié ma vie sans hésiter, m'a répondu Lambert. Mais j'en ai croisé à qui je n'aurais jamais tourné le dos.

– Les Enragés ?

– Ceux-là, par exemple. »

Il m'a dit qu'il avait eu vent de leurs « actions » pendant l'Occupation : la destruction d'une voie de chemin de fer près de Saint-Maximin et l'explosion de la mine désertée de Frézolles, sabotages que la population avait payés de l'exécution de huit otages, dont un adolescent et un vieillard ; le vol d'un camion allemand qui transportait deux cents bouteilles de champagne ; le pillage d'une dizaine de fermes entre Vilaines et Les Maures, et peut-être, mais rien n'avait été prouvé, le viol d'une jeune femme qui vivait seule à Mirandes.

« Mais leurs vrais exploits, a-t-il ajouté, c'est à la Libération que ces ordures les ont accomplis. »

Il m'a raconté l'histoire de Raymond Joubert, un ancien officier de l'armée de terre, qui habitait Mirabeau et qu'il avait un peu connu.

« Raymond Joubert est venu me trouver en 41. Il voulait "reprendre du service", comme il disait. Mais il était trop âgé pour combattre. Nous lui avons conseillé de se mettre en rapport avec un autre mouvement. Le capitaine Lemoigne lui a fait rencontrer un responsable de Libération-Sud, qui lui a proposé de participer à la rédaction de tracts. »

Ce souvenir a amené sur ses lèvres un sourire mi-doux, mi-amer. Il m'a paru encore plus séduisant.

« Raymond Joubert lui a répliqué : "J'ai beau avoir cinquante-huit ans, je peux encore tenir un FM et botter le cul aux Frisés ! Le scribouillage ? Très peu pour moi !" J'ai su qu'il avait été également approché en 43 par des hommes de Combat, pour servir d'agent de liaison. Il a répondu : "Je suivrai le général Giraud jusqu'en enfer mais l'autre grand lâche, là, votre de Gaulle, connais pas !" »

Je me suis demandé quel rapport tout cela avait avec les Enragés sans oser lui poser la question ouvertement. Je n'ai pas eu à attendre longtemps.

« En septembre 44, Les Enragés sont entrés dans Mirandes et se sont rendus maîtres de la ville, en attendant l'arrivée des troupes alliées. Ces brutes ont arrêté Raymond Joubert et l'ont enfermé dans une prison clandestine avec une dizaine d'autres personnes. Ils l'ont pris pour un recruteur de la Milice, Raymond Jobert. Connaissant son caractère, notre homme n'a pas dû vouloir se laisser faire... Alors, pour le réduire au silence, les chefs de la joyeuse troupe, Hannibal et Masse, lui ont défoncé le crâne avec un maillet à assommer les bœufs. Lorsqu'il a été informé de son erreur, Hannibal s'est contenté de ricaner : "Merde ! C'est con, pour une voyelle !" Raymond Joubert était père de trois enfants et grand-père de huit petits-enfants, décoré de la croix de guerre et de la médaille de Verdun. Et ce qu'Hannibal ignorait, c'est qu'il avait fini par s'engager dans un réseau Buckmaster. Il était chargé des renseignements pour les services secrets britanniques. »

Lambert m'a appris ensuite qu'Hannibal, de son vrai nom Thibaut Legoux, ancien déchargeur de vin qui roulait autrefois les tonneaux dans le port de Sète, réformé au service militaire, n'avait non seulement jamais été inquiété pour ses agissements mais vivait tranquillement dans un bourg varois, où il avait pris une femme, deux maîtresses, beaucoup de ventre et d'importance au sein du conseil municipal. Quant à son acolyte, Masse, alias Antoine Garcia, ex-tenancier de bordel à Toulon, démobilisé en 39 pour instabilité mentale, sur le compte duquel on pouvait mettre plus de dix-sept exécutions sommaires entre août et novembre 44, il était à présent directeur d'une usine de conserves qu'il avait rachetée pour une bouchée de pain à la veuve de l'une de ses victimes.

« J'ignore si les Enragés se sont occupés des Roccetti, et si c'est le cas, pour quelle raison ils l'ont fait. Mais s'il s'agit d'un règlement de comptes ou d'une vengeance, vous pouvez tout aussi bien soupçonner n'importe qui.

– N'importe qui ?

– Vos voisins, vos amis, vos proches… »

Il m'a dit alors ce qu'il avait vu, dans certaines villes et villages libérés, la honte qu'il en avait éprouvée. Il a évoqué ce pitoyable carnaval qui lui avait soulevé l'estomac, l'ignoble foule en goguette, les poltrons gominés traînant les filles sur l'estrade des coiffeurs, les mégères applaudissant à chaque coup de ciseaux, les gosses qui sifflaient et s'excitaient, il m'a parlé des cadavres déchiquetés, trimbalés dans les rues sur des capots d'automobiles, d'un gamin à qui des FFI de la dernière heure avaient coupé les oreilles, qu'ils avaient obligé à embrasser le drapeau français, à genoux, puis que ses concitoyens avaient ensuite lynché avec des briques, et de cet autre garçon dans le Vaucluse, roulé dans le flot de cette marée enragée, brisé sur l'écume de la haine, qui avait dû creuser lui-même sa tombe et qu'on avait enterré vivant.

« Nous ne nous attendions pas à voir ça, cette cruauté, ce gâchis… »

Il a écrasé sa cigarette d'un geste las.

« Ce n'était pas ce que nous avions espéré. Je souhaite seulement que nos enfants ne s'y trompent pas : cette grande kermesse de la barbarie, ça n'a jamais été notre Libération. »

Il a insisté une dernière fois, pour me coller les mots au fond du cerveau :

« Ça n'a jamais été notre Libération. Cette fête sale a été une insulte à tous nos sacrifices. »

32

« Mademoiselle… je ne vous ai pas tout avoué, l'autre jour. »

Je me rappelle le visage de Justin Philippon comme si la scène se rejouait devant moi, à l'identique. Je me rappelle son visage grave, effroyablement grave, sous son bol de cheveux roux.

« Je devrais sans doute fermer mon bec mais je vais vous le dire quand même, parce que j'ai l'impression que vous êtes une brave fille et que vous n'êtes pas du genre à balancer un type qui a eu l'honnêteté de vous confier un secret qu'il gardait en lui depuis un an. »

Nous étions cinq jours après notre première rencontre. Je marchais sur le chemin de poussière qui mène en ville. Lui m'attendait devant le grand calvaire.

« Si j'ai fichu le camp aussi vite, ce jour-là, c'est parce que quelqu'un m'a vu.

– Je sais, vous me l'avez dit. Les hommes de L'Espérance. »

Philippon a secoué la tête.

« Je ne parle pas des gars du maquis que j'ai croisés sur

la route… Quelqu'un m'a vu dans la cour des Roccetti. À côté des cadavres.

– Qui vous a vu ?

– La fille de Pietro.

– Angèle ? »

Il a opiné. J'ai soufflé :

« C'est impossible.

– Je vous le jure. Elle était là, debout, dans l'encadrement de la porte. J'ai dû lui faire peur. Elle m'a regardé et elle s'est enfuie dans la maison.

– C'est impossible…

– Je sais ce qu'on a dit, mademoiselle, je ne suis pas cinglé. On a dit que Pietro Roccetti avait abattu ses trois enfants mais c'est faux. Il a peut-être tué les deux autres et retourné son arme contre lui après, mais il n'a pas pu tuer sa fille. Il n'a pas pu la tuer puisque je l'ai vue, la petite, je vous jure que je l'ai vue de mes yeux, aussi vivante que vous et moi en ce moment où je vous parle. C'est pour ça que j'ai préféré prendre mes jambes à mon cou. J'ai eu la trouille. J'ai eu la trouille de la gamine.

– Le facteur, Titoù Barthélémy, a dit qu'Angèle était morte quand il est entré dans la chambre. Il a dit que les trois enfants étaient morts. Il les a vus allongés sur le lit. Leur mère les avait traînés dans la maison.

– Alors, c'est qu'entre le moment où j'ai pénétré dans la cour et le moment où Barthélémy s'est pointé à son tour, quelqu'un d'autre est passé par là… Ils pourront dire ce qu'ils voudront, le facteur, le maire, les gendarmes, le bon Dieu et ses saints, une chose est sûre, mademoiselle, ce n'est pas Pietro Roccetti qui a tué sa fille. »

Il a craché par terre, au pied de la grande croix de pierre.

« À moins que le pauvre bougre ne soit ressuscité d'entre les morts pour achever ce qu'il avait commencé... »

33

Nauséeuse et fébrile, j'ai rebroussé chemin jusqu'au mas des Roccetti, j'avais hâte de rapporter à Morand l'incroyable et terrible nouvelle. Mais la porte de la maison était fermée. Alors je suis retournée à Bayon. Il devait être deux heures de l'après-midi. Le bourg était brûlant et vide. J'ai eu à peine le temps de faire un pas dans la rue Eustache. Un homme s'est dressé devant moi, je ne sais pas d'où il sortait, il a jailli d'un mur. Je l'ai reconnu immédiatement, ses yeux gris, son nez busqué, le front étroit sur lequel la sueur plaquait des petites guiches, brunes et suintantes. L'homme attablé chez Colette, le jour de nos retrouvailles.

« Tu vas continuer longtemps ? »

J'ai fait mine de ne pas comprendre.

« À emmerder le monde... »

Il a tendu un doigt menaçant.

« C'est un petit bourg bien tranquille, chacun s'occupe de ses oignons... On a du mal à se remettre de la guerre et de ce que les Boches nous ont fait... Ce qui est arrivé aux Macaronis, c'est triste mais personne n'est responsable. Pietro Roccetti était cinglé. »

J'ai détourné les yeux, j'ai fixé obstinément la vitrine

d'une boutique. L'homme aux accroche-cœurs m'a touché l'épaule avec l'index.

« On n'est pas vaches, on te laisse le choix : ou tu fiches le camp d'ici ou tu fermes ta gueule. Et passe le message à l'étranger. Il a intérêt à se faire plus discret, lui aussi. »

J'ai eu du mal à aller chercher ma voix au fond de ma gorge :

« Qui passe le message ? »

Il m'a dévisagée de la tête aux pieds en souriant, comme s'il évaluait mon incapacité à résister aux coups qu'il pourrait me porter.

« Monsieur le maire te fait savoir qu'il n'a plus envie d'entendre parler de cette histoire. »

Puis ses mains larges sont venues se plaquer sur ma nuque. Ses deux paumes ont amené ma figure si près de la sienne que nos fronts se sont presque touchés.

« Est-ce que je peux dire à monsieur Calisti que tu as bien compris ? »

J'ai retrouvé la mère qui lavait le sol. Elle avait noué autour de ses cheveux un vieux fichu datant de la préhistoire. Les lèvres tordues, elle jetait, à grands gestes saccadés, son balai sous la table et les pieds de chaise. En la voyant noyer la serpillière avec tant de hargne et l'essorer aussi furieusement, je me suis demandé si ce n'était pas à moi qu'elle pensait en cet instant, si ce n'était pas mon visage qu'elle plongeait dans le baquet d'eau sale, si ce n'était pas mon cou qu'elle s'imaginait tordre entre ses mains. Sans doute m'aurait-elle déjà tuée, si son foutu bon Dieu, la morale ou la loi des hommes n'avaient pas fait obstacle à sa volonté.

Quand j'ai franchi le seuil, elle a soudain cessé son ménage.

« Où tu étais encore ? »

Pour la première fois, j'ai rencontré dans ses yeux rétrécis autre chose que l'éclat de sa haine. Cette chose, j'en aurais mis mes dix doigts au feu, avait la couleur vague de la crainte.

« En ville.

– Où ça en ville ? Pour quoi faire ? »

J'ai laissé le silence répondre à ma place.

« T'as été encore fouiner dans la vie des gens ? Chercher à savoir je sais pas quoi sur les Roccetti ?

– Peut-être. »

Elle a posé son balai contre le crépi du mur, puis elle a essuyé ses mains contre ses flancs. Elle a fait quelques pas vers moi.

« Ne te mêle pas de cette histoire.

– Titoù Barthélémy m'a déjà avertie. Daniel Borel et le maire aussi. Je ne sais pas ce que vous cachez tous, mais je finirai bien par le découvrir.

– Il va t'arriver des ennuis, si tu continues.

– Quel genre d'ennuis ?

– De ceux qui vous conduisent au cimetière. »

J'ai inspiré profondément. Et je lui ai dit ces mots, ces mots qui sont sortis, lentement, posément, qui m'ont libérée tout à coup du poids sous lequel j'étouffais depuis un quart de siècle :

« Je n'ai pas peur d'eux, maman. Je n'ai pas peur de toi non plus. C'est fini. Je n'aurai plus jamais peur de toi. »

34

Un matin, j'ai reçu du courrier. Je n'ai pas vu Barthélémy, c'est la mère qui a pris la lettre et qui me l'a remise dans la soirée. Elle me l'a tendue avec un air méfiant. Sa curiosité l'a plantée dans les mallons de la cuisine comme une vieille branche, il aurait fallu une tornade pour la déraciner.

J'ai ouvert l'enveloppe et la feuille de papier pliée en quatre qui se trouvait à l'intérieur. Ce n'était pas une longue lettre, seulement deux lignes d'une belle écriture droite, à l'encre bleue. Le mot était signé Armand Lambert.

« *Allez voir Sylvain Canach. 16, rue des Écuries, à Bayon. Cordialement,*

REX »

La mère a haussé un sourcil inquisiteur.

« Qui c'est ? »

J'ai remis la lettre dans son enveloppe et je l'ai glissée dans l'échancrure de mon chemisier.

« Une connaissance.

– D'ici ?
– Non.
– Un homme ?
– Non.
– Qu'est-ce qu'elle veut ta connaissance ?
– Des nouvelles. »

Elle a enfin bougé sa carcasse. Elle a eu un petit sourire moqueur, qui semblait vouloir dire : « Je me demande bien comment une demeurée comme toi peut avoir des amis. »

Lou était assise à la table de la cuisine, sourcils froncés, bouche fermée, une main posée sous la joue, prise dans un flot de pensées qui semblait la détourner de la réalité et la concentrer sur une vie intérieure. Son humeur devenait aussi changeante que celle de l'Océan. Un jour, elle se réveillait dans d'excellentes dispositions, elle me disait que dans sa tête chantaient des oiseaux, comme quand nous étions petites. Le lendemain, elle affichait une tristesse à vous broyer le cœur, sans que l'on sache où se cachait sa blessure. Certains jours, comme celui-ci, elle était tout simplement ailleurs, silencieuse, étrangère à notre présence.

Jean était en face d'elle, en caleçon et maillot de corps. Les yeux ronds, la lèvre pendante, il caressait doucement la toile cirée avec le dos de sa cuillère.

« Va falloir que tu rapportes de l'argent, m'a lancé la mère tandis que je m'attablais à côté de Louise. Je vais pas pouvoir continuer à te nourrir pendant que tu traînes toute la journée. Ta sœur paye sa part. Va falloir faire pareil.

– Je t'aide à la ferme. Je croyais que c'était ce que tu voulais.

– C'est plus suffisant. Jean ne touchera rien. Ils m'ont refusé la pension d'invalidité des victimes de guerre. »

J'ai replié mon sarcasme et mis ma serviette par-dessus.

« Si ton frère avait pas reçu cette balle, on le traiterait mieux à l'heure qu'il est. On lui aurait donné une récompense, peut-être bien une médaille, avec tout ce qu'il a fait pour son pays.

– Qu'est-ce qu'il a fait, maman ? »

Elle a jeté ses couteaux dans l'évier, avec beaucoup de bruit et l'air de celle qui n'a rien entendu.

« Qu'est-ce qu'il a fait, maman ? Il a tondu des filles et il a tiré sur une voiture allemande qui passait aux Neuves-Bastides. Il a tiré sur des soldats qui fuyaient. C'est là tous ses exploits. »

Ses yeux étaient un fusil. Elle a braqué le canon sur moi. Mais je n'ai pas levé les bras.

« Au fait, je ne t'ai jamais posé la question. Je l'ai posée à Daniel Borel, l'autre jour, et au facteur. Mais à toi, jamais. Qui a tué Pietro et les enfants ? »

Elle a suspendu son geste, muette.

« Tu ne veux rien dire mais les gens commencent à parler.

– Les gens ? Des cons, oui. Des cons qui disent n'importe quoi. »

Je me suis penchée vers Jean.

« Jeannot… tu te souviens de Pietro Roccetti ? »

Mon frère a ouvert la bouche, on aurait pu lui faire avaler un œuf entier.

« Laisse-le tranquille ! » s'est emportée la vieille.

Devant le ton qu'elle a pris, Jean s'est mis à trembler et ses mains ont battu l'air comme s'il voulait prendre son envol. J'ai posé mes doigts sur son bras.

« Ça va, ne t'inquiète pas. »

Je me suis levée de table, j'ai fait face à la mère.

« Qu'est-ce que tu sais, maman ? Réponds-moi.

– Je sais que les Roccetti refusaient de ravitailler les résistants, voilà ce que je sais. Mais pour donner aux Allemands, ils se faisaient pas trop prier. Il était bien aimable avec les Boches, ton Pietro.

– Il était soumis aux réquisitions, comme tous les agriculteurs. Je ne vois pas comment il aurait pu s'y opposer.

– On a toujours le choix.

– Donc, ils ont eu ce qu'ils méritaient. C'est ce que tu cherches à dire ?

– Peut-être bien.

– Dis-moi, maman, César et Luigi, ça leur faisait quel âge ? Quinze ans ? Onze ans ? Et la petite Angèle ? Quand je suis partie, elle avait à peine quelques mois... Alors, elle ne devait pas avoir plus de six ans...

– Ton frère aussi, on lui a tiré dessus. Ça n'a pas l'air de te faire beaucoup de peine. Il vaut moins que ces Ritals ?

– Des beaux salauds...

– Qu'est-ce que tu dis ?

– Ceux qui ont fait ça... Ce sont de beaux salauds.

– Te permets pas de juger. C'était la guerre.

– Elle a bon dos, la guerre.

– Il y avait que deux camps. C'était simple. Les Roccetti n'avaient qu'à pas choisir le mauvais.

– Comme toi ?

– Comme moi.

– Comme Jean et ses amis ? Comme Pactol et Calisti ? »

J'ai continué :

« Je suppose que tu sais ce qu'il faisait, le fils Pactol,

sous l'Occupation ? Il achetait aux viticulteurs du coin leur plus mauvais vin pour le mélanger ensuite à du jus de cassis et à de la saccharine. Et il vendait ça pour du porto, en douce, dans l'arrière-boutique de sa tante... Vingt francs le verre, s'il te plaît. Le fils Calisti, lui, il s'arrangeait avec son trafic de faux tabac qu'il fabriquait avec de la verveine et de la barbe de maïs. Mais ce n'est pas l'argent de leurs minables petits commerces clandestins qui a permis à ces deux magouillards de s'acheter leur garage... Ils l'ont volé à Joseph Courtois, après l'avoir accusé de collaboration. Je suppose que tu sais également que c'est avec Pactol et Calisti que Jean a brutalisé Brigitte et quatre autres filles de Bayon. »

À ce moment-là, Lou est sortie de ses limbes. Elle a ricané doucement, tout en tortillant autour de son doigt une mèche de cheveux. La mère l'a enveloppée d'un regard indéchiffrable, avant d'aboyer d'une voix mordante :

« Elle a quelque chose à dire, la marie-couche-toi-là ? »

Le bras de Lou s'est plié instinctivement devant son visage. Mais la mère s'est contentée de la jauger avec son expression de vieille bête enragée.

« Tu veux qu'on parle de tes petites saloperies à toi ? Tu veux, dis ? »

Après ça, Lou a quitté la cuisine sans broncher, Jean a ramassé sa cuiller et la mère est retournée à son évier, plus verrouillée que jamais.

35

Sylvain Canach vivait chez son père, à moins que ce ne soit son père qui vivait chez lui. Toujours est-il qu'ils étaient nombreux à cohabiter dans la modeste maison en briques jaunes de la rue des Écuries. Il y avait Sylvain, son épouse Odile et leurs quatre ou cinq petits, dont le dernier était encore dans ses langes. Il y avait aussi le patriarche, Émile Canach, que les gamins appelaient « Verdun-zinzin », dont l'esprit n'était jamais revenu des tranchées de Lorraine. Selon la rumeur, il portait été comme hiver sa vareuse et ses bandes molletières, et passait le plus clair de son temps à cuver sa guerre, la première. Et puis, il y avait le chien du vieux, un braque des Pyrénées baptisé Clemenceau, aussi dérangé que son maître.

Sylvain m'a accueillie très poliment. Armand Lambert l'avait averti de l'objet de ma visite. Il m'a dit que nous nous étions connus lorsque nous étions jeunes mais pas vraiment fréquentés, que ses parents m'avaient emmenée un jour au manège forain de Mirandes. Pourtant, son visage pas plus que son nom n'ont éveillé en moi le moindre souvenir lorsqu'il m'est apparu. Il ressemblait un peu à Denis, il avait de longs bras et des jambes qui n'en finissaient pas, un air gentil et vaguement désolé de son insignifiance. Il y a des hommes, comme Rex, qui ressemblent à ce qu'ils sont, et d'autres, comme Sylvain Canach, qui, même couverts de galons ou de barrettes, n'auront jamais plus de prestance qu'un commis d'épicerie.

Nous nous sommes installés dans le jardin, sur des chaises paillées, à l'ombre d'un grand figuier. Sa femme est venue me saluer, en pantalon large et corsage rose, un rose fané, maculé de bavures et d'auréoles blanchâtres. Elle portait un nourrisson au creux de son bras. Un bébé assoupi, qui ne devait pas avoir plus de quatre semaines, qui sentait la poudre de talc et le lait tiédi.

Ses cils reposaient sur ses joues comme de longs fils de soie. Le renflement des narines, l'ourlet exquis des oreilles, les paupières bombées, les petites lèvres charnues étaient comme des touches délicates et précises que le pinceau des anges aurait laissées sur la porcelaine fragile de son visage.

« Est-ce que je peux vous offrir un verre d'eau ? »

Il y a eu ce drôle de vertige dans ma tête. J'ai éprouvé une irrésistible envie d'arracher le bébé du sein de sa mère, de le toucher, de m'enivrer de son odeur, de mordre ses joues et sa bouche.

« Votre fils… »

La femme a roulé des yeux amusés.

« C'est une fille.

– Elle est si belle…

– Parce qu'elle dort ! Le reste du temps, c'est un estomac qui hurle. »

Son rire a résonné dans la pièce, un rire de femme simple, aigu et bruyant. Elle a posé la main sur son ventre encore un peu rond, je me suis efforcée de ne pas regarder, de ne pas penser à ce vide en moi, à mon propre ventre, ce ventre qui ne portera jamais rien d'autre qu'un amas de tripes, travaillé par des flux de sang impur et la fermentation de mes désillusions, qui finira en un paquet de chair lourde, flasque et inutile.

« Vous vous sentez bien ? »

Je sais la figure que j'ai dans ces moments-là. Je dois ressembler à quelqu'un qui vient de recevoir un coup. Un regard stupide, la bouche entrouverte, sans doute.

« Très bien. Merci. »

On sentait, dans la chaleur poisseuse, des relents de linge sale, de friture, de lait suri, de famille nombreuse et pauvre.

Sylvain Canach a apporté une bouteille emplie d'une boisson d'un jaune trouble, une macération d'aneth, de fenouil et de réglisse, un pastis qu'il faisait lui-même, qu'il mélangeait à l'eau de son puits et à la menthe de son jardin.

« Je te sers un perroquet ? »

J'ai acquiescé. Ma gorge était tellement sèche que j'aurais pu boire n'importe quelle piquette.

« Tu connais la dernière boisson à la mode ?

– Non.

– Ils appellent ça un “mazout”. Pastis et cola américain. On dirait de la chiasse. »

Il a souri.

« Ces Amerloques, des sacrés rigolos. Je sais bien qu'on leur doit une fière chandelle, mais j'ai jamais pu les prendre au sérieux, avec leurs blousons et leur crème de rasage. Et cette façon de porter leur casque, comme des zazous… »

Sa femme a emmené le bébé à l'intérieur pendant que

son mari servait son pastis et que mes idées tournaient autour du pot. Tous les éléments que j'avais pu recueillir au cours des semaines formaient dans mon esprit un ensemble de pièces disparates, aux formes compliquées et absurdes, impossibles à assembler. C'est Sylvain qui m'a finalement aidée à en venir au fait :

« Alors ? Il paraît que tu cherches des renseignements sur les Enragés ?

– Sur les Enragés ou sur d'autres.

– C'est la mort des Roccetti qui te tracasse, c'est ça ?

– Il y a des choses que je ne comprends pas. »

Il n'a eu qu'à tendre le bras vers une branche basse pour cueillir une figue.

« Tu sais, moi j'étais à Combat. Des FTP j'en ai très peu connu, à part le gros Goulache qui nous a rejoints en 44 parce qu'il s'était engueulé avec son état-major. Quant aux Enragés, j'ai jamais entendu parler de leurs actions que par ouï-dire. »

J'ai pris un air vaguement désappointé.

« Armand Lambert m'a envoyée vers vous. Je pensais que vous pourriez m'aider. »

Il m'était impossible de le tutoyer. J'avais beau me dire que nous avions fait du manège ensemble, ce garçon, aussi brave fût-il, me faisait l'effet d'un parfait étranger.

« Parce qu'il a dû entendre raconter que j'étais avec les Enragés le jour du massacre.

– Le 27 août ?

– Oui. »

Il a cueilli trois autres figues et les a posées sur ses genoux. Elles étaient énormes, presque noires. Il en a entaillé une avec l'ongle de son pouce.

« C'est celles-ci que je préfère. Les sultanes. »

Il a ouvert la grosse bourse charnue et me l'a offerte. J'ai dit « Non, pas pour le moment », en essayant de cacher mon impatience. Il a retardé le moment de mordre dans les petits grains mauves.

« Odile venait de mettre au monde notre troisième. J'étais rentré à Bayon pour assister à l'accouchement et je n'avais plus aucun moyen de rejoindre ma section. Les gars m'attendaient sur le plateau des Fontans. Quand les Enragés ont déboulé en ville, ce jour-là, je leur ai demandé de me faire une place dans leur camion et de m'emmener à Flains, où m'attendait une voiture.

– Ils ont accepté ?

– Oui.

– Vous êtes partis directement ?

– Tu veux dire sans nous arrêter chez les Roccetti ?

– C'est ça. Sans vous arrêter chez les Roccetti.

– Oui. »

Sylvain Canach a lu la déception sur mon visage.

« Je ne vais pas te mentir pour te faire plaisir. Les Enragés ont paradé dans les rues un bon bout de temps. Ils ont distribué des armes automatiques et des brassards FFI à une bande de petits cons. C'est tout.

– Ils n'ont pas parlé des Roccetti ?

– Non.

– Mais ils sont passés devant leur ferme ?

– On est passés devant leur ferme, oui. Une route, ça sert à rouler dessus. Des voitures, des camions, des gens, il a dû en défiler pas mal ce jour-là, sur la route de Virenargues. »

Sylvain s'est penché vers moi, comme un homme prêt à m'instruire d'un grand secret.

« Je vais te dire ce que je crois. Et Rex n'est pas loin de penser comme moi. »

Il a mangé sa figue puis il a jeté la peau par-dessus son épaule, s'est léché les doigts et les a essuyés sur son pantalon.

« Entre les seuls mois d'avril et de septembre de l'année dernière, la Résistance a reçu plus de cent cinquante lettres de dénonciation pour collaboration. Elles étaient glissées sous la porte d'un des nôtres, laissées sur la table d'un café où les gens savaient que nous passions régulièrement ou envoyées à des gendarmes qui étaient susceptibles d'entrer en contact avec les maquis... »

Il m'a parlé de « ces torchons » qui accusaient sans distinction des médecins, des lingères, des policiers, des écoliers, des prostituées, des instituteurs, des petits patrons, d'anciens amants, des femmes infidèles, des amis, des cousins...

« C'est dans ces lettres que j'ai vu le vrai visage de la haine, a poursuivi Sylvain, je sais à quoi elle ressemble. »

Il m'a dit que ce visage, c'était celui de monsieur et madame Tout-le-monde, de la bonne mère de famille, du bon père tranquille, qu'il l'avait vue, la garce, la haine à l'état pur, débarrassée des oripeaux de la mauvaise conscience, libérée de la peur, patiemment nourrie de vieilles rancunes. La haine coriace des petites âmes, têtue, fielleuse, menteuse, prête à recevoir le don du sang pour une querelle de préau, pour une dette vieille de mille ans, un regard de travers, un tricot emprunté et jamais rendu, un quolibet lancé après un verre de trop.

« Ces torche-culs étaient de véritables appels au meurtre. Les gens s'imaginaient que nous allions régler leurs comptes à leur place. Que nous pouvions être leurs exécuteurs. »

Il m'a assuré que les hommes de son groupe avaient détruit toutes les lettres qui leur étaient tombées entre les mains.

« À la fin, on ne les lisait même plus. Ça nous brûlait les doigts... »

En revanche, il savait de source sûre qu'on en avait retrouvé dans les locaux des FTP. L'épuration sauvage à laquelle se livraient certains individus, en particulier les Enragés, avait fini par alarmer le Comité départemental de libération.

« Le préfet a demandé une perquisition du quartier général des FTP. C'est le juge Baudoin qui était chargé de l'affaire. »

Il m'a expliqué que celui-ci s'était trouvé bien embarrassé par cette paperasse nauséabonde. Après examen, il avait soumis au tribunal légal les quelques cas de collaboration qui lui semblaient vraiment sérieux et avait ordonné la destruction des autres lettres. Mais le mal avait déjà été fait. Les Enragés et d'autres groupes d'excités s'en étaient servis pour dresser une liste noire des personnes à éliminer, sans autre forme de procès qu'une balle dans la tête. Sylvain m'a dit aussi qu'il était sûr que les noms figurant sur cette liste avaient été communiqués à des fonctionnaires, des maires ou des conseillers municipaux connus pour leur sympathie à l'égard des FTP, et que ceux-là avaient dû ensuite divulguer ces informations au tout-venant.

Le père Canach est arrivé, accoutré comme l'as de pique. Il avait abandonné ses molletières légendaires et l'épaisse vareuse pour sa vieille chemise de poilu, sans col, à raies bleues. Les pans de la chemise dégueulaient sur son short de toile beige, duquel jaillissaient deux cannes tapissées de poils blancs et achevées de bottillons militaires si usés qu'ils épousaient les durillons de ses pieds.

Clemenceau l'accompagnait. À ma vue, le braque a d'abord montré les crocs puis il s'est rapidement calmé, son attention détournée par les mouches qui volaient autour du figuier.

« Tu les vois toi aussi, hein ? lui a demandé Émile Canach. Tu les vois, tous ces Chleuhs ? »

Le chien a jappé puis s'est jeté, gueule ouverte, sur les mouches.

« Vas-y ! Attaque ! Bouffe ! »

Sylvain a blêmi et a tourné la tête, comme si l'arrivée de son père le mettait au supplice. Mais il l'a ignoré, de même qu'il a ignoré le braque qui sautait comme un diable.

« On s'est fait déborder, a-t-il soufflé. Des types qu'on ne connaissait même pas. Des bravaches, excités comme des puces. Ils voulaient en être, pour la gloriole, pour l'épate. Certains ne savaient même pas tirer. Tout juste s'ils avaient entendu parler de la Résistance avant les débarquements. Les poltrons se sont pointés sur la fin, la gueule enfarinée. On a eu du mal à les contrôler. Ils se proclamaient des nôtres. Une fois le dernier coup de feu tiré, on les a vus surgir par milliers. Des escadrons entiers de résistants tout neufs, tout frais du matin. »

J'ai demandé :

« Est-ce que le nom des Roccetti figurait sur la liste noire des FTP ? »

Sylvain a ouvert les mains, paumes vers le ciel.

« Je n'en sais rien. Mais à mon avis, qui est aussi celui de Rex, c'est dans cette direction que tu devrais chercher. »

Émile Canach a sorti une fiole qu'il avait cachée dans la poche de son short. Il s'est mis à téter son eau-de-vie avec des bruits de bouche écœurants, les lèvres retroussées.

« Il est temps que tu rentres, m'a prévenue Sylvain d'un air désolé. Le vieux ne va pas tarder à devenir désagréable. »

Je me suis levée, prête à partir. Émile Canach s'est arraché de son flacon, il a regardé son fils avec un rictus de dégoût.

« T'as pas encore fini de parler de ta petite guerre ? »

Sylvain a levé les yeux au ciel. J'ai dit, à la façon de Félicien :

« Aucune guerre n'en vaut une autre, monsieur Canach. D'ailleurs, qu'est-ce que c'est, une petite guerre ? Est-ce qu'on dit un petit soldat, une petite mort, une petite veuve ? »

Le vieux a balayé ma réplique d'un geste de la main. Le cuir de son front et de ses joues n'était plus qu'un champ labouré de crevasses. Dans ce visage sculpté de rides, ses yeux continuaient de s'accrocher à ceux de son fils, les tenaient comme dans des fils barbelés.

« T'es qu'une fiotte ! Tant que t'auras pas nettoyé un boyau à la grenade ou au poignard, tu seras jamais un soldat. Juste une fiotte ! »

Sylvain m'a prise par le coude et m'a raccompagnée vers le portail tandis que son père continuait de l'invectiver :

« Qu'est-ce que c'est que ces conneries de résistance ? Elle a goûté aux shrapnels et au gaz moutarde la chochotte ? T'as déjà crevé un Boche à la baïonnette ?

Hein ? On s'est pris des obus pendant quatre ans, sans jamais moufter ! Et quand on est rentrés du front, on a rien réclamé ! Rien ! On avait fait notre devoir, c'est tout, et on a fermé nos gueules ! J'ai fait Verdun, tu le sais, ça ? Verdun… le chemin des Dames… Douaumont… Cambrai… Et j'ai pas eu de rosette, moi, pas de galons… que dalle… Résistants de mes couilles ! Bolcheviks ! »

Les jours ont passé, et les nuits, sans qu'aucun autre événement, aucune autre rencontre, bonne ou mauvaise, ne vienne troubler mon quotidien. Deux semaines se sont écoulées, nous sommes arrivés à la mi-octobre.

Lou n'écrivait plus dans ses cahiers d'écolier. Elle était souvent absente, pas seulement physiquement. J'avais l'impression que son esprit s'échappait de plus en plus fréquemment, même en ma présence, qu'il vagabondait dans des contrées mystérieuses, des limbes fragiles et mouvants, où personne ne pouvait la rejoindre, d'où elle-même semblait avoir du mal à revenir. À chacun de ses retours, son regard d'aquarelle perdait un peu de sa transparence et prenait des teintes dures qui provoquaient chez moi des pincements d'angoisse.

Je continuais à penser aux Roccetti, à tourner et retourner les événements, les tissus de mensonges des uns, les menues broderies de vérité des autres, les lambeaux du passé, les rumeurs, mes certitudes, mes intuitions, les visages du passé et ceux du présent. Ça faisait une belle farandole à donner la gueule de bois.

Qu'est-ce que je savais au juste ? Quelqu'un avait abattu à bout portant un père et ses deux jeunes garçons. Une petite fille de six ans avait été massacrée. Une mère s'était donné la mort, une mort lente et terrible, dans la plus parfaite indifférence de son entourage. Le jour même, Brigitte et d'autres filles de Bayon avaient été frappées et tondues par mon propre frère et ses amis. Les Enragés possédaient une liste noire de collaborateurs supposés, sur laquelle figurait peut-être le nom de Pietro. Ils étaient passés devant sa ferme mais ne s'y étaient pas arrêtés. Partout ailleurs, ce jour-là, dans d'autres régions libérées, des hommes et des femmes, innocents ou coupables, avaient été sacrifiés sur l'autel de la vengeance populaire, aux sons triomphants de *La Marseillaise* et de l'accordéon. Tout cela avait-il un lien ?

Le témoignage de Sylvain Canach disculpait les Enragés du meurtre des Roccetti. Privée de coupables, j'étais comme un limier qui a flairé une mauvaise trace et s'en va, dépité, se coucher dans la niche, sans cesser de songer, avec son esprit étroit de chien, à la façon dont il a bien pu se tromper de gibier.

Je pouvais étaler tout ce que j'avais appris, il n'en sortait strictement rien qui ressemble à un début de piste. Il me semblait que j'avais tout pour comprendre et qu'en même temps je n'avais rien.

36

C'est dans les derniers jours d'octobre que les ténèbres ont commencé à se dissiper. Par petites touches. Des fils ténus qui n'avaient l'air de rien mais qui sont venus s'accrocher les uns aux autres et ont fini par tisser un canevas. Les confidences sont comme des bêtes craintives qui naissent du remords et qui, pourvu qu'on ne les brusque pas trop, finissent par montrer le bout de leur museau à l'entrée du terrier où on enfouit les secrets.

Il faut que je raconte d'abord ce que j'ai appris de la bouche de Brigitte, un après-midi, alors que j'étais attablée chez sa mère. Elle m'a apporté ma grenadine et s'est assise en face de moi. Je voyais bien que sa langue s'impatientait mais je l'ai laissée venir, j'ai seulement prié pour qu'elle ne se mette pas à ressasser le passé, qu'elle m'épargne les souvenirs de pupitre, qui sentent la colle, la craie et la morve d'écolier.

« C'est juste un détail…, m'a-t-elle avertie en se massant les tempes. Mais plus j'y repense, plus je me dis que c'est peut-être important. Tu sais, le jour où ces crapules m'ont tondue… »

Par la suite, j'ai recueilli le récit de cet épisode de la

bouche de deux autres personnes : Jenbart, le cordonnier, dont la boutique est située en face de l'hôtel de ville, et madame Vial, l'épouse du notaire, qui se trouvait sur la place au moment des faits.

Le dimanche 27 août, Alexandre Pactol et Benjamin Calisti étaient venus chercher Brigitte chez sa mère. Ils l'avaient menacée de l'abattre si elle refusait de les suivre, puis ils l'avaient poussée dehors sans ménagement et conduite jusqu'à la mairie. La place des Victoires était déjà noire de monde. Donnadieu Combe avait réuni toute sa fanfare, sauf le tambour et la clarinette, qui avaient un peu trop abusé de la bouteille la veille au soir. On les avait retrouvés ivres morts dans un caniveau, enroulés dans le dernier drapeau nazi qui pavoisait encore rue Molière, et dans lequel ils avaient pissé toute leur vinasse.

« Quand on est arrivés sur la place, Daniel Borel était là, avec ton frère et Julien Sabatier, le garçon coiffeur. Ils avaient monté une espèce d'estrade avec des tonneaux. Je serrais les cuisses, pour me retenir. C'était comme si je montais sur l'échafaud. » Trois autres filles attendaient à côté, la tête basse. Borel et Pactol leur ont ordonné d'enlever leurs vêtements. Calisti les a fait monter sur les planches. Sabatier préparait sa tondeuse. Brigitte me dit que la suite est un voyage dans le brouillard. Ses souvenirs sont flous. Le contact des lames sur son crâne. Ses mains cachant son pubis. Ses seins dénudés qui lui font honte et sur lesquels se collent les regards de la foule, humides comme des langues. Elle ne se souvient que d'un monstre à mille têtes qui sourit et grimace, la raille et la siffle. Elle ne se rappelle que quelques éclaircies dans la brume, grotesques : la mère

Signoret qui veut être au premier rang et qui se dispute la place avec la Paulard, la Trioulet qui tombe du pliant qu'elle avait pris pour soulager ses jambes lourdes, le père Goumas, le châtreur de cochons, qui beugle à qui veut l'entendre qu'il paiera sa tournée si on lui rapporte les couilles ou la queue d'un Boche. Après, quand le coiffeur a commencé à lui raser la tête, Brigitte a gardé les yeux rivés sur le plancher. « J'ai préféré ne plus les regarder. J'ai pensé à Hans. J'ai oublié le reste. »

Mais ce qu'elle est venue me dire, et elle s'en souvient parfaitement aujourd'hui, c'est qu'après l'avoir tondue, ainsi que les trois autres filles, Pactol, Calisti, Borel et Jean sont partis. Brigitte n'a plus le moindre doute là-dessus. C'est Julien Sabatier et un autre type, sorti de la foule, qui les ont obligées à danser sur l'air de *Ein Heller und ein Batzen*.

Jenbart, le cordonnier, m'a affirmé la même chose :

« Lorsque la fanfare est revenue vers l'hôtel de ville, les gens ont demandé aux musiciens de jouer *heidi, heido, heida*. Le fils du maire et sa petite bande n'étaient déjà plus là. »

Jenbart était en train de clouer des bottines quand je suis entrée dans sa boutique.

« L'une des petites, je crois que c'était la fille de Colette Leclerc, Brigitte, n'a pas voulu danser. Alors Guy Sabatier lui a donné un coup de poing. J'ai tout vu, depuis ma vitrine. Elle saignait du nez comme une fontaine. Si ça avait été ma fille, je vous jure que je l'aurais tué sur place, ce petit crevard. Ma devise, à moi, c'est pas œil pour œil, dent pour dent. Ça non ! Pour un œil j'arrache les deux yeux, pour une dent, j'arrache toute la gueule. »

Madame Vial, l'épouse du notaire, loge dans une bastide en pierre de taille grande comme vingt fois notre mas. Une maison de notable avec des pavés à cabochons, un escalier majestueux et un grand nombre de portes, fermées sur des pièces fraîches et muettes. Il y flotte des senteurs de linge propre et de cire à vous tirer des larmes de bonheur.

Madame Vial est une belle femme, très distinguée. Elle porte des corsages en toile crème, des jupes droites à pinces ou à grandes poches, des perles et des foulards. Elle martyrise ses cheveux blonds en une multitude de coques, de rouleaux et de crans, qui lui font sur le front, la nuque et les tempes une pâtisserie un peu ridicule, comme un assemblage de mignardises élégantes et compliquées. Elle a des mains délicates et longues qui ne viennent pas de la campagne. J'imagine qu'elles doivent être très douces, cajolées à l'huile de lavande depuis qu'elles sont nées. Son notaire d'époux a le même genre de mains, parfaites, achevées par des ongles clairs et soignés, des mains qui n'ont connu que la douceur du papier pelure et le bois ciré des pupitres d'université.

« Les enfants ne devraient pas payer pour les fautes de leurs parents, n'est-ce pas ? »

Elle a une voix agréable, un peu voilée. Je sais que son beau-frère a été condamné à huit mois de réclusion et à l'indignité nationale par la cour de justice pour avoir fait des affaires avec l'occupant. Personne ne sait de quelles affaires il s'agit exactement, mais cela n'empêche pas les bonnes gens de colporter l'information avec des airs indignés et un petit avalement de salive, pour faire passer le dégoût. À Bayon, on dit « les affaires de Vial », comme on dirait les « crimes de Petiot ».

« À sa sortie de prison, il y a trois mois, Georges a emmené sa famille à Toulon. Ma nièce est en internat, à présent. Pauvre enfant… J'espère que le temps effacera ses blessures. »

L'après-midi du 27 août, Isabelle a voulu aller à la fête. Elle a mis une jupe rouge, un corsage blanc et un ruban bleu dans ses cheveux tressés. Sa tante lui avait déconseillé de se montrer en ville, à cause de la situation de son père. Bien sûr, Isabelle n'a rien écouté. À seize ans, les filles sont comme les mauvaises herbes, elles poussent là où elles l'ont décidé. Prise d'un mauvais pressentiment, madame Vial l'a suivie en ville.

« Benjamin Calisti a vu passer ma nièce devant la mairie. Avec un autre garçon de sa troupe, ils l'ont insultée et molestée. Et puis, ils lui ont fait… ils lui ont fait subir les pires outrages qu'on puisse faire subir à une jeune fille. J'ai regardé la scène sans rien pouvoir faire. J'étais terrorisée. Si jamais j'étais intervenue, ils s'en seraient probablement pris à moi. »

Madame Vial a regardé les garçons humilier et molester sa nièce. Elle n'a pas bougé.

Tandis qu'elle raconte, ses mains restent tranquillement posées sur sa cuisse. Ici, la plupart des gens ont la paluche agitée, ils parlent ce que Félicien appelle la « *langue des mains* », un baragouin qui mélange les mots et les gesticulations des mains. Mais les mains de madame Vial viennent d'un autre monde, elles ont été éduquées à se taire. Ce ne sont pas des battoirs à conversation, elles ont été faites pour servir le thé dans des tasses de porcelaine anglaise, pour manier les poudriers et les flacons.

« Après avoir tondu les filles, la petite bande de Benjamin Calisti est partie. J'ignore où ils sont allés. Il ne restait sur la place que le coiffeur en blouse blanche et un autre homme, que je ne connaissais pas. Ces deux-là ont continué de brutaliser Isabelle pendant une demi-heure. Ils lui ont mis un casque allemand sur la tête et l'ont frappée à plusieurs reprises. »

La seule différence que j'ai relevée entre son témoignage et ceux de Jenbart et de Brigitte concernait la chanson. Madame Vial a affirmé que les filles avaient dû danser puis marcher au pas de l'oie sur le *Deutschland über alles*. Pour le reste, tout concordait.

37

Morand et moi avons attendu Titoù Barthélémy sur la route. Il était à mi-chemin de sa tournée. Morand s'est planté face à lui, cigarette aux lèvres. Son regard avait le tranchant d'un rasoir. Lorsqu'il a prié Barthélémy de nous donner plus de détails sur ce qu'il avait vu le 27 août en revenant de chez les Roccetti, le facteur a marmonné un « Ça suffit, j'ai déjà tout dit », avec son air de bon chien prêt à mordre.

Morand lui a barré le chemin.

« Lorsque vous êtes revenu en ville après avoir découvert les cadavres, Calisti et ses amis n'étaient plus sur la place, n'est-ce pas ? »

Barthélémy a enfoncé sa casquette, sans desserrer les mâchoires.

« Il y était, avec les autres. Il s'amusait à faire danser les filles.

– C'est faux. Il est parti juste après la tonte. Il est parti avec Alexandre Pactol, Jean Magne et Daniel Borel.

– Pourquoi est-ce que vous posez la question si vous avez la réponse ? J'ai dit tout ce que j'avais à dire aux gendarmes. Et ils m'ont cru, eux. J'ai pas à revenir sur ce que j'ai dit.

– Plusieurs témoins affirment qu'il ne restait sur l'estrade que Julien Sabatier, le garçon coiffeur et un autre homme.

– Chacun dit ce qu'il veut.

– Ce n'est pas si simple.

– Qu'est-ce que vous voulez ? Vous êtes de la police ? de la justice ? »

Il a fait siffler les deux mots entre ses dents, comme des serpents.

« Pour quelle raison avez-vous menti ? »

Barthélémy a bougonné :

« J'ai pas menti. J'avais pas le cœur à regarder le spectacle. Je venais de trouver trois cadavres.

– À ce propos, où était le quatrième corps ? celui de la petite fille ?

– La petite était dans la chambre.

– Vous en êtes sûr ?

– Évidemment. »

Je n'ai pas pu tenir ma langue, moi qui d'ordinaire suis plutôt avare de mes paroles. J'ai déclaré :

« Elle était encore vivante au moment où vous êtes arrivé. »

Titoù Barthélémy s'est décomposé.

« Qu'est-ce que c'est que ces conneries ? »

Morand m'a regardée et a baissé les paupières. Un mouvement très bref. J'ai compris qu'il fallait taire les confidences de Justin Philippon.

« Calisti et sa bande ont quitté la place à midi et demi,

a poursuivi Morand. Vous n'avez pas pu les voir en y arrivant. »

Barthélémy a répondu qu'il avait du mou dans ses souvenirs, que les choses ne lui revenaient pas. Morand lui a soufflé la fumée de sa cigarette au visage.

« Une demi-heure après avoir tondu les filles, Calisti et ses copains se postaient aux Neuves-Bastides et tiraient sur une voiture allemande. »

Barthélémy a passé un doigt entre son cou et le col de sa chemise. Il suait maintenant des gouttes grosses comme des perles.

« Peut-être qu'ils étaient plus là. Peut-être que j'ai pas bien vu. Qu'est-ce que ça change ?

– Beaucoup de choses. »

Le facteur a laissé passer un moment sans rien dire.

« Alors ?

– Je sais plus. J'ai un trou.

– Moi, a rétorqué Morand, j'ai un trou dans l'emploi du temps de Benjamin Calisti. Un trou d'une demi-heure. Suffisant pour faire un aller-retour chez les Roccetti. »

Le facteur s'est épongé le front avec la manche de sa veste.

« Je crois pas que monsieur le maire va être content d'apprendre ce que vous êtes en train d'insinuer. Son fils, ç'a beau être un petit con, c'est toujours son fils. Accuser Benjamin, c'est accuser le père. Vous savez pas à quoi vous jouez… à lui chercher des poux dans la tête. »

Il s'est ensuite tourné vers moi. Ses yeux, sous leur forêt de sourcils, ont fixé les miens.

« Je comprends pas, Gaby. T'as toujours été raisonnable. Déjà, minotte, t'étais la plus gentille de toutes. Jamais un mot plus haut que l'autre, sage comme une image. Tu as bien changé… »

Morand l'a toisé avec un profond mépris.

« Il n'y a que les imbéciles qui ne changent pas. »

Puis il a écrasé son mégot par terre avec le bout de sa chaussure. Ça ne fait pas beaucoup de bruit, une semelle qui se frotte à un caillou, et pourtant ce petit crissement a rempli le silence comme un grondement de tonnerre.

38

En rentrant à la maison, j'ai entendu Lou chanter à voix haute dans notre chambre. J'ai éprouvé une drôle de douleur, au-dessus du sein, comme si une petite boule d'angoisse avait soudain roulé dans ma poitrine et était venue taper contre mon cœur.

Ma sœur portait une tenue que je ne lui avais jamais vue, une robe blanche à manches ballon, ceinturée par une fine écharpe de mousseline, blanche elle aussi, et des gants courts achevés par des manchettes à dentelles. Les yeux fermés, la main posée sur les fleurs qui ornaient son chapeau en feutre, l'autre sur sa taille, elle faisait des pas de danse enfantins, tournait et virevoltait en fredonnant le refrain d'une sottise à la mode :

Rêver toujours,
Rêver de toi,
Rêver d'amour…

Je suis restée un moment à regarder la scène, sans pouvoir ouvrir la bouche, à regarder la jupe plissée de sa nouvelle robe qui s'évasait en corolle au rythme de ses paroles, sa jupe immaculée qui suivait ses mouvements, découvrait la chair tendre de ses genoux et de ses cuisses.

Rêver de toi, la nuit, le jour,
Rêver de toi, au fil des heures…

Lorsqu'elle s'est enfin aperçue de ma présence, elle s'est immobilisée et m'a dévisagée avec un sourire étrange, qui m'a fait penser à un soleil éteint. Elle a posé sur moi l'eau de ses yeux, à peine remuée.

« Tu aimes ? C'est Martine qui m'a fait la robe, sur la machine à coudre de sa cousine. Le chapeau, tu le trouves comment ? Il faut que je mette plus d'épingles, pour tenir les fleurs. Martine dit que les mariées doivent porter un voile sinon elles n'ont pas l'air de vraies mariées. Elle dit que je vais ressembler à une petite madame qui va à une première communion. Mais le voile, c'est démodé, ça ne se porte plus, hein ? Bien sûr, j'aurais préféré une capeline… une capeline en satin… »

Je n'ai rien trouvé à dire. Je n'ai même pas réussi à rassembler assez de force pour me racler la gorge. Je ne voyais plus ma sœur, c'était autre chose que je regardais, droit dans les yeux, et cette vision me paralysait.

« Ne fais pas cette mine-là, tu seras mon témoin, évidemment. Et tu marcheras avec moi jusqu'à l'autel. Crois-tu que je choisirais cette andouille de Fernande pour m'accompagner à l'église ? Pour les demoiselles d'honneur, j'ai pensé à Martine, à cause de la robe, et à Clémence Tricard, parce qu'elle accepte de me prêter ses escarpins à talons bobine. Nous prendrons une table au *Beau Rivage*, après la noce. J'aurai un bouquet long, c'est plus élégant qu'un bouquet rond. Des roses, sûrement, avec des iris. Paul glissera une pivoine à sa boutonnière, pour faire chic... »

Tout le monde a croisé, sur les photographies ou les planches dessinées des aliénistes, le visage ordinaire de la folie. Ce ne sont que des grimaces hideuses, des corps recroquevillés, des faciès ricanants ou suppliants, tordus par des douleurs qui n'ont pas de son. Mais ce que la plupart des gens ignorent, c'est que la démence possède bien d'autres masques dans sa panoplie d'épouvante.

J'ai quitté la chambre, terrorisée. Lâche.

Lou a repris sa rengaine :

Rêver toujours,
Rêver de toi,
Rêver d'amour...

Les années ont passé mais la chanson de Lucienne Boyer m'est restée dans la tête. La mélodie, le legato, les paroles. Elle n'a jamais quitté mon crâne, s'y attache et s'y colle. Elle pousse une longue plainte de violon triste, qui n'aura jamais de fin.

39

J'aurais pu tout arrêter. C'est peut-être cela, le plus douloureux. Ce constat. Cette évidence. Cette idée qui me harcèle depuis dix ans, avec la régularité d'un métronome.

Avec un peu plus de discernement, j'aurais pu enrayer le cours de cette tragédie. J'aurais dû prévoir le retour des bombes. Je n'ai pas su lire dans le cœur de Louise.

Il existe des milliers de routes. J'ai pris la mauvaise, ce jour de juin 1940. Sans savoir qu'elle me menait tout droit à ce désastre. Sans me douter un seul instant qu'elle ouvrait devant moi un très long chemin de croix.

« Maintenant je n'ai plus aucun doute, m'a lancé Morand en ouvrant la porte. Calisti et sa bande ont fait le coup. »

J'étais venue lui parler de Lou, j'espérais qu'il m'aiderait à lui faire retrouver la raison. Il ne m'en a pas laissé le temps.

« Reste à savoir pourquoi ils ont assassiné ces pauvres gens. »

J'ai voulu lui dire que la seule chose qui m'importait pour l'heure était la santé mentale de ma sœur, que nous devions en parler, décider ensemble du moyen de la ramener à la réalité. Il a posé la main sur mon épaule.

« J'ai quelque chose d'urgent à faire en ville. Restez ici si vous voulez. Je n'en aurai pas pour longtemps. »

À ces mots, il a attrapé un paquet de cigarettes sur le buffet, il l'a fourré dans la poche revers de sa chemise et il a descendu les trois marches du perron. Je suis restée plantée au milieu de la cuisine comme une bécasse, sans pouvoir décider si je devais l'attendre ou rentrer.

Il régnait dans la pièce un désordre nouveau. Morand avait définitivement pris ses marques dans la maison. Ses objets familiers, posés çà et là sur les meubles, sur le sol, sur les étagères, comblaient par petites touches l'absence de Pietro et des enfants. La table, en particulier, était encombrée d'un joli foutoir. Parmi ses affaires de géologue, ses cartes et ses crayons, Morand avait laissé traîner deux assiettes sales, une bougie de paraffine à moitié fondue, son harmonica, un briquet et l'un des ronds de serviette, celui du prénommé Sante, qu'il avait sorti du buffet. Un pantalon froissé dormait en boule sur la paille d'une chaise et sa veste, jetée sur la desserte, côtoyait de trop près un pot de confiture et une lampe à huile. Un réflexe imbécile m'a poussée à aller prendre la veste pour la suspendre, à côté de la porte.

C'est en la soulevant que j'ai découvert le livre.

Un beau livre rouge et havane, en cuir chagrin, dont les coins étaient légèrement cornés.

Les lettres d'or, sur la couverture, m'ont sauté aux yeux :

Les Rois du jour-Flèches d'Orient
Paul Morand
1932

Il m'a fallu trois secondes pour comprendre. Ce nom, qui m'avait été immédiatement familier, je l'avais aperçu autrefois sur la tranche d'un autre livre, au milieu des ouvrages alignés d'une bibliothèque parisienne.

Un second coup m'a frappé à l'estomac lorsque j'ai vu la photographie. Un léger écartement des pages fendait le livre en son milieu. On avait glissé au cœur du roman une photographie jaunie par les ans sur laquelle posaient, devant la façade d'une maison pauvre, deux enfants ridiculement endimanchés. Au dos de la photographie était couchée une inscription légèrement effacée mais encore lisible :

Taleggio, 1910.

J'ai dû tirer une chaise pour m'asseoir et réfléchir. Je n'ai pas le souvenir des minutes que j'ai passées sur cette chaise, dans le temps suspendu comme un souffle d'hébété. J'ai dû y rester un bon moment. Un bon moment à tourner dans ma tête vide ces deux évidences monstrueuses.

Morand n'était pas Morand.

Il connaissait les Roccetti.

40

Ils étaient là tous les trois lorsque je suis arrivée devant la maison. Ils m'attendaient près de la mare.

Benjamin Calisti était appuyé contre la clôture, les bras croisés, avec sa bouche maussade et sa figure de petite brute, ses cheveux toujours blonds, aussi gras et lustrés qu'autrefois, la chemise ouverte jusqu'à l'estomac.

Alexandre Pactol se tenait à trois ou quatre mètres, de l'autre côté du chemin. Le même lui aussi : chevelure d'ébène gominée, la peau hâlée d'un moricaud, dans une posture identique à celle de son copain, sombre et pathétique imitation de Calisti. Déjà épais à quinze ans, il avait à présent quelque chose d'une fille, probablement à cause du gras qui lui faisait, sous son marcel en coton, une vilaine ébauche de seins.

Borel quant à lui était assis par terre, dans l'herbe sèche, trop mou pour patienter debout.

Je n'ai pas été surprise. J'avais maintes fois éprouvé le pressentiment de cette rencontre, sans vraiment m'y préparer, en espérant seulement que je ne serais pas seule au moment où ma route croiserait la leur.

Une lourdeur s'est glissée dans ma nuque mais je n'ai

pas baissé la tête. J'ai avancé sans leur prêter attention, bien décidée à ne pas leur céder le moindre signe de faiblesse. Je n'ai pas eu l'occasion de franchir la clôture, Calisti s'est mis en travers de mon chemin en enflant les narines. J'ai cru qu'il allait m'agresser mais il s'est adressé à Pactol :

« C'est calme par ici.

– Ouais, j'aime bien ce coin, a répondu l'autre. Pas un chat à des kilomètres… On pourrait la dérouiller tranquillement… »

Borel m'a couverte d'un regard ironique.

« On pourrait aussi s'amuser avec elle… »

Calisti s'est glissé derrière moi, j'ai senti son souffle dans mon cou.

« Tu veux t'amuser un peu ? »

Borel a glissé sur mon corps un regard concupiscent, l'a fait lentement descendre de mon visage à mes genoux, en s'attardant sur ma poitrine, mes hanches, mes cuisses.

« Fichez-moi la paix. »

Calisti, toujours dans mon dos, m'a brusquement attrapé les poignets.

« Tu veux pas t'amuser un peu avec nous ? »

Pactol a posé une main sur mes fesses. Ses doigts ont commencé à pétrir la chair sous l'étoffe de ma jupe grise.

« Bonne croupe… On croirait pas, sous tes robes de rombière… pas aussi bonne que celle de ta sœur mais pas mal quand même… Tu sais que je me le taperais bien, le cul de ta sœur… »

Borel s'est mis à glousser. J'ai senti une première vague de nausée m'envahir. Mes yeux se sont attachés à la porte de la maison, misérablement. J'ai prié pour que quelqu'un sorte, la mère ou Louise. Mais Lou était au salon et la mère, à moins d'être derrière la fenêtre de la cuisine, n'avait aucune raison de regarder dehors.

« Vous faites deux belles putes, ta frangine et toi... »

Pactol a abandonné mes fesses pour ôter les premiers boutons de mon chemisier. J'ai essayé de me débattre mais Calisti me tenait trop fermement pour que je parvienne à lui échapper sans risquer de me casser les os.

« Allez, fais pas ta mijaurée. Tout le monde sait que tu t'envoies en l'air avec le Lyonnais... »

Le rire gras de Pactol a roulé comme un tonneau tandis qu'il ouvrait entièrement mon chemisier. La tête penchée, absorbé dans la contemplation de mon soutien-gorge, Borel avait maintenant la main sur son entrejambe.

« Tu comprends ce qui pourrait t'arriver si tu continues à faire chier les gens ? »

Calisti a tiré violemment sur mes poignets. Un élancement atroce m'a vrillé les bras.

« Tu comprends ? »

J'ai hoché la tête pour faire cesser la douleur.

« Tu nous accuses dans toute la ville d'avoir exécuté les Roccetti. Tu crois qu'on va accepter ça encore longtemps ? »

Ma voix a pris tout son courage :

« Vous êtes passés chez eux ce jour-là. Quatre personnes vous ont vus quitter la place des Victoires, à l'heure des meurtres. »

Calisti a aussitôt lâché mes poignets. Il m'a contournée et m'a toisée, furieux.

« Et alors ? On a très bien pu aller ailleurs.

– On était ailleurs », a confirmé Pactol.

J'ai ordonné à mes doigts de ne pas trembler en reboutonnant mon chemisier. Je leur ai dit :

« Vous les avez abattus, comme des animaux. Sans aucun scrupule, sans la moindre hésitation. Pietro d'abord, et puis les garçons, pour ne pas laisser de témoins. »

Calisti a serré les dents, le sang lui est monté à la tête. Un gros coup de sang qui a chauffé sa colère et gonflé les petites veines bleues de ses tempes. Les insultes qui étaient entassées dans sa gorge se sont mises à éclater sur sa langue :

« Tu vas la fermer, putain ! Ferme-la ! Radasse ! Sac à merde ! »

Il a tendu vers moi un doigt menaçant.

« Maintenant, tu vas écouter, espèce de connasse, et tu vas bien retenir ce que je vais te dire : on n'a pas tué les Italiens. T'as compris ? On n'a pas tué les Italiens. »

Pactol a bougé les mâchoires, comme s'il remâchait les injures de Benjamin, pour sentir leur bon jus en bouche.

Je ne sais pas où j'ai pris le courage de répliquer mais je l'ai pris, j'ai soutenu le regard de Calisti et j'ai dit, lentement :

« Si. Et vous êtes même revenus sur vos pas, après le meurtre.

– Quoi ?

– Vous vous êtes rendu compte que vous aviez oublié Angèle. Alors vous êtes retournés là-bas pour la faire taire. »

Calisti s'est pétrifié, le poing fermé par la rage. Un vrai taureau, prêt à foncer. J'ai cru que ses pieds allaient racler le sol et qu'il allait charger.

« On n'a jamais touché un cheveu de la gamine.

– Tout le monde sait que vous les avez assassinés. Que vous avez tiré à bout portant sur une petite fille de six ans. »

Pactol a dégluti comme s'il avalait une boule de pétanque. Borel n'a pas semblé plus malin, l'air ahuri, les lèvres arrondies en goulot de bouteille. Il n'y a que Calisti qui ne s'est pas démonté :

« On n'a tué personne, encore moins la fille de Roccetti. Par contre, toi, tu pourrais bien avoir de sérieux problèmes, si tu continues d'ouvrir ta grande gueule... »

Le sang battait toujours à ses tempes.

« On te laissera pas nous causer des ennuis. »

Du pouce, il a mimé le geste de se couper le cou.

« Faut te faire un dessin ?

– Non. »

Pactol a jeté un coup d'œil à Calisti.

« Dis-lui. Allez, dis-lui. »

L'autre s'est gratté le bras quelques secondes, il a fait mine de réfléchir. Et puis ses lèvres sont venues se coller tout contre mon oreille.

« Tu veux savoir ce qui est arrivé aux Roccetti ? »

Il a laissé son index courir le long de ma joue.

« Ces pourris de Ritals ont eu ce qu'ils méritaient. C'était la guerre et les lois de la guerre exigent de punir les traîtres. »

J'ai réprimé une seconde nausée, plus forte que la première.

« Tu cherches la vérité ? toute la vérité ? »

Il a fouillé dans l'une des poches de son pantalon en toile et en a sorti une feuille, pliée en quatre.

« Les FTP nous ont donné cette lettre, l'année dernière. »

Il me l'a tendue mais au moment où mes doigts s'apprêtaient à saisir le papier, il a fait mine d'hésiter à me la remettre.

« Tu es sûre de vouloir savoir ? »

J'ai ouvert la paume.

« Tiens, vas-y, lis. Tu tenais à découvrir qui était responsable de la mort des Italiens, tu vas être servie. »

J'ai eu peur de son regard, qui exprimait autant de morgue que de certitude.

J'ai lu la lettre d'un trait, en retenant mon souffle. J'aurais reconnu entre mille cette écriture malingre et tordue, enlaidie d'une flopée de fautes d'orthographe.

Commandant Hannibal, section des FTP,

J'écrit pour vous avertir des activités de Maria et Pietro Roccetti, habitant route de Virenargues, sur la commune de Bayon. Les Roccetti ont un grenier rempli de grains qu'ils cache pour ne pas les donné à la réquisition. Ils garde aussi des pommes de terre qu'ils vende 15 francs le kilo et des œufs qu'ils vende 40 francs la demi-douzaine. L'année dernière, ils ont engraissé deux agneaux et ils ont vendu ses gigots à prix d'or. Ces criminels volent les français et vivent comme des cochons avec ce qu'ils vendent au marché noir.

Je les ai pas dénoncé à la Kommendentur parce que ces affaires là se règlent entre français. Je n'ai rien dit non plus au Préfet ni au contrôleur parce que je ne veux rien avoir à faire avec ces gens qui cire les bottes des boches et seraient trop contents de faire du zèle en perquisitionnant chez les italiens. Mais je vous le dis à vous qui êtes des patriotes.

Et il y a des choses encore plus grave encore, concernant cette famille d'Italiens, surtout le père. Il est de rumeur publique que Pietro Roccetti a des sympathies pour les ~~fachistes~~ fascistes. Plusieur personnes l'ont entendu dire que Mussolini était un bon chef, ce qui en dit long sur ses idées. Un jour, il a rendu service à un officier et quatre soldats allemands qui était tombé en panne sur la route devant chez nous. Non seulement il les a conduit jusqu'à Bayon en charrette mais il a poussé le vice jusqu'à regarder le moteur de leur voiture pour les aider. Les boches étaient bien contents et je crois que pour le service, il l'ont payé d'une caisse de bordeaux.

Il y a aussi cette rumeur qui concerne l'arrestation de madame Bonnet, une femme de la ville, d'origine juive. Beaucoup de gens ici savent que c'est Pietro Roccetti qui a écrit au bureau de la gestapo pour la dénoncé et donné son adresse. Et il faut vous dire aussi que Pietro Roccetti ne cache pas sa haine contre les résistants, qu'il a plusieurs fois accuser d'être des assassins et des voleurs. Son fils aîné, César, a d'ailleur eu des démêlés avec un groupe de maquisards alors qu'ils venait se ravitailler chez des cultivateurs du coin, Paulette et Régis Grésillon. Quelques semaines après ~~l'inssident~~ l'incident, les Grésillons ont eu la visite de la milice. Je ne crois pas aux coïncidences.

Je jure sur l'honneur que c'est la vérité. J'écrit pour que cesse les injustices commise envers les vrais français, qui ont la vie dure ces temps-ci, et pour que les crapules comme les Roccetti soit punis.

Micheline Magne

Calisti m'a repris la lettre d'un geste brusque.

« Ta mère l'a envoyée aux Enragés en avril 44. »

J'ai repensé à cette fameuse liste noire évoquée par Sylvain Canach. À la foule écumante. Aux filles tondues sur les places publiques. À l'amertume d'Armand Lambert. J'ai demandé :

« Comme l'avez-vous eue ? »

Calisti a reniflé avec l'arrogance d'un gamin vaniteux.

« Ça, ma vieille, ça te regarde pas. »

Borel ne quittait pas mes seins des yeux. Pactol suait comme du lard.

« C'est à cause d'elle que les Italiens sont morts. Voilà, t'es contente ? T'as eu les réponses à tes questions ? Je sais pas qui s'est chargé des Roccetti mais c'est pas nous. Maintenant, si tu veux t'en prendre à quelqu'un, va plutôt demander des comptes à ta mère. »

41

Au cours de la journée du lendemain, le ciel d'opale a viré au turquin, puis au bleu marine, puis à l'ardoise. De gros nuages, sombres comme du pétrole, ont formé au-dessus des collines des boursouflures épaisses, ourlées d'écume noire. Vers midi, il est tombé en quelques heures des trombes d'eau à recouvrir les collines et puis l'orage a cessé aussi rapidement qu'il avait commencé. C'est toujours ainsi dans notre région, que Félicien appelle tantôt le four du diable, tantôt les vespasiennes du seigneur : le ciel ne verse pas une seule goutte pendant six mois et dès la Toussaint il pleut des océans.

Je n'ai pas demandé à la mère pourquoi elle avait envoyé cette lettre aux Enragés. Je connaissais déjà la réponse. Elle avait toujours exécré Pietro et Maria. Sans raison. Avec une constance exemplaire. La guerre puis la Libération lui avaient donné l'occasion rêvée d'en finir avec ses voisins.

Je n'ai pas demandé non plus à l'explorateur de cailloux qui il était réellement ni pourquoi il m'avait menti sur son identité. Cela, je tenais à le découvrir par moi-même.

Je savais que le ministère des Déportés et des Réfugiés

avait constitué pendant l'Occupation des fichiers de prisonniers, je savais aussi qu'il existait des listes officielles, des centaines de listes, établies lors des opérations de rapatriement par un autre ministère, celui des Victimes de guerre. Je n'ai pas seulement écrit à ces administrations, j'ai aussi envoyé un courrier à la mission Scapini, au Commissariat aux rapatriés, au Centre national d'information sur les prisonniers, pour être mise en relation avec d'anciens militaires détenus dans le stalag où avait séjourné Morand.

J'ai endossé le rôle de la fiancée éplorée à la recherche d'un amour disparu, jamais revenu. Dont j'ignorais cependant le nom. Je me suis dit qu'ils allaient me prendre pour une folle mais je n'avais pas d'autres armes.

J'ai également passé une petite annonce dans *Le Provençal*, le 3 novembre :

Souhaite rencontrer ancien prisonnier de Stablack, stalag I-A. Urgent. Recherche compagnon porté disparu.

J'ai ajouté mon nom, mon adresse et un numéro de téléphone où laisser un message, celui de Colette, la seule à posséder un automatique.

Cinq jours plus tard, mes espoirs étaient comblés. Un homme a appelé pour me rencontrer.

« Il a dit que c'était en réponse à ton annonce. T'as passé une annonce dans le journal ? Tu cherches à te marier ? m'a demandé Colette, ahurie mais ravie.

– Non, bien sûr que non.

– Je sais pas à quoi il ressemble mais il a une belle voix.

– Qu'est-ce qu'il a dit ?

– Qu'il t'attendait au café *Le Bec-Figue*, aux Mires. Jeudi, à deux heures. »

Elle a eu une petite moue incrédule et soupçonneuse.

« Tu donnes souvent rendez-vous à des inconnus ? »

J'ai haussé les épaules.

« Pourquoi tu passerais pas plutôt par une agence matrimoniale ?

– Cela n'a rien à voir. C'est pour autre chose. »

Elle n'en a pas cru un mot.

« En tout cas, a-t-elle ajouté avec sa mine goguenarde, je te conseille pas de faire des galipettes le premier jour, ma cocotte. Je l'ai toujours dit à Brigitte et tu devrais le dire aussi à ta sœur : si on veut accrocher un bonhomme, faut jamais enlever sa culotte tout de suite… »

42

Le soir même, j'ai décidé de crever l'abcès avec la mère.

Il était huit heures. Nous allions nous mettre à table. Louise était présente et ailleurs à la fois, comme souvent. Ses doigts fins tournaient les pages d'une revue de mode. Jean était dans la cuisine lui aussi, affairé à gratter l'intérieur de sa pantoufle avec une fourchette.

Il n'y avait pas trente-six façons d'aborder le sujet. Je me suis posée sur une chaise, j'ai dit à la mère d'une voix neutre :

« J'ai enfin appris ce qui s'est passé chez les Roccetti. »

La vieille bourrique n'a pas relevé la tête.

« Ça ne t'intéresse pas de savoir ce que j'ai découvert ? »

Elle est restée droite, opaque, résolument sourde. Toujours ce silence exaspérant. Toujours ce mur de briques qu'elle élevait autour d'elle, pour se défendre d'avoir à rendre des comptes.

« Je sais ce que Jean et la bande de Benjamin Calisti ont fait, le 27 août. »

Elle m'a jeté à la figure son habituel haussement de sourcils. Je lui ai dit :

« Tu dois le savoir aussi. »

Elle m'a regardée fixement, cherchant probablement une échappatoire, un mensonge qui mettrait fin à ce début d'interrogatoire. Puis, n'ayant rien trouvé, elle a répondu sur un ton indifférent :

« Je sais. Il s'est amusé avec la fille Leclerc et les autres petites paillasses à Boches. C'est ce que tu voulais me faire dire ? Tu crois que ça me fait honte ? J'ai pas honte de mon fils. Il a fait ce qu'il avait à faire.

– Tu n'as pas honte non plus de ce qu'il a fait aux enfants de Maria ? »

Cette fois, elle a grommelé avec véhémence :

« Tais-toi. Jean n'a rien à voir avec ça.

– Au contraire, maman. Il était avec Pactol, Calisti et Borel. Après la petite représentation qu'ils ont donnée sur la place de l'hôtel de ville, ils se sont rendus tous les quatre chez Pietro. »

Elle a battu l'air de sa main décharnée.

« C'est des inventions ! C'est toi qui colportes ces ragots !

– Non, c'est la vérité. Certains pensent encore que Pietro a tué ses enfants et qu'il s'est suicidé. D'autres s'imaginent que des résistants les ont exécutés et ils les couvrent. Mais on saura bientôt. On saura que le fils du maire et ses amis ont massacré sans raison une famille d'innocents. Je le dirai. Je le dirai partout où j'irai. Quand on saura que Jean a participé à ça, tout sera différent. »

Elle s'est assise sur la chaise, ses hanches et ses genoux ont craqué comme des noix. Je l'ai observée à mon tour, attentivement, j'ai cherché dans ses rides, autour de la bouche, au coin des yeux, une esquisse de réaction. Mais elle était sans expression. Un bois mort.

« À ton avis, où met-on les meurtriers attardés ? En prison ou à l'asile ? »

Ma question l'a ramenée à la vie.

« Si on place Jean à l'asile, je t'arrache les yeux.

– Je n'en doute pas une seconde, maman. »

À peine ces mots prononcés, elle a su qu'elle avait commis une erreur.

« C'est ton frère. Tu vas pas trahir ton propre sang ?

– Jean n'est que mon demi-frère. Le bâtard d'un gros cultivateur qui t'a laissée tomber. »

Ma remarque lui a coupé le souffle.

« Qui... ?

– Ça n'a pas d'importance. »

Lou ne disait rien, elle écoutait, les yeux rivés sur moi.

J'ai poussé la mère encore un peu :

« J'irai voir la police. Pas les gendarmes. Je sais qu'ils ont étouffé l'affaire. Certainement sur l'ordre du maire et du père Pactol qui dirigeait la commission d'épuration. Il paraît que le brigadier-chef Duval avait des choses à faire oublier, lui aussi. Comment est-ce qu'on dit ? Ah oui... des relations privilégiées avec l'occupant.

– Si tu vas trouver la police, ils emmèneront Jean. Ils lui poseront des questions. Tu sais qu'il est pas en état de répondre. Il est comme quand il est né...

– Ne dis pas d'imbécillités. Les enfants naissent sans péchés, maman. Ils n'ont pas de sang sur les mains. »

Elle a hoché la tête de haut en bas, plusieurs fois, comme un coucou de pendule. Une façon de se persuader qu'il était trop tard pour un sursis, qu'il lui faudrait bien, un jour ou l'autre, accoucher de la vérité.

« Je les ai vus arriver, a-t-elle commencé. J'étais dehors, avec le linge à étendre. Je les ai vus sur le chemin, comme des voleurs. Ils se dirigeaient vers le mas. J'ai su qu'ils allaient faire une bêtise... Je voulais pas qu'ils entraînent Jean avec eux. Le fils Calisti, ç'a toujours été une petite frappe. J'avais dit à ton frère de ne pas le fréquenter. »

Elle a marqué une pause et puis :

« Je suis arrivée trop tard. Calisti a tiré sur Pietro Roccetti.

– Et sur les garçons. »

Son « oui » s'est traduit par un raclement de gorge. Elle a passé une main sur son cou pour ravaler son aveu dans une gorgée amère.

« C'est Calisti qui a tiré, pas Jean. T'entends ? Jean a rien à se reprocher. Il a pas à payer pour les autres. »

En entendant son nom, mon frère a poussé un vagissement. Plus que nos paroles, dont le sens échappait à son esprit éteint, l'air égaré de la mère commençait à le perturber. J'ai dit en regardant Lou :

« Je comprends mieux pourquoi ils sont allés aux Neuves-Bastides après et pourquoi ils ont attaqué cette voiture allemande. Ils avaient besoin qu'on les voie à l'opposé de la ville, loin de chez les Roccetti. »

Lou a remonté ses genoux et les a serrés entre ses bras, comme si elle avait soudain très froid.

« Lequel d'entre eux a tué Angèle ?

– Ils n'ont pas tué la gamine, a répondu la mère.

– Arrête de mentir. Un témoin a vu Angèle vivante après le meurtre de Pietro et des garçons. Quand Barthélémy est arrivé à son tour, ces salopards étaient revenus et lui avaient réglé son compte.

Les épaules affaissées, la mère s'est ramassée singulièrement, elle est devenue soudain méconnaissable, désemparée, très petite, tassée dans une expression d'abandon et de faiblesse qui m'a fait éprouver un sentiment de jubilation tel je n'en avais jamais connu. C'était une revanche que je prenais enfin sur elle, sur l'enfance bafouée, sur une vie ratée.

« Alors ? Lequel de ces quatre salopards a rebroussé chemin pour se débarrasser d'elle ? À moins qu'ils ne soient revenus tous les quatre ?

– Tu sais pas ce que tu dis. »

Le ton que j'avais pris a de nouveau effrayé Jean. Il s'est mis à s'agiter, à se donner de grandes tapes sur le front avec la paume. La mère a pris une inspiration, je l'ai vue faire entrer l'air dans ses poumons comme si elle plongeait.

« Rocetti était en train de travailler. Il réparait ses outils dans la cour. Son plus jeune, Luigi, était derrière la remise. Benjamin Calisti a cru que Roccetti était seul. Il l'a insulté. Il l'a traité de collabo. Roccetti n'a pas eu le temps de répliquer, Benjamin Calisti s'est approché, il lui a tiré une balle dans la tête. Luigi est arrivé en courant. Il leur a crié "Assassins !" et il est tombé à genoux, à côté du cadavre de son père.

– Et puis ?

– Le coup de feu a attiré l'autre gamin, César. Il est sorti de la ferme avec un fusil. Il a fait quelques pas dans la cour. Quand il a vu ce qu'ils avaient fait à son père, il a mis Benjamin Calisti en joue. J'ai entendu un deuxième coup de feu. César s'est effondré. J'ai compris qu'Alexandre Pactol lui avait tiré dans le dos.

– Et Luigi ?

– Il pleurait. Il a supplié Calisti de lui laisser la vie sauve. Ton frère a répété plusieurs fois à Calisti : "Pourquoi t'as fait ça ? Pourquoi t'as fait ça ?" Daniel Borel avait la tête entre les mains, il pleurnichait. C'est Alexandre Pactol qui a condamné Luigi. Je me souviens de ce qu'il a dit au fils Calisti. J'étais à la barrière mais ils parlaient assez fort, tous les quatre, pour que j'entende. Il lui a dit : "On peut pas laisser un bavard derrière nous." Calisti a hésité une seconde. Pactol lui a fait signe de tirer : "C'est toi ou c'est moi."

– Qui a eu l'idée de maquiller le crime ?

– Ils ont été pris de panique quand ils ont réalisé qu'ils venaient d'abattre deux enfants. Je sais pas lequel a eu l'idée du suicide… Tout est allé vite. Calisti a pris le fusil des mains de César et l'a mis dans celles de Roccetti. Ensuite, Pactol a hurlé : "On fout le camp !" Je me suis cachée au moment où ils ont passé la barrière. Je ne voulais pas qu'ils me voient. Ni qu'ils sachent que je les avais vus.

– Où était Angèle ?

– Dans la maison. Elle a dû entendre les cris et les coups de feu. Je pense qu'elle s'est cachée. Ensuite, ce type, là, dont tu parlais tout à l'heure, est arrivé. Je sais pas d'où il sortait celui-là. Il a vu les trois cadavres et il est parti en vitesse.

– Il a eu peur qu'on l'accuse. Tu savais qu'il avait été au bagne ?

– Oui.

– Au moins, avec lui tu étais tranquille. Tu savais qu'il ne risquait pas de parler. »

Elle a baissé les yeux. J'ai savouré cette nouvelle victoire.

« Et le facteur ?

– Titoù, je l'ai pas vu. J'étais déjà rentrée à la maison.

– Ni Philippon, ni Barthélémy n'ont pu s'en prendre à la petite. Ils n'avaient aucune raison de le faire. Et comme tu me jures que Jean et ses amis n'y sont pour rien, eux non plus, il ne reste qu'une solution. »

Je l'ai visée droit dans les yeux.

« C'est toi qui l'as tuée. Tu voulais protéger Jean. Tu l'as toujours protégé de tout.

– Tu crois que j'aurais pu tirer sur une enfant ?

– Je crois que tu es capable du pire, maman. »

Elle n'était plus dans la protestation, ni même dans la fuite, elle était comme pendue à un fil au-dessus du vide, un fil invisible et fragile qui menaçait de rompre à chacun de mes mots pour l'envoyer au fond du trou, des mots que je faisais sonner à mon tour comme des claques :

« Benjamin Calisti m'a montré la lettre.

– Quelle lettre ?

– Celle que tu as envoyée aux Enragés. Tu voulais la mort des Roccetti. Tu l'as eue. Tu peux toujours accuser Calisti et Pactol, c'est toi la responsable. »

Elle a tenté de se lever mais l'effort a paru la vider de ses dernières forces. Elle s'est finalement ravisée et elle est restée collée sur sa chaise. J'aurais pu l'anéantir rien qu'en lui crachant dessus.

« La lettre, ça n'a rien changé, a-t-elle murmuré. Ils avaient bu… ils étaient comme déchaînés. »

Lou ne pipait pas, attentive comme je ne l'avais jamais vue.

« C'est pas d'hier que Benjamin Calisti et Daniel Borel en voulaient à Pietro Rocetti, a ajouté la mère. Ils avaient une vieille rancune dans les tripes. Tu t'en souviens peut-être pas, t'avais à peine quinze ans, mais il y a eu cette histoire avec Julia… Elle s'était plainte que Daniel et Benjamin lui avaient tripoté les seins. Pietro Roccetti en a fait toute une montagne…

– Je m'en souviens très bien.

– De toute façon, si Calisti l'avait pas abattu, d'autres s'en seraient chargés. Tu peux me croire. Roccetti avait pas mal de choses à se reprocher. Tu le sais, puisque tu as lu ma lettre.

– Un tissu de mensonges. Des calomnies. »

Elle a recouvré un peu de sa hargne, suffisamment pour siffler doucement entre ses dents :

« C'était une famille de crapules. La mort des enfants, c'est triste, je dis pas, mais le Pietro et sa femme, ils l'ont bien cherché.

– Ça ne finira donc jamais ?

– Quoi ?

– Cette haine contre les Roccetti. Cette haine contre papa. Contre Louise et moi. »

Elle a hésité encore une fois à se rebeller et puis elle a capitulé :

« Pense ce que tu veux.

– Justement. Je pense que tu as tué Angèle. Pour qu'elle ne puisse pas accuser Jean. »

Elle a haussé les épaules mais sa voix est restée basse :

« T'as toujours raison… Tu crois connaître les gens mieux que tout le monde. Tu crois que Pietro et Maria Roccetti étaient des saints…

– Ils étaient mes amis.

– Et ils aimaient leurs enfants plus que moi.

– Ça ne fait pas l'ombre d'un doute. »

Lou a émis un petit ricanement dans son coin. La mère a roulé la serviette qui traînait sur la table pour occuper ses doigts, pour nous cacher la nervosité qui la gagnait, qui effaçait maintenant l'abattement.

« Vous ressemblez à votre père. Un rêveur. Toujours la tête pleine de foutaises. Mais on bâtit pas sa vie avec des rêves. La vie, c'est la terre. La terre, elle promet rien. Elle donne ou elle donne pas. Avec elle on sait où on va. »

Louise s'est levée.

« T'es complètement timbrée. »

La mère lui a fait signe de se rasseoir.

« Reste là. Je veux que tu entendes ce que je vais vous dire. Que vous entendiez toutes les deux. Après, on parlera plus des Roccetti dans cette maison. Parce qu'il n'y aura plus rien à ajouter. »

43

La suite de cette histoire, je la tiens de la bouche de la mère.

C'est l'un des maillons les plus effroyables de cette longue chaîne de tragédies. Mais il faut en passer par là aussi. Il faut que je le dise, comme le reste.

Maria revenait des Callonges avec sa belle de Corse. Dès qu'elle a passé la barrière, elle a vu les corps étendus.

Elle s'est d'abord immobilisée à l'entrée de la cour, elle a lâché la corde qui tenait sa chèvre, mais son bras est resté ballant, elle n'a pas eu de geste, elle n'a pas compris tout de suite.

Et puis, d'un coup, elle s'est précipitée vers son cadet, elle est tombée sur les genoux, elle a poussé un hurlement qui a déchiré l'air sur des centaines de mètres. Elle a couru ensuite vers César, couché près du perron, il y a eu le même cri de bête, le même déchirement, et puis d'autres cris, toujours plus forts, toujours plus aigus, comme si une main invisible frappait son cœur de grands coups de poignard et qu'à chacune de ces lacérations, sa gorge trouvait une puissance nouvelle, surhumaine, pour exprimer l'indicible horreur de ce qu'elle découvrait. Elle a fait ainsi plusieurs allers-retours entre les cadavres de ses garçons, elle s'est mise à les secouer pour les sortir de leur profond sommeil, elle leur a pincé les joues, les bras, essayant de faire revenir le sang dans leurs chairs, un peu de sève de vie dans leurs muscles. Elle a embrassé leurs visages déjà livides, tâté leurs nez, leurs paupières, leurs oreilles et, l'instant d'après, comme s'ils étaient tout juste sortis de son ventre, elle a tenu leurs têtes sur sa poitrine, elle a mis leurs bouches contre son sein et elle les a bercés tendrement. La mère m'a dit qu'elle bavait en pleurant, qu'elle crachait en bavant, qu'elle jetait au ciel des paroles incompréhensibles, des paroles en italien, qui disaient « Santa Maria, par pitié… rendez-les-moi ! ». Je connais ces mots-là, ils se disent dans toutes les langues du monde. Les mots de l'universelle douleur, qui implore la miséricorde et l'impossible résurrection des êtres aimés.

Pendant de longues minutes elle a délaissé le cadavre de Pietro. Quand elle s'y est finalement intéressée, elle l'a scruté un bref instant, les lèvres étrangement cousues. Elle s'est accroupie à ses côtés, elle a fixé la blessure qui lui trouait le front, elle a regardé ses yeux noirs, ronds, fixes, ses yeux ouverts sur un mystère dont elle n'aurait jamais la clef, et elle lui a fermé les paupières.

Angèle est alors apparue sur le seuil de la porte. L'enfant terrorisée tremblait de tout son corps et sanglotait, la figure cachée entre ses paumes. Maria s'est remise d'aplomb, a essuyé le sang de ses enfants dans les plis lourds de sa robe noire. Elle a marché jusqu'à sa dernière, elle n'a paru ni soulagée, ni étonnée de la voir vivante. Elle l'a prise dans ses bras, elle l'a embrassée dans le cou et elle lui a chuchoté quelque chose à l'oreille, un secret, ou un ordre, personne ne saura, auquel la fillette a acquiescé sans cesser de pleurer.

Ensuite, elle est retournée vers ses fils. Elle a d'abord pris César sous les aisselles, elle l'a tiré jusque dans la maison. Elle est ressortie trois ou quatre minutes plus tard, elle a soulevé le corps plus léger de Luigi et l'a traîné dans le mas de la même façon. Elle a fait tout cela comme si elle exécutait une tâche ordinaire, comme si son esprit était entré dans un nuage de brouillard dense dans lequel la seule chose qu'elle voyait encore clairement était le but qu'elle venait de se donner, ce laborieux transport de dépouilles.

La mère était toujours derrière son bosquet, à côté de la barrière, pleine de cette trouille au ventre qui la tenait cachée comme un rat.

Lorsque Maria et Angèle ont disparu dans la maison, la vieille est entrée dans la cour, elle a contourné le mas et espionné par les fenêtres. Elle a vu les garçons dans la chambre de leurs parents, allongés sur le lit, raides, les yeux clos, dans l'attitude des gisants dont parlait Titoù Barthélémy avec tant d'effroi.

Sauf qu'à ce moment-là, il n'y avait encore que deux petites statues couchées sur le lit.

Maintenant il faut que je dise vite. Ce n'est pas que je n'aie pas le courage. C'est simplement que je n'ai pas tous les mots.

Dans la chambre, après avoir allongé ses garçons, Maria est partie chercher le fusil que Pietro tenait dans la main. Elle est revenue, elle a passé ses doigts dans les cheveux d'Angèle, très doucement, comme la caresse d'un peigne. Puis elle a posé le canon en métal contre le cœur de sa fille et elle appuyé sur la détente.

Maria l'a déposée à son tour, morte, entre ses frères, sur le lit.

La mère m'a affirmé avoir vu Maria sourire en contemplant ses enfants réunis. C'est peut-être vrai, peut-être faux, on ne sait jamais si cette carne dit la vérité ou ce qui l'arrange. Et puis après ? Je sais, moi, où Maria se trouvait à ce moment-là. J'y suis allée. Dans cette nuit profonde, cette nuit en plein jour, cette saison de ténèbres où j'ai marché moi aussi en titubant vers des lueurs absurdes.

Maria a ensuite retourné l'arme contre elle. Contre sa poitrine d'abord, puis contre son front et contre sa tempe, elle a tenté de placer le canon dans sa bouche, sur son abdomen, elle a cherché tous les moyens de rejoindre ses petits, elle a tout essayé, en hurlant et en implorant son Dieu de lui accorder la délivrance, sans que jamais elle parvienne à tirer parce que, comme l'avait remarqué Morand, les canons de fusil sont trop longs pour se tuer soi-même.

Le dénouement de l'histoire, je n'ai pas eu besoin de la mère pour le connaître. Barthélémy me l'avait déjà raconté.

Deux silhouettes qui se tiennent dans l'encadrement de la porte de la chambre, qui regardent Maria avec des yeux où se disputent la stupeur et la terreur, Barthélémy, la gorge serrée à ne pas pouvoir articuler un mot, le maire, qui sort son beau mouchoir en satin de coton, à cause de l'odeur.

Des gendarmes qui arrivent plus tard, qui s'interrogent, qui photographient consciencieusement la mort puis qui tournent vite la page.

Et Maria qui ne parle pas, qui ne parlera jamais plus, Maria qui est entrée dans un autre monde, dans un hiver de glace cette fois, où l'obscurité a cédé la place à un froid immense qui égare ses pensées et gèle ses lèvres. Les paroles et les pas des hommes autour d'elle ne sont plus que des murmures indistincts sur la banquise, des murmures dont l'écho lointain résonne désormais dans un monde creux, et absolument vide.

44

Le 10 novembre, il a fallu que je me rende aux Mires. Mais il était impossible d'y aller en train ou en autocar, la ligne de chemin de fer avait été pulvérisée dans le secteur des anciens entrepôts et la route principale, à partir de Saint-Maximin, avait été détruite sur quatre kilomètres. Georges Pagnon m'a assuré qu'il faudrait attendre encore six mois avant l'achèvement des travaux de reconstruction.

« Tu ferais mieux de t'y rendre à pied.

– Pour sentir la transpiration ? a protesté Colette. Qu'est-ce qu'il va penser, son rencart, quand il va la voir arriver en nage, avec les cheveux tout collés ? Je vais lui prêter la bicyclette de Brigitte. »

Elle a donné un coup de coude à son cousin.

« Faut qu'elle soit belle, notre Gaby. T'imagines, c'est peut-être aujourd'hui qu'elle va rencontrer son futur mari. »

J'ai décidé de partir avant midi, pour ne pas risquer d'être en retard.

« Allez, sois pas si tendue. Tout va bien se passer. J'en suis sûre. »

Une heure plus tard, j'ai retrouvé l'homme de l'annonce

au *Bec-Figue*. Il était seul dans l'estaminet, debout devant un vieux comptoir en bois peint qui imitait mal l'acajou. Il avait une figure longue et massive, un peu chevaline, une laideur sympathique, grimaçante et joyeuse, à la Fernandel.

Je l'ai identifié aussitôt, à la façon qu'il avait de me regarder. Nous nous sommes dit bonjour du bout des lèvres, il s'est levé et nous sommes allés nous installer près de la vitrine du bistrot. L'inconnu a commandé un galopin de bière rousse, il m'a demandé mon âge, je n'ai pas répondu, j'ai pris une orangeade.

Le Bec-Figue était un bistrot ordinaire, hors d'âge, étroit, las, encombré. J'y ai vu trois tabourets, quelques tables boiteuses parées de toile cirée vermillon, en harmonie avec la majesté pouilleuse du comptoir. Les bords de fenêtre accueillaient, entre les canettes vides de pastis Olive conservées comme des saintes reliques, des cendriers plats, des jeux de cartes jaunis, des pots en étain, des pipes, des pages de journal abandonnées. Une bestiole crevée décorait le comptoir. Le propriétaire n'avait pas dû trouver de becfigue à empailler. En guise d'ortolan, c'était une grosse chouette, figée dans l'alun, qui trônait sur le zinc. Mauvaise, sa tête ronde légèrement penchée, le bec aigu et entrouvert, elle attaquait de son étrange regard de verre le bras levé de la pompe à bière.

L'homme s'appelait Amédée Lendrus, vivait dans un hameau près de Gaubert, il était boulanger, bienheureux et célibataire. Il m'a dit qu'il n'aimait pas son prénom, qui était celui de son arrière-grand-père, qu'au lieu de cette antiquité, il aurait préféré quelque chose de plus impérial, Titus, Auguste, Antonin, mais qu'il en avait pris son parti depuis longtemps et qu'après tout, il avait bien une tête à s'appeler Amédée, Médard ou Ignace. Quant à son patronyme, il a bien insisté sur son orthographe, avec un « e » et un « s », pour ne pas qu'on puisse imaginer un quelconque lien de parenté avec le méchant rôtisseur de veuves.

Après ces préliminaires, il en est venu au principal, il m'a dit qu'il avait été détenu à Stablack jusqu'à sa fermeture, en janvier 1945. Il faisait partie du dernier convoi de prisonniers à avoir été rapatriés.

Ensuite, pour me faire plaisir et parce qu'il croit que je suis venue pour ça, il me décrit les conditions de vie dans ce camp de Prusse-Orientale, la faim, le froid, les couchettes de bois dur, les paillasses de copeaux, la graisse de mouton, les gardiens, les fouilles, les corvées, il aligne les souvenirs comme pour une ultime revue.

« Mais on en est quand même revenus, conclut-il en poussant un sourire. Les Français et les Belges, on a eu plus de chance que les autres… Vous savez, ma grand-mère, Ola Chlebowski, était polonaise. Heureusement qu'elle a épousé un Autrichien et que sa fille, ma brave petite mère, a eu la bonne idée de convoler avec un Marseillais, sinon j'aurais été pourrir du typhus dans le baraquement des Polacks. »

Il avale une lampée de bière, le liquide ambré laisse au-dessus de sa lèvre un fin ornement d'écume. Je l'interroge sur ce qui m'a amenée :

« Vous avez connu un dénommé Paul Morand ?

– Des prisonniers, il en arrivait tous les jours. Trente mille bonshommes, ça fait beaucoup de monde. »

Il pousse son bock devant lui, presque sous mon nez. Des notes ailées de caramel et de réglisse flottent quelques secondes dans l'air puis s'envolent, délices douces-amères qui vont s'éteindre dans les relents fermentés de tabac froid, de vieux jus, de vin réchauffé.

« Votre gars, il n'était pas officier ?

– Je ne crois pas.

– Parce que s'il était officier, on l'a envoyé dans un oflag, pas dans un stalag.

– Je suis certaine qu'il était à Stablack.

– Redites-moi son nom...

– Paul Morand. »

Il essuie d'un revers de manche sa moustache de mousse.

« Non, j'ai pas connu de Morand. »

Je sens bien que je suis parvenue au fond de l'impasse. Il va falloir que je joue franc jeu ou l'entretien risque de s'achever là.

« Pour vous dire la vérité, j'ignore le nom de l'homme que je cherche. Il se fait appeler Morand, mais il y a de fortes chances pour que ce soit un nom d'emprunt.

– Je croyais que vous recherchiez un ami ? »

Mes joues virent au cramoisi.

« J'ai un peu simplifié les choses dans mon annonce.

– Je vois. »

Amédée Lendrus me semble sans malice. Il me regarde simplement, il ne cherche pas à comprendre. Je lui sers ma figure de pauvre fille égarée. J'imagine que je lui inspire plus de pitié que de méfiance.

« Qu'est-ce qu'il faisait dans le civil ?

– Il était géologue. C'est un bel homme. Taille moyenne. Brun. »

Un sourire s'ouvre sur ses grandes dents de percheron.

« Vous m'en direz tant…

– Il a une cicatrice sous l'œil gauche. Une cicatrice en forme de feuille. »

J'ajoute :

« Il jouait de l'harmonica. »

Lendrus abandonne son expression joviale, attrape enfin un souvenir qui pourrait m'être utile :

« Oui, il y avait un gars qui en possédait un. Il travaillait à l'Abwehr. Les Boches l'avaient affecté au service des colis. Son harmonica, il l'avait toujours collé au bec, comme une deuxième bouche. Il était dans la baraque d'à côté mais je l'entendais jouer le soir. »

Là, je suis suspendue à ses lèvres.

« Le gardien Platz, qu'on avait surnommé Nerf de bœuf, s'était entiché de lui. Dès qu'il était de repos, cette saloperie de Platz posait sa matraque et demandait au gars de l'Abwehr de prendre son instrument. L'autre lui jouait des romances et des ballades qui tiraient les larmes à ce gros phoque et lui donnaient le courage, avec son copain Stöser, d'aller casser des genoux. »

Il s'interrompt, grimace, s'excuse d'un sourire, il me dit qu'allez, il vaut mieux oublier tout ça, les humiliations, les privations, Platz et Stöser, les barbelés, que la vie au stalag avait aussi ses bons moments, faut pas croire. Alors, il cherche quelque chose de plus gai à me raconter, je le vois à ses yeux qui se plissent, je vois qu'il remue le lait des souvenirs encore frais, dans lequel se confondent le bon et le mauvais, enchevêtrés.

« Un soir, le colonel reçoit du monde. Le joueur d'harmonica est appelé au mess des officiers, avec d'autres musiciens. Moi, je suis affecté à la cuisine, avec Dixit, le gars de la popote. Vingt-cinq officiers en galons, les plus jolis éléments de la Wehrmacht, droits comme des miradors, raides comme des piquets d'exécution. À la fin du repas, après une trentaine de bouteilles de schnaps, il fallait voir la joyeuse troupe ! Tous bourrés comme des coings ! Les manches de chemise retroussées, les uniformes ouverts sur les panses, ça chantait à tue-tête *Rosamund*, ça tapait des mains et des pieds en rotant, on se serait cru à la fête de la saucisse. Je me suis dit que si c'était ça, finalement, la race des seigneurs, j'étais bien content d'être un petit-fils de *sklave*.

– Vous vous souvenez du nom de cet homme ? le joueur d'harmonica ? »

Amédée Lendrus réfléchit un moment, secoue sa tête impressionnante.

« Ça ne me revient pas. »

Je supplie :

« C'est très important. »

Il fait un effort et j'attends. Soudain, il tape le cul de son verre vide sur la toile cirée.

« Esposito ! Sante Esposito. »

Deux heures plus tard je suis dans l'étude du notaire Vial.

Une jeune femme à lunettes épaisses, bridée dans un tailleur de tweed, me fait face, assise à sa table de bureau. Je lui demande si je peux rencontrer maître Vial, elle me dit que non, c'est impossible sans rendez-vous. J'insiste mais elle fait la sourde-muette, penchée au-dessus d'un dossier ouvert qui prend toute la place sur son beau sous-main de cuir vert.

J'ai dans le crâne un gros bouillon d'interrogations qui s'énervent de ne pas trouver leur réponse. J'ai un prénom aussi, autour duquel tournent toutes mes questions.

Sante.

Le prénom inscrit sur le rond de serviette que le géologue, il y a huit jours, a sorti du buffet et qu'il a oublié de ranger.

Celui du joueur d'harmonica qu'Amédée Lendrus a connu au stalag I-A.

L'idée d'écrire au frère de Maria m'est venue en quittant *Le Bec-Figue*. S'il s'avère que ce faux jeton de Morand s'appelle en réalité Sante Esposito, je veux savoir quelle est la nature des liens qui l'ont autrefois uni aux Roccetti. Et ça, le frère de Maria pourrait peut-être me l'apprendre.

Je repense au sourire réjoui d'Amédée Lendrus, deux heures plus tôt.

« À voir votre tête, on dirait bien que j'ai tapé dans le mille. »

J'ai bafouillé une vraie réponse de Normand :

« Je ne sais pas. Peut-être qu'il s'agit de lui. Peut-être pas.

– En tout cas, si vous le retrouvez, dites-lui que ça me ferait plaisir de le revoir. »

L'épouvantail à lunettes est toujours assise sur sa chaise, rigide comme un bâton de pèlerin. Elle se mordille maintenant les lèvres pour faire la secrétaire occupée. Je danse d'un pied sur l'autre devant cette muraille de tweed. Et je me demande comment Morand a pu m'abuser si vilement.

Avec le recul, bien sûr, je me souviens de cette mystérieuse colère que j'ai plusieurs fois surprise sur ses traits, dans de brefs et furtifs moments de non-garde, en particulier lorsque nous évoquions le meurtre de Pietro et des enfants. Mais en dehors de ça, je dois reconnaître que ce salaud m'a bien roulée. Je l'avais admiré, naïvement, béatement, d'épouser une noble cause alors que rien ne l'y obligeait. J'ai une furieuse envie de me donner des gifles en déroulant le film de ces dernières semaines : saint Morand en majesté, et moi, l'imbécile heureuse, la ravie de la crèche, l'andouille de premier choix, qui lui tends l'auréole et lui raconte par le menu la progression de mes enquêtes !

Il va falloir que je trouve le moyen d'obtenir ce que je veux de la pimbêche. Je sais que je lui fais miroir avec mon air pincé, sanglée, comme elle, dans ma rigidité maladive Je sais aussi qu'on n'attrape pas les mouches à lunettes avec du vinaigre. Alors je me force, je prépare ma voix de sucre :

« Vous pourriez m'aider. Mon voisin, Paul Morand, loue la ferme de Pietro Roccetti sur la route de Mirandes. Il m'envoie chercher le nom et l'adresse de son propriétaire.

– Pour quelle raison ?

– Il souhaite lui envoyer un courrier.

– Voyez avec la mairie. C'est elle qui loue la maison.

– La mairie est fermée. Soyez gentille. »

Elle me dit que non, elle n'a pas le droit de communiquer les coordonnées des clients à des étrangers. Elle ajoute :

« Revenez avec le locataire, puisque c'est lui qui fait la demande. »

Je ne peux pas lui dire que depuis plus d'une semaine je mets tout mon talent à éviter mon voisin, sur le chemin ou dans les rues de Bayon. Je ne sors plus dans notre cour, je garde mon regard loin, très loin du mas des Roccetti. Et lorsque je dois me rendre en ville, en particulier au salon pour voir Louise, je fais de grands détours, en rasant les murs. Une ombre. Philippon ne croyait pas si bien dire.

Je fais une nouvelle tentative :

« Mademoiselle, je m'en veux d'insister, je vois bien que vous êtes débordée. Je sais ce que c'est, j'ai été secrétaire moi aussi. Je faisais des écritures à l'état civil de Royan. Rien à voir avec vos responsabilités, bien sûr. »

Elle approuve en clignant des paupières derrière ses fonds de bouteille.

« Monsieur Morand souhaite faire une offre au frère de madame Roccetti, l'unique héritier du mas. Une proposition d'achat. Il serait dommage que, ne disposant pas de son adresse, monsieur Morand soit obligé de se tourner vers un autre notaire… Maître Vial s'en trouverait sans doute très contrarié. Surtout en ce moment où les affaires vont moins bien… »

Là, je lui assène un petit coup de cravache :

« À cause de son frère, le collaborateur… »

Elle a un gloussement d'indignation ou de gêne, va savoir.

« C'est l'adresse en Argentine que vous voulez ?

– Vous en avez une autre ?

– Non. »

Elle se lève enfin et va chercher un dossier qu'elle ouvre avec une lenteur insupportable. Elle redresse ses lunettes sur son nez pointu, elle lit les premiers mots d'une page dactylographiée :

« Il s'agit de monsieur Sante Fiorenzo Esposito. Héritier universel de Maria Camilla Roccetti, née Esposito. »

Mes jambes flanchent, sciées.

« L'adresse : 37, avenida Corrientes. Buenos Aires. »

Je me retiens à sa table de bureau. Je garde les yeux clos quelques secondes, le temps de comprendre. J'ai la voix pâteuse sans avoir bu :

« Vous êtes sûre ? »

La secrétaire revêche claque la couverture en carton du dossier.

« Évidemment. »

J'entre dans un autre monde, ou j'en sors, je ne sais plus, je suis comme dans un rêve éveillé, il faudrait que je me pince très fort pour en émerger.

45

Le même jour, avant le repas du soir, Lou est en train de se coiffer, assise sur le lit. J'ai une boule énorme dans le ventre.

« Morand n'est pas celui qu'il prétend être. Il ne s'appelle pas Morand mais Esposito. »

Son visage est devenu livide.

« Quoi ?

– Sante Esposito. C'est le frère de Maria. »

Elle a posé sa brosse à cheveux. Elle a tâté le matelas à plusieurs reprises, comme pour s'assurer de la réalité de la situation.

« Morand est le frère de Maria, ai-je répété. Il n'est jamais allé en Argentine. Ou alors il en est revenu. »

Les commissures de ses lèvres se sont abaissées. Ses iris bleus se sont rétrécis, sa bouche s'est pincée en une ligne pareille à une balafre. Mais sa voix, elle, est restée d'une parfaite froideur :

« Bon. Esposito. Et alors ? »

Je suis venue m'asseoir à ses côtés.

« Alors, il a menti. Il m'a menti, et à toi aussi, il a menti à tout le monde. Il s'est servi de moi pour mener son enquête. »

Elle m'a enveloppée d'un regard sombre et a lâché aigrement :

« Personne ne t'a obligée à poser des questions sur cette stupide affaire. Tu n'avais pas à t'en mêler.

– Une stupide affaire ? Pietro est mort. Luigi et César sont morts. Angèle est morte, Maria est morte. Toute une famille d'innocents a été anéantie et…

– La barbe ! »

Son bras levé m'a coupé la respiration. J'ai caché mon malaise, j'ai lâché ce conseil qui a sonné comme un ordre :

« Ne t'approche plus de cet homme. Tiens-toi éloignée de lui. »

Lou a serré les dents.

« Nous allons nous marier. »

J'ai inspiré profondément.

« Il n'y aura pas de mariage, Louise. Il ne s'intéresse pas à toi. »

Cette fois, elle s'est dressée d'un bond.

« Tais-toi ! »

Je lui ai fait face, j'ai pris son visage entre mes mains et j'ai mis toute la force de mon amour et de ma persuasion dans ma voix :

« Regarde-moi. Esposito ne s'est jamais intéressé à toi. Tu comprends ? Tu t'es imaginé des choses, des choses qui ne sont pas réelles… Tout ça s'est passé dans ta tête, ma chérie… »

Elle a repoussé mes mains d'un geste brutal.

« Fiche-moi la paix !

– Lou, je ne veux que ton bonheur. »

Une grimace, qui devait être un sourire, a déformé ses traits. Elle m'a observée, tendue par une colère sourde.

« Nous allons nous marier, que tu le veuilles ou non. Et nous nous en irons. Loin d'ici. »

J'ai essayé de ne pas me départir de ma patience. Je lui ai dit, le plus calmement possible :

« Sante Esposito est venu à Bayon parce qu'il a quelque chose à y faire, qui n'a rien à voir avec toi. Il est venu pour se venger. Il se doute que Calisti, Pactol et Borel sont responsables du massacre de sa famille. Il sait aussi que Jean, notre propre frère, a pris part à ces meurtres. Je ne sais pas ce qu'il a en tête, méfie-toi de lui. »

De nouveau, elle m'a coupé brusquement la parole et s'est mise à hurler :

« C'est toi qui l'as embarqué dans cette histoire ! Sans toi, il n'aurait jamais rien su !

– Si. Il était déterminé à découvrir la vérité.

– C'est toi qui as tout fichu par terre !

– Lou, ce n'est pas le problème…

– La ferme ! Je te déteste ! »

Elle a fait quelques pas, a vacillé.

« Si nous ne pouvons pas nous marier, ce sera ta faute. Je ne te pardonnerai jamais.

– Ma chérie… Esposito ne se mariera pas avec toi…

– Dégage ! »

J'ai reculé, prise de vertige.

« Tu es malade, Lou. Laisse-moi t'aider… »

Elle a passé une main tremblante sur son visage défait. Et soudain, elle est redevenue anormalement sereine. Elle s'est dirigée lentement vers l'armoire et en a sorti sa robe de mariée qu'elle a dépliée devant elle.

« Je vais la raccourcir au-dessus des genoux… »

Le cours de mes pensées s'est dilué. Je me suis sentie vide, désarmée. Louise a haussé les épaules.

« Que Paul… ou Sante, puisque tu dis que c'est comme ça qu'il s'appelle… eh bien, qu'il fasse ce qu'il est venu faire. Je ne vais pas l'en empêcher. Ensuite, nous nous marierons. »

Elle a tourné sur elle-même, sa robe blanche plaquée sur son cœur.

« Après la noce, nous nous achèterons une bastide. Je mettrai des fleurs aux fenêtres et mon nom sur la boîte aux lettres. Madame Morand. Louise Morand.

– Lou… »

Son bras a indiqué la porte de la chambre.

« Tu ferais bien de t'en aller, Gabrielle. »

J'ai soupiré, lasse de cette bataille.

« C'est bon, je sors. »

Elle a ricané sinistrement.

« Non, tu n'as pas compris, Gabrielle. Je voulais dire : tu ferais bien de foutre le camp de cette maison. Je ne veux plus t'avoir dans les pieds. »

46

Lorsque j'ai fait mon apparition dans la cuisine, il n'a eu aucune réaction. Il n'a manifesté ni satisfaction ni étonnement. Il a dit simplement, avec son petit sourire voilé d'ironie :

« Bonjour, Gabrielle. Vous n'aviez pas disparu, finalement. »

Une fois n'est pas coutume, je n'ai pas tourné dix minutes les mots dans ma bouche avant de trouver quelque chose d'intelligent à dire.

« Bonjour, Sante. »

J'ai surpris un léger tressaillement de l'œil, c'est tout. J'ai admiré malgré moi la maîtrise avec laquelle il accusait le coup.

« Vous savez.

– Oui.

– Bon. C'est aussi bien. »

Il a plongé la main dans la poche de son pantalon d'où il a sorti un briquet et un paquet froissé de gitanes. Il s'est grillé une cigarette, sans cesser de m'observer, le dos collé au mur.

« Pourquoi ? » ai-je demandé.

Il a tiré deux bouffées en contemplant le vide.

« Parce qu'on ment une première fois, par peur, et puis qu'après c'est fichu, il est trop tard... Trop tard pour faire tomber le masque, parce qu'on est allé trop loin, parce que les choses sont plus faciles ainsi. Qui je suis ou qui vous êtes ne compte pas, Gabrielle. C'est ce qui nous a réunis qui importe. »

Nous sommes restés un long moment sans échanger un mot. J'avais l'impression que nous étions figés dans le temps, que les secondes s'étiraient au point que chacune d'elles durait une heure. Il a fait tourner sa cigarette entre ses doigts.

« Vous savez... quand j'ai réalisé que vous aviez peut-être vu le nom de l'auteur sur le livre et cette vieille photo, je ne m'en suis pas voulu. J'ai même été soulagé. Cette négligence... Peut-être était-ce un acte manqué de ma part, non ? Une façon de vous aider à découvrir que je n'étais pas celui que je prétendais être. J'avais sans doute mauvaise conscience. »

J'étais venu lui demander des comptes et voilà que j'étais comme une gourde, sans voix.

« À propos, comment avez-vous su... pour mon véritable nom ?

– J'ai rencontré l'un de vos compagnons de Stablack. Amédée Lendrus. »

Il a eu l'air de ne pas savoir de qui je parlais. Il a soulevé un peu les sourcils.

« Lui se souvient très bien de vous. »

J'ai commencé à marcher de long en large, les bras croisés, je n'ai pas trouvé meilleure posture pour me donner une contenance.

« Si les gens de cette ville avaient su que j'étais le beau-frère de Pietro, ils auraient été beaucoup plus méfiants. »

Il a écrasé son mégot sur le carrelage.

« Tout le reste est vrai, Gabrielle. Absolument tout. Je ne vous ai rien caché. À part mon nom de famille. Désormais, il n'y aura plus de mensonges ni de secret entre nous. »

Le livre en maroquin était toujours sur le buffet, là où je l'avais laissé huit jours plus tôt. Il est allé le prendre, il l'a tenu un instant entre ses mains et puis il a en sorti la photographie de Taleggio sur laquelle posaient les deux enfants en habits neufs.

« Ma sœur et moi. »

Je n'avais pas regardé le portrait avec suffisamment d'attention pour reconnaître Maria. À présent, je voyais ses yeux d'encre et les longs bandeaux de ses cheveux noirs.

« Elle avait douze ans. C'est notre oncle, Aurelio, qui a pris la photo. »

Il a pincé les lèvres.

« Voilà tout ce qui me reste d'elle, avec ce mas. »

Il s'est tu encore un moment puis il a repris :

« Il fallait que je sache. L'ignorance… l'ignorance rend fou. »

J'ai dit :

« La vérité aussi. »

Il a fait tomber ses bras.

« Vous avez peur de moi ? »

J'ai laissé le silence répondre à ma place. Il s'est avancé, je l'ai trouvé beaucoup trop près, j'ai reculé instinctivement.

« Gabrielle, vous n'avez rien à craindre. Je vous le promets. »

47

À cinq kilomètres du bourg se trouve un petit pont que les habitants de Bayon appellent « le Baiser de la mort », qui jette au-dessus de la Doue son squelette de bois souffreteux et branlant.

Personne n'ose plus marcher dessus depuis longtemps, tant il craque lorsqu'on pose seulement le bout du pied sur sa fragile carcasse. En été, il enjambe un lit de graviers et de pierres tranchantes qui n'a plus rien d'un cours d'eau, qui n'est plus qu'un ruban rétréci, une langue assoiffée qui recrache des remugles de pourriture sèche, toute hérissée de rocailles et de branchages fichés dans sa chair comme des incisives.

C'est Guy Martineau qui a aperçu, dans la soirée du 15 novembre, le corps de Daniel Borel, que la Doue avait recraché sur ses berges.

On a d'abord cru à un accident. L'andouille avait osé braver le Baiser de la mort et s'en était trouvé puni en tombant dans le vide. Mais les policiers ont remarqué que le mince parapet de bois était rompu, et non le tablier du pont, alors ils en ont conclu qu'une force meurtrière avait poussé le fils Borel.

Le lendemain, alors qu'ils débutaient à peine leur enquête, ils ont trouvé Benjamin Calisti dans son garage de la rue Blanche, en salopette de travail, près d'une Simca qu'il était en train de réparer. À côté de lui, gisaient le cadavre d'une bouteille de Ricqlès et le tesson coupant avec lequel on lui avait tranché la gorge. La main droite de Benjamin, paraît-il, était posée sur la plaie béante de son cou, comme s'il avait tenté de la refermer. Le sang avait giclé entre ses doigts et avait cousu, sur son bleu de chauffe, un large jabot rouge.

Quelques minutes plus tard, dans l'appentis qui fait office de bureau, derrière la réserve où s'entassaient les pneumatiques et les bidons d'huile de vidange, les policiers ont découvert Alexandre Pactol, écroulé contre l'un des murs. Un essaim de mouches et de taons était déjà en train de butiner l'entaille profonde qui lui fendait le crâne. Les policiers ont dit qu'il était parti les yeux ouverts, fixés sur la clé coudée avec laquelle on l'avait frappé, qu'il n'était pas mort tout de suite parce qu'il tenait encore son calepin de comptes. Entre deux lignes de chiffres, il avait même essayé d'écrire le nom de son assassin mais ses forces l'avaient abandonné, il avait lâché son crayon et, au final, dans sa course contre la grande faucheuse, il n'avait eu le temps de coucher sur le papier que trois gribouillis sans signification.

48

La mort rôdait dans les rues de Bayon. Elle avait pris trois vies, trois vies de crapules, mais trois vies volées c'est toujours quelque chose, ça fait un grand trou de frayeur dans le ventre d'une ville.

La gendarmerie a débarqué à la maison. Pas tout un régiment, deux hommes seulement, un gradé et son sous-fifre. Ils ne sont pas entrés, ils sont restés sur le pas de la porte, étranglés dans le collet rigide de leur uniforme. Ils savaient que Morand et moi interrogions les gens au sujet de l'affaire Roccetti. Ils savaient aussi que notre enquête nous avait menés jusqu'au rejeton du maire.

Le premier avait un nom rugueux, Bogorian, né sans doute dans les lointaines montagnes du Caucase. Il m'a fait mauvaise impression, il avait l'allure d'un abruti particulièrement obstiné. Sous son front minuscule, ses arcades sourcilières d'avant la préhistoire faisaient un auvent formidable à ses petits yeux butés. Une belle tête à fabriquer des coupables. Il m'a posé des tas de questions auxquelles j'ai répondu avec difficulté, à cheval entre mensonge et vérité.

J'ai tu le nom d'Esposito, évidemment. Par loyauté ou

par solidarité, je n'en sais rien, je ne sais pas ce qui m'a poussée à taire le nom d'un assassin.

L'autre gendarme, les joues mortadelle, le crâne blanc, ne parlait pas, il prenait des notes sur un calepin. De temps en temps, il relevait le nez de ses feuilles, me jetait un regard dubitatif, grattait le radis rose qui lui servait de tête.

L'officier Bogorian m'a demandé où je me trouvais le jour et à l'heure des trois homicides. Heureusement, pour une fois, la mère s'est mise de mon côté, elle leur a dit que j'étais à la maison avec elle, j'ai même été la première surprise de l'entendre raconter par le menu mes activités domestiques de l'après-midi du 15 novembre et de la journée du lendemain. J'ai bien vu que la peur la tenait, la peur que je leur dise, s'ils continuaient un peu trop à me travailler, ce qu'avaient fait Jean et ses amis.

Bogorian a froncé le gros bourrelet qui abritait ses yeux rétrécis.

« Vous voudrez bien vous tenir à la disposition de la gendarmerie nationale ».

Il a claqué des talons, il a fait une volte grotesque et puis il s'est éloigné, suivi du sous-fifre. Je l'ai vu s'arrêter un peu plus loin sur le chemin pour vérifier si tout était en ordre, les plis de son pantalon noir, la boucle de sa ceinture, le rang de ses boutons lustrés, ses galons, son képi, sa posture.

La mère a fermé la porte.

« Ils reviendront. Ils n'en ont pas fini avec toi, tu peux en être sûre. »

Après le départ des gendarmes, elle a fait sa valise. Elle est partie le soir même, avec Jean, qu'elle tirait par la main comme un pantin craintif. La fin violente des trois complices de son fils lui avait fait l'effet d'un grand cataclysme. Quand elle m'a avertie de son projet de fuite, je n'ai pas été surprise. « Soulagée » serait le mot juste.

« Jean n'est plus en sécurité ici. On s'installe en ville, chez Geneviève Paulard. »

Le soleil ne faisait plus que de rares apparitions, dans les vapeurs laiteuses de l'aurore ou en début de soirée, entre deux fins rideaux de bruine. L'automne s'installait. On le sentait marcher à pas lents sur les chemins refroidis, sur les pierres mouillées, sur l'herbe revigorée. Le vent nouveau avait un goût d'eau et de mousse fraîche.

Je l'ai trouvé dans notre cour, tôt le matin. Il fumait tranquillement dans l'air blanc et brouillé d'une aube qui peinait à se lever. J'ai serré la main qu'il me tendait mais j'ai évité ses yeux

« Naturellement, vous croyez que je les ai tués. »

J'ai continué à fixer au loin la silhouette des collines, une silhouette incertaine qui émergeait lentement des limbes matinaux et liquides.

« Je n'aurais jamais fait une bêtise pareille, Gabrielle. J'avais l'intention d'accumuler suffisamment de preuves et de témoignages pour les coincer et les faire condamner. J'y serais facilement parvenu. Les autorités auraient été contraintes de rouvrir le dossier. »

Je lui ai fait signe de parler plus bas en désignant du menton la fenêtre de la chambre verte, où Lou dormait encore. Il a poursuivi :

« Au lieu de ça, ces trois fils de putains meurent en

victimes… Leur famille les pleure, leurs amis les regrettent déjà et vous verrez, la patrie reconnaissante honorera bientôt leur mémoire de résistants. Justice ne sera jamais faite. »

J'ai songé à Pietro et aux enfants. Je me suis demandé s'ils se trouvaient satisfaits de l'exécution de leurs trois bourreaux, s'ils s'étaient réjouis du spectacle : Pactol, étendu sur le sol, un veau abattu, le crâne ouvert, l'os à vif ; Calisti, saigné comme un porc, le cou fendu d'une entaille aussi large qu'une bouche, une bouche ouverte sur un cri étouffé, vomissant de gros bouillons de sang chaud.

J'ai tourné les yeux vers l'homme qui se disait mon ami et qui m'avait menti. Je n'ai pas trouvé de mots, ils erraient dans des nuées épaisses, des nuées d'incertitudes. Comme offensé par mon silence, il a dit, agacé :

« Demandez-vous plutôt à qui profite le crime. »

Là encore, je n'ai rien répondu, les mots se sont ramassés dans ma gorge, l'ont obstruée comme une grosse pelote de poils.

« Elle a eu peur que Calisti et Pactol finissent par lâcher le morceau. Borel n'aurait certainement pas résisté à un interrogatoire de la police. Les éliminer était la seule façon de protéger son fils. Vous doutez encore ? À votre avis, pourquoi votre frère a-t-il été le seul à avoir été épargné ? »

Sa cigarette a volé dans l'air humide.

« Réfléchissez : si j'avais voulu les tuer, j'aurais commencé par Jean, c'était le plus vulnérable. »

Alors dans ma tête la mélasse confuse s'est dissipée, de cette purée de doutes est sortie une évidence monstrueuse, j'ai vu la mort dans les traits de la mère. Je me suis souvenue qu'elle n'était pas restée à la maison toute la journée du 15 ni même du lendemain, elle s'était absentée, plusieurs fois, j'en étais sûre, aussi sûre que le jour vient après la nuit. Et soudain j'ai compris. J'ai compris pour quelle raison elle avait mis tant de bienveillance à me fournir un alibi. Ce n'était pas ma peau que cette vieille carne avait voulu sauver, mais la sienne.

49

Je suis allée au cimetière. Je n'avais pas vu Félicien depuis des semaines.

Aujourd'hui je me dis que si j'avais pris la peine d'aller le visiter plus tôt, j'aurais peut-être pu la sauver.

Dès que je suis arrivée, mon oncle m'a prise par le bras et m'a emmenée m'asseoir sur la tombe du soldat inconnu. Dans l'allée, il m'a montré une chapelle en ruine, qui devait déjà être là au temps de Mathusalem, et dont la porte de fonte était entrouverte.

« Le Caïnès est encore venu y dormir. J'ai pas eu le cœur de le chasser. »

Le Caïnès est un demeuré qui n'a plus de toit depuis l'âge de quinze ans. La nuit, il s'abrite où il peut, dans le cimetière ou les bercails abandonnés. Le jour, personne ne sait vraiment ce qu'il fait. Il est né avec douze doigts et un crâne plus volumineux que celui d'un buffle. La rumeur prétend qu'il a tué son père et sa mère, qu'il leur a jeté un sort avec ses deux doigts de sorcier. On dit qu'il aime le feu. Qu'il a brûlé la maison de son cousin, le brave homme qui l'a recueilli à la mort de ses parents. Qu'il égorge les poules. Qu'il danse nu dans les collines. Qu'il lance des maléfices pour assécher les puits et les sources. Que s'il ose un jour se montrer en ville, on lui bottera le cul. Voilà ce que les crétins disent de lui, lorsque la rincette leur a mis son venin en bouche.

La dernière fois que je l'ai vu rôder dans le cimetière, c'était un jeune homme blond rougeaud, à la tête bonasse, à la barbe hirsute et aux cheveux ébouriffés. De lourdes poches cernaient ses yeux plus tristes que méchants. Il a eu tellement peur de moi qu'il est parti avec des cris d'animal étranglé.

Félicien m'a entourée de son bras.

« Comment ça va, nine ? »

Je lui ai lui dit :

« Il faut que je prenne une décision. »

Son bras est resté posé sur mon épaule. Pour la première fois, j'ai apprécié sa chaleur, son réconfort.

« Tu veux m'en parler ? »

J'ai acquiescé d'un signe de tête. Je lui ai confié tout ce que je venais d'apprendre sur mon voisin, le pressentiment que j'avais eu qu'il chercherait tôt ou tard à se venger, qu'à présent je soupçonnais davantage ma propre mère d'avoir commis trois meurtres de sang-froid et que cette pensée, au fond, était encore moins réjouissante que la première.

« Je ne sais plus ce que je dois faire. Ce serait trop facile qu'elle s'en tire aussi facilement. Mais c'est ma mère… Je la déteste, tu le sais, je la déteste depuis toujours, mais c'est ma mère… Tu penses que je devrais me taire ? »

Il a soupiré :

« Je ne pense plus. J'ai la tête comme une pastèque vide.

– Et pour Esposito ? Crois-tu qu'il faut que j'en parle à la police ?

– Si tu parles, il aura des ennuis. On l'interrogera et on le soupçonnera aussi. Ta sœur ne te le pardonnera jamais. On se remet toujours mal de perdre l'amour. Surtout quand on a passé tant de temps à le chercher.

– Comment sais-tu ? Louise t'a dit ? Elle t'a dit qu'elle s'était amourachée de lui ?

– Elle n'a pas eu besoin de le dire. J'ai des yeux pour voir.

– Qu'est-ce que tu as vu ?

– Tu sais que j'ai une nichée de muscardins dans l'ancienne bergerie du pas des Gourbeuils… J'y passe tous les matins, pour vérifier que les sangliers ne les ont pas bouffés. Ils sont pas plus gros que mon pouce mais ils ont déjà une belle fourrure… »

La gêne a empâté sa voix :

« Bon, ben, l'autre jour, il y a de ça peut-être trois semaines, en arrivant devant la bergerie, j'ai entendu des bruits… Tu sais… comme des frottements de corps, des soupirs, des râles… Je vais pas te faire un dessin, t'es plus une gamine, tu dois bien deviner de quoi je parle… »

Le paysage a commencé à danser autour de moi.

« J'ai pas l'habitude de laisser traîner mes mirettes où il faut pas. Mais, là, comme un couillon, à l'entrée de la bergerie, j'ai pas pu faire autrement que de les surprendre. Heureusement, ils étaient occupés à se frotter et à se bécoter, ils m'ont pas remarqué. »

J'ai regardé mon oncle avec des yeux qui auraient vu l'enfer.

« Pourquoi tu fais cette tête de bégueule ? Louise est une grande fille… L'amour, c'est pas sale, Gaby. Les caresses, entre un homme une femme, c'est pas sale… »

Mes jambes se sont dérobées comme s'il m'avait tranché les jarrets. Il m'a retenue juste à temps pour que je ne m'effondre pas.

« Voilà autre chose, a murmuré Félicien. Qu'est-ce que j'ai dit de mal, encore ? »

50

Je n'ai jamais vu, avant ou après, de regard aussi désespéré.

Elle se tenait sur la chaise, près de la cuvette de toilette. Ses yeux embués de larmes semblaient sonder à ses pieds le gouffre immense qui s'ouvrait sous elle. Ma sœur contemplait les vestiges de sa robe de mariée, tailladée par les lames des ciseaux en cent morceaux de satin et de mousseline, qui gisaient, salis, assassinés, échus sur le sol comme la peau d'un bonheur écorché vif.

« Lou... »

Elle n'a pas tourné la tête. Elle a continué de contempler les bouts d'étoffe sur le carrelage. Elle était déjà partie, jetée dans les profondeurs d'une douleur dont on ne revient pas.

« Lou... parle-moi... »

Le lent mouvement saccadé de ses épaules a répondu à sa place. Puis elle s'est mise à fredonner, d'une voix douce et éraillée, le refrain de sa chanson préférée. Les larmes avaient fondu son masque de fard et de poudre. Le rimmel s'étalait sur ses joues en longues coulées charbonneuses.

J'ai tendu la main vers elle.

« Lou, par pitié… dis-moi ce qui s'est passé… »

Elle a poussé un gémissement, le râle d'un cri étouffé, qui n'est pas sorti d'entre ses lèvres, qu'elle a poussé avec son ventre, un hurlement mort-né qu'elle a expiré avec un rictus douloureux, en serrant les lèvres et en contractant tous les muscles de son visage, un gémissement terrible, qui exprimait quelque chose d'indéfinissable, d'inconnu, qui venait de très loin, des régions de la démence.

Et moi j'ai éprouvé une peur affreuse, pas de Louise, mais de la créature qui se tenait devant moi, une créature d'épouvante que je n'osais nommer mais que je reconnaissais parfaitement, comme si toute ma vie, au fond, j'avais été préparée à cette rencontre.

J'ai foncé chez les Roccetti. Les volets des chambres, ceux qui tenaient encore droit sur leurs ferrures, étaient fermés. Le mas avait l'air déserté. J'ai cogné à la porte. J'ai hurlé « Ouvrez ! ». Personne n'a répondu.

Dans mon dos, j'ai entendu la voix de Titoù Barthélémy. Le facteur se tenait près de la clôture, la mine narquoise.

« C'est pas la peine de défoncer la porte, il est parti. Il a pris l'autocar pour Marseille. »

J'ai marché vers lui.

« Quand ?

– Il y a deux heures. Avant de foutre le camp, il a pris un verre au *Gaulois*. Il a dit à Gustave que la police lui avait donné la permission de quitter le pays. Il avait un alibi, la police a vérifié. Personne ne peut rien contre lui. »

Il m'a dévisagée de son air goguenard.

« On dirait bien que tu vas danser la valse à sa place, galinette.

– Quoi ?

– Si c'est pas lui qui a tué Benjamin Calisti et les deux autres… »

J'ai fait trois pas dans sa direction, je l'ai visé droit dans ses boutons de bottine.

« Je n'ai rien à voir avec ces meurtres.

– Vraiment ? »

J'ai pointé le mas du doigt.

« C'est cet homme, Morand !

– Non. La police a dit qu'il était blanc comme neige.

– C'est faux ! Il s'appelle Esposito. C'est le frère de Maria…

– Le frère de Maria ? »

Je me suis figée devant son sourire. Un sourire immense, qui lui fendait le visage d'une oreille à l'autre.

« Le frère de Maria ? a-t-il répété en plissant les paupières.

– Oui ! Sante Esposito. »

Son sourire s'est encore allongé. Il y a eu de tout dans ce sourire : du mépris, de l'ironie, du triomphe.

« Vous… vous ne me croyez pas ? »

Il a retenu un gros éclat de rire au fond de sa gorge.

« Si, bien sûr. »

J'ai cru devenir folle.

« Il est ici. Il vit dans cette maison !

– Tu débloques, ma petite Gabrielle, tu débloques. Esposito est en Argentine. Il a écrit au maire, pas plus tard qu'hier. »

Il n'en finissait pas de glousser sous sa moustache, les deux bras croisés sur sa sacoche. J'ai craché :

« Qu'est-ce qu'il y a de drôle ?

– C'est juste que je me demandais par quel miracle sa main avait repoussé.

– Quelle main ?

– Toi qui prétends avoir bien connu les Roccetti, c'est bizarre qu'ils t'ont jamais parlé de ça. Le frère de Maria, il a perdu sa main droite pendant la bataille de Caporetto, en 1917. »

Barthélémy m'a tourné le dos et s'est éloigné.

« Ou t'es devenue complètement givrée ou il s'est bien foutu de ta gueule, le Lyonnais. »

J'ai tambouriné à la porte de nouveau, à m'en briser les poings. J'ai hurlé. Ma voix s'est envolée, sans écho, dans l'air rafraîchi du soir.

Qui était cet homme ? Pourquoi m'avait-il fait croire qu'il était le frère de Maria ? À quel jeu pervers avait-il joué avec moi ?

Une pensée atroce s'est fichée dans ma tête.

Quel mal avait-il fait à Lou ?

51

J'ai cherché ma sœur pendant des heures. Dans la maison, dans le jardin, dans les rues de Bayon, sur les routes, dans les landes, des Gillières jusqu'aux collines en passant par les Rians et les Callonges. Elle s'était volatilisée.

Le crépuscule est tombé puis la nuit. Une lune morne, jaunâtre, a enveloppé la campagne.

Sur le chemin, j'ai vu la maison qui faisait, sur l'obscurité blafarde, une longue tache d'encre diluée. Et j'ai vu, dans les ténèbres pâlies, comme un gros ver luisant, la lumière allumée dans notre cuisine.

Une petite voix alarmée, venue de très loin, des tréfonds de ma conscience, de celle qui parle avec les peurs enfouies et qui sait écouter les prémonitions, m'a suppliée de ne pas y aller. Elle savait déjà que ça s'était passé. Je ne l'ai pas écoutée. J'ai continué d'avancer.

J'ai ouvert la barrière. J'ai marché lentement jusqu'au seuil.

J'ai ouvert la porte de la cuisine.

Le corps de Lou pendait au milieu de la pièce. Au bout d'une corde.

Rien n'est sorti de ma poitrine, pas un son, rien, rien n'est sorti de ma gorge, de ma bouche. Pas une larme n'a jailli. Tout s'est cassé à l'intérieur, de nouveau.

Je me suis approchée d'elle, j'ai tendu la main vers son corps sans vie, j'ai tiré sur l'étoffe de sa petite robe bleue.

Pas une seule fois je n'ai levé les yeux vers elle. Je n'ai pas voulu voir la mort sur son visage. Je n'ai pas voulu savoir comment cette garce l'avait prise, si la corde l'avait étranglée et si elle s'était débattue, ou si sa nuque s'était brisée d'un seul coup, comme un fagot fragile.

J'ai effleuré ses cuisses, ses mollets, ses hanches. Ses chaussures à semelles de bois étaient tombées sur le sol. J'ai ôté ses bas, j'ai caressé ses pieds nus, je les ai embrassés, en lui murmurant les mots tendres que je n'avais jamais eus pour elle, qui ont coulé de mes lèvres comme un long fleuve de souffrance et de regrets.

J'ai tenu longtemps ses pieds nus serrés entre mes mains, tâtant leurs os minces, leurs muscles désormais inertes, couvrant de baisers les ongles vernis et la peau douce, si désespérément froide.

Je l'ai tuée.

Comme j'ai tué Théo.

Je les ai tués tous les deux.

Sans moi, l'enfant n'aurait jamais péri sous la bombe. Sans moi, Lou n'aurait jamais passé cette corde autour de la poutre.

Depuis ce soir-là, il ne s'est pas écoulé une seule minute sans que je paie le prix de ce que j'ai fait.

Morand, ou quel que soit son nom, n'a été que l'exécuteur d'une sentence à laquelle je me suis condamnée moi-même. Sur cette route de Chauvigny.

52

Deux jours plus tard nous portions Lou en sa dernière demeure, pour son dernier automne.

Il avait fallu faire vite. La mère ne voulait pas la garder à la maison. Et le curé de l'époque, encore plus étroit du goupillon que le père Florentin, lui avait refusé un enterrement religieux. À cause du mal qu'elle s'était fait.

La vieille avait entendu dire que l'âme des suicidés refusait de quitter l'endroit où ils s'étaient donné la mort, alors elle a fait venir le couillon en soutane pour qu'il bénisse sa foutue cuisine. Après, elle a brûlé la corde et elle a jeté sur ses cendres une poignée de je ne sais quoi, du sel ou du poivre, va savoir.

Nous étions en 1945, les femmes rêvaient de porter des bas nylon et les hommes des semelles caoutchoutées, on fumait des Philip Morris, on écoutait du be-bop, on prenait des antibiotiques, les scientifiques découvraient des étoiles géantes et les pouvoirs de l'atome, sondaient les entrailles des volcans, voyageaient dans les abysses comme dans la stratosphère, et pourtant, au fond des cervelles creuses et crottées de tas de bonnes gens, comme celle de ma chère mère, les superstitions peureuses, ancestrales, nauséabondes, continuaient de mariner dans les sucs de la bêtise.

Après l'enterrement, la vieille est partie en compagnie de l'autre mégère, la Paulard, bras dessus, bras dessous, suivie de l'idiot qui marchait collé à son dos, qui tenait la pointe de son châle comme un petit chien en laisse et qui raclait ses souliers sur les graviers blancs du cimetière.

Félicien a voulu me raccompagner à la maison, il a eu peur que je me jette au fond du trou où il avait déposé Lou, ce trou dans lequel elle aurait froid pour toujours, il a compris mon envie de me coucher dans la grande fosse, de me lover contre le cercueil de bois clair, mon envie de pourrir avec ma petite sœur sur ce lit de terre sale.

Je lui ai dit que je voulais être seule. Le chagrin n'aime pas la compagnie. Il a besoin de silence, pour mieux se parler et se plaindre.

53

Je ne suis pas restée seule très longtemps. Une heure plus tard, mon oncle m'a rejointe, il portait une boîte de fer-blanc qui semblait peser plus lourd que sa peine, qu'il tenait bien serrée contre son ventre creux, comme s'il craignait de la laisser tomber et de l'abîmer.

J'étais assise sur le banc, sans consistance, sans pensées, ensevelie dans cette torpeur qui ressemble à une petite mort.

« Quelqu'un a déposé ça après ton départ. Sur la tombe de Louise. J'ai rien vu. Pourtant, je t'assure que j'ai pas quitté le cimetière une minute. »

Il a posé la boîte sur le banc.

« J'ai supposé que c'était pour toi. Pour qui d'autre ? »

Il a tiré un mouchoir de la poche de son pantalon.

« Excuse-moi, j'ai besoin d'aller vider mon nez… »

Je l'ai regardé s'éloigner en direction de la barrière. Il s'est arrêté à quelques mètres de la mare, il m'a tourné le dos pour se moucher et essuyer ses yeux qui n'en finissaient pas de couler. C'était ça, Félicien. On le disait fruste et un peu simple. Il faisait d'un cimetière un poème. Il aimait les roses pompon et les maximes. Il avait de la délicatesse. C'était de la crème sur du pain noir.

J'ai contemplé le chemin, j'ai essayé de retrouver la silhouette éblouissante de Lou, j'ai cherché son rire, le bruit du vélo sur les cailloux. Elle était partie, elle avait tout emporté avec elle, la beauté, l'espérance, le soleil, les brillances d'étain de l'été. L'herbe était redevenue verte et grasse, gavée par les dernières averses. Dans la campagne couleur de pluie, le chant cuivré des cigales s'était tu, définitivement.

Félicien est revenu s'asseoir près de moi. Sur cette antique figure que je connaissais par cœur, où le temps s'inscrivait en ravines et en sillons profonds, de nouveaux stigmates étaient apparus, sous les yeux, dans les bajoues, sur le pli effacé des lèvres. J'ai vu, comme dans un miroir, l'irréversible ravage que provoque le chagrin sur les visages, le vieillissement cent fois accéléré de notre peau, de nos tissus, de nos cellules. J'ai compris que Félicien et moi étions à égalité de souffrance. Nous n'étions plus l'oncle et la nièce, mais le terrible reflet l'un de l'autre.

Le ton de sa voix s'est abaissé, à peine plus haut que celui d'un murmure :

« Ouvre-la, nine. »

J'ai hésité. Félicien m'a encouragée du regard.

« Je sais que tu me prends pour un vieux radoteur… mais écoute-moi : j'ai l'impression que les réponses à tes questions sont là-dedans, Gaby… Enfermées dans le noir, en train d'étouffer… Elles ne demandent qu'à sortir… libère-les. »

J'ai suivi son conseil. J'ai soulevé le coffret de métal et je l'ai posé sur mes genoux.

La caissette de fer-blanc ne contenait qu'une coupure de journal et une lettre. La première chose à laquelle j'aie songé en l'ouvrant, c'est qu'il fallait être stupide pour mettre quatre feuilles de papier dans une si grosse boîte. J'étais excusable : au plus profond de la douleur, on ne mesure plus la gravité des choses. Je n'allais pas tarder à me rendre compte que ces quatre feuilles pesaient en réalité tout le poids de l'horreur.

Il y avait une page déchirée de *Paris Match*, datant de 1943, sur laquelle s'alignaient des photographies d'enfants, des bébés, des fillettes souriantes et timides, de jeunes garçons un peu gouailleurs, dents écartées, en pantalons à bretelles. Un nom était inscrit sous chacun des portraits. Mon cœur s'est arrêté de battre.

J'ai pris la lettre. Elle portait la date du jour. L'écriture m'était inconnue. Je l'ai trouvée belle, pressée, rectiligne, sévèrement penchée, comme couchée sous les rafales d'un vent brutal.

Je ne crois plus en Dieu. Je pense que je n'y ai jamais vraiment cru. Pourtant j'aime les églises et surtout la nôtre, notre petite priorale gothique que personne ne regarde plus, qui est une merveille, avec son tympan et son linteau ouvragés, ses rinceaux, ses palmettes, ses frises et ses dentelles de pierre. Petite, je restais des heures à observer, non pas l'ascension glorieuse du Christ ou l'alignement des apôtres, mais les figures sculptées des damnés, boucs parmi les brebis, la tête entre les mains, pleurant des larmes amères devant les portes de l'enfer.

J'ai lu la lettre. Maintenant j'étais des leurs.

54

Le 20 novembre 1945

Voilà. Nous y sommes, Gabrielle.

Il est temps que tu saches la vérité, toute la vérité, que nous en terminions tous les deux. Tu tiens à présent ma lettre, tes mains tremblent sûrement un peu, ton cœur galope dans ta poitrine, mais je sais que tu liras ce mot jusqu'à la dernière ligne parce que cette fois, tu ne peux pas choisir la fuite.

J'ai appris à te connaître, Gabrielle, je te connais même assez bien, cela fait dix-neuf mois et vingt-sept jours que j'ai fait ta connaissance, que je marche patiemment derrière toi.

Tu viens de voir la page du Paris Match *et les avis de recherche. Tu as regardé les visages des enfants. Tu l'auras remarqué, il y a un vide dans l'un des encarts. Seulement un prénom, Camille, et un nom de famille que j'ai rayé, pour te laisser dans l'ignorance de mon identité.*

Il y a une heure, j'étais encore ici, j'ai attendu que s'achève l'enterrement de Louise pour déposer la boîte sur sa tombe. Je suis certain que ton oncle Félicien l'a trouvée et qu'il te l'a remise.

Amédée Lendrus va venir me chercher d'ici peu à la gare de Soulagnes. De là, j'irai je ne sais où, qu'importent les purgatoires où le souffle du hasard me poussera désormais. Il y aura encore des années trop longues à vivre, des villes laides à habiter, des cafés et des bordels à fréquenter pour oublier.

Puisqu'il faut bien qu'il y ait un début à cette confession et que je viens d'évoquer Amédée Lendrus, commençons par celui-ci. Il s'appelle en réalité Jacques D. Tu as fait sa connaissance au Bec-Figue, *il y a de cela huit jours.*

C'est moi qui ai répondu à ton annonce. Je t'ai envoyé Jacques, un copain de guerre, plus exactement un copain d'Allemagne, car la guerre je l'ai très peu faite, trois semaines sur le front de Lille, et puis la débâcle. J'ai été parmi les premiers à laisser tomber mon fusil et à lever les mains en l'air, je n'en suis ni fier ni honteux, c'est ainsi. J'aurais dû rentrer chez moi, comme des milliers d'autres, mais les Allemands m'ont retenu dans un camp de transit puis expédié dans la région d'Augsbourg.

Ce n'est pas à Stablack que j'ai fait la connaissance de Jacques mais dans une petite ferme bavaroise, où nous étions tous les deux affectés aux travaux agricoles. Notre captivité n'était ni dure ni douce, nous aidions du mieux la fermière blonde et ses neuf enfants comme s'ils avaient été les nôtres, mais les nôtres étaient seuls, de l'autre côté du Rhin, et cette idée n'était pas acceptable. Nous nous sommes évadés un soir de novembre 1943.

Vois-tu, je n'ai jamais connu les rigueurs du stalag. Ni en Pologne, ni ailleurs. Je ne suis pas musicien, je ne suis pas géologue non plus. Les pierres ne me disent rien, sinon qu'elles font partie d'un monde dans lequel je ne retrouverai plus ma place. J'exerçais autrefois le métier de mon père, j'étais horloger. Mais la guerre a changé les cartes de mon destin, elle m'a fait prendre, comme à tant d'autres, des chemins de traverse. Je ne suis qu'un être solitaire, emmuré dans ses souvenirs, qui survit depuis presque deux ans en parlant à ses fantômes. J'ai perdu toutes les valeurs morales qui autrefois faisaient de moi un homme. Je n'ai plus d'autre loi que celle du talion.

Est-ce que tu commences à comprendre ?

J'ai semé derrière moi quelques indices grossiers, une gourde militaire, un harmonica, un livre, un rond de serviette, une vieille photo dénichée dans le tiroir de la commode des Roccetti. Je savais que tu en ferais un roman.

Le plan était simple et tu étais si prévisible. Plusieurs fois, j'ai eu le sentiment de jouer à un jeu d'enfant, une sorte de jeu de l'oie dans lequel tu étais le pion et moi le dé qui te faisait avancer au gré de mon caprice et de ma volonté. Je t'ai conduite où je voulais précisément que tu ailles, sans avoir à te pousser beaucoup ; je n'imaginais pas, même si j'avais le sentiment de te connaître déjà, que tu puisses être aussi obstinée et docile.

J'ai débarqué à Bayon sans plan précis mais je dois t'avouer que, pour une fois, la chance a été de mon côté dès mon arrivée. Il y a d'abord eu ce mas abandonné, à quelques centaines de mètres de la ferme de tes parents. Je ne pouvais rêver mieux pour t'approcher. Puis il y a eu cette histoire de famille massacrée, d'un père dément tirant au fusil de chasse sur ses enfants. J'ai très vite deviné, lors de nos premières rencontres, combien tu avais été attachée à cette famille d'Italiens et j'ai commencé à imaginer quel parti je pourrais tirer de la situation. Quatre morts suspectes, des bouches fermées sur des secrets, une enquête bâclée, l'intuition d'un sordide règlement de comptes, un héritier perdu dans les grandes plaines d'Argentine, tout cela m'a donné matière à créer de toutes pièces le mystère dans lequel nous allions jouer tous les deux.

Après t'avoir convaincue de l'innocence de Pietro Roccetti et de la nécessité d'en apporter la preuve, j'ai commencé à brouiller tes pistes.

Tu devais en arriver à penser que je te cachais quelque chose, une part de moi-même, de mon passé, il fallait que tu en viennes à te demander pour quelles obscures raisons je m'intéressais tant au meurtre de tes voisins, à douter de mon identité et à te persuader de mon désir de vengeance.

J'ai fabriqué le piège, certes, mais c'est toi qui t'es jetée dedans, Gabrielle, poussée par tes propres aveuglements, sans que personne, jamais, t'y ait obligée. Tu voulais tellement y croire. Sais-tu seulement pourquoi ? Dans ton désir de laver la mémoire de Pietro Roccetti, tu espérais nettoyer tes propres souillures.

Dès que j'ai vu ta sœur, alors que la partition n'était qu'à peine ébauchée, j'ai su qu'elle serait non pas l'accessoire mais l'instrument principal de ma composition, la plus difficile à orchestrer, sans doute, mais l'organe majeur de ma vengeance. Une jeune fille imprévisible. Forte et vulnérable. Tendre et cruelle.

Je l'ai aimée, moi aussi, à ma façon, le temps d'un été. Et aussi court que fût le temps où je l'ai tenue dans mes bras, où je me suis couché sur elle, j'ai eu le sentiment de l'avoir mieux connue que toi. Tu pensais qu'elle était un paradoxe, qu'elle était tout et son contraire. En vérité, Louise était simplement entière. Tu la jugeais idiote mais elle avait des idées naturelles et belles. Elle était pleine d'esprit, contrairement à ce que tu semblais penser, car il y a toutes sortes d'esprits, Gabrielle. Toi, tu n'as jamais été que têtue, par nature, et tenace, tenace dans tes haines comme dans tes jugements et tes erreurs.

Si je n'avais pas rencontré Emily, peut-être aurais-je pu épouser ta sœur. Elle était comme une bonne terre fertile qui ne demande qu'à porter de beaux fruits, elle donnait son ventre, par amour, et on allait en elle comme dans une source chaude et nourricière. Peut-être aurais-je pu lui offrir ce qu'elle attendait, une maison, un bonheur un peu simple, lui faire un enfant, une jolie petite fille, bien gentille, très blonde. Mais je te l'ai dit, la guerre et tout ce qui a suivi, les pertes, les renoncements, l'amertume, les blessures, ont tracé pour moi d'autres voies, je n'avais pas d'autre choix que de les suivre.

Faire souffrir Louise n'a pas été facile, j'ai dû souvent aller chercher ma rage au plus profond pour ne pas renoncer, pour ne pas la serrer contre ma poitrine, prendre sa tête contre mon épaule et lui dire qu'elle n'y était pour rien, que nous allions tout effacer et tout recommencer, qu'elle était l'espoir, les lendemains qui chantent, qu'il se trouverait bien un brave type, un autre que moi, pour lui dire que la vie est belle et qu'elle avait toutes les raisons de le croire.

Mais le vent de la rancœur est plus puissant que tout. Depuis deux ans, j'ai la tête pleine de ce vent furieux, votre mistral n'est qu'une brise ridicule comparé à ce vent hurlant qui souffle nuit et jour sur mes pensées et s'y aiguise dessus, jusqu'à l'os.

Je me souviens de la première fois où ta sœur est venue au mas. Elle m'a fait penser à une petite chienne perdue, prête à suivre le premier qui consentirait à l'adopter. Je n'ai eu qu'à claquer des doigts pour qu'elle vienne à moi. Je n'ai jamais rien eu d'autre à faire que de la siffler pour qu'elle accoure et qu'elle s'allonge, offerte, soumise, prête à subir tous les outrages en échange d'une minable attention. Je lui ai fait promettre de tenir notre relation secrète, je lui ai fait croire que tu avais un gros béguin pour moi et que tu souffrirais beaucoup d'apprendre qu'elle t'avait trahie. Il n'en a pas fallu davantage pour qu'elle consente à tenir sa langue. Tu l'as crue naïve, et puis folle. Pourtant, elle était la plus lucide, la plus vraie, la plus saine d'esprit de nous trois.

La suite, tu dois t'en douter, c'est cette descente en enfer dans laquelle toi et moi l'avons poussée.

Je lui ai promis le mariage, la lune, le monde, l'univers couché à ses pieds. Lorsque je lui ai annoncé que nous ne pourrions cependant pas nous marier tant que ces trois fils de salauds n'auraient pas payé pour le meurtre de ma famille, elle n'a pas hésité une seconde à se compromettre et à se sacrifier.

Qui aurait cru qu'une jeune fille de vingt ans, dans sa sublime innocence, fût capable d'égorger un homme avec le détachement d'un boucher ?

Il y a deux jours, je lui ai annoncé mon départ et mon intention de rompre. Elle s'est accrochée, bien sûr, elle a bavé de suppliantes jérémiades, imploré un sursis, mais je lui ai montré que je n'avais pas plus de scrupules à me débarrasser d'elle qu'à m'arracher une tique.

Il m'a suffi ensuite de quelques mots pour lui porter le coup fatal dont je savais qu'elle ne se remettrait pas. Je lui ai dit : « Tu as assassiné trois hommes. Tes empreintes sont sur la bouteille et la clé coudée. La police ne va pas tarder à venir t'arrêter. Tu leur diras que tu as fait cela par amour pour moi, n'est-ce pas ? Qui te croira ? Je n'ai jamais connu les Roccetti, je n'ai jamais posé les yeux sur toi, tu mens comme tu respires. Tu trouveras dans cette ville pas moins d'un millier de personnes qui applaudiront des deux mains lorsqu'on tranchera ta jolie tête d'écervelée. Tu n'as rien à espérer, sinon que le procureur réclame la taule à perpétuité, au lieu de la peine capitale. »

As-tu enfin compris, Gabrielle ?

J'aimerais à présent te parler d'Emily.

Mon épouse.

Te souviens-tu à quoi elle ressemblait ? Tu n'as sans doute pas pris le temps de bien la regarder.

Elle était belle. Moins que Louise, sans doute, mais c'est sur elle, trois ans avant la guerre, alors que je marchais sur les quais de la Seine, que s'est posé mon cœur.

Elle était toute ma vie.

À mon retour d'Allemagne, j'ai appris qu'elle était décédée mais que notre enfant, lui, n'était que « perdu ». C'est le mot qu'a employé cette femme de la mairie de notre arrondissement, lorsque je me suis rendu au service de l'état civil. « Perdu ». Comme s'il s'était agi d'un chiot, ou d'une montre. J'ai contacté des gens de la Croix-Rouge, j'ai passé des avis de recherche dans les journaux, à la radio. Mais Camille n'était plus qu'un cas parmi tant d'autres. Le cas 167.

Te retrouver n'a pas été simple. Je t'ai traquée avec l'acharnement d'un chien de chasse dressé à pister sa proie jusqu'à l'épuisement. J'ai flairé tes traces sur des centaines de kilomètres, inlassablement, sans jamais renoncer. J'ai passé au peigne fin chaque ville de la Beauce, de la Sarthe, de la Vienne, chaque village entre Chauvigny et Saint-Savin. J'ai interrogé des chefs de gare, des agents de police, des chefs d'îlot, des gardes territoriaux, des commerçants, jusqu'au moindre quidam. J'ai fouillé les journaux, les rapports de gendarmerie, les hôpitaux, les rues, les bistrots, pour y déceler un signe de ton passage.

Au bout de huit mois, le miracle est arrivé. Ou plutôt deux miracles. Une liste établie par la sous-préfecture de Montmorillon des personnes contrôlées en gare de Poitiers. Et puis ce bordereau d'un centre d'accueil de la Croix-Rouge, à Civray, qui distribuait du lait et des petits pains aux gens inscrits comme réfugiés. Une simple comparaison et j'ai trouvé ce que je cherchais. Je t'ai trouvée. Gabrielle Magne, célibataire à Poitiers, puis mère d'un « jeune enfant de sexe masculin, âgé de quatre mois », à Civray deux jours plus tard. Ton adresse n'était pas mentionnée mais je n'ai pas eu beaucoup de difficulté à la retrouver.

Je suis remonté à Paris, j'ai filé à ton ancien domicile. Ta logeuse m'a affirmé ne t'avoir revue qu'une seule fois, en novembre 40, le jour où tu es venue chercher ton courrier et quelques bricoles. Elle m'a dit t'avoir remis une lettre qui t'annonçait la mort de ton fiancé, tué à Dunkerque. Elle m'a dit également que tu avais réglé tes dernières factures, honoré les cinq mois de loyers impayés, emporté des vêtements et une dizaine d'objets dans une petite valise en osier, que tout le reste de tes effets et de tes biens avait été cédé dans l'après-midi même au mont-de-piété contre quelques billets. Tu n'as pas voulu lui laisser l'adresse de ton nouveau domicile, prétextant que le courrier à venir n'avait aucune importance et que tu l'autorisais à le détruire. Mais tu as commis une erreur, Gabrielle, en lui promettant de lui envoyer une carte postale du « roi des phares ». J'ai compris que tu vivais à présent quelque part sur les côtes girondine ou charentaise, car il n'y a en France qu'un seul sémaphore surnommé le « roi des phares » et le « phare des rois ». Celui de Cordouan.

Après, tu te doutes bien de ce que j'ai découvert. Et de ce que j'ai pu éprouver, lorsque ma vie a basculé pour la seconde fois.

Les bombardiers avaient réduit Royan en un immense champ de ruines.

C'est grâce aux indiscrétions d'une de tes collègues de la mairie, mademoiselle Foix, que j'ai pu continuer mes recherches. On n'imagine pas tout ce qu'une fille laide peut offrir à un homme qui la paye d'un sourire. Elle m'a dit combien tu avais pleuré la mort de ton fils, que tu avais vécu dans une cave de la rue des Grives, puis dans les baraquements au nord-est de la ville, et puis que tu étais partie un beau jour, sans laisser d'adresse, une fois de plus. Elle m'a dit aussi qu'avant ton départ tu lui avais confié avoir une mère qui vivait quelque part en Provence.

Te souviens-tu de notre première rencontre ?

Je t'ai observée fixement. Tu as dû me trouver un drôle d'air. C'est parce qu'en te regardant, je regardais le dernier visage qu'Emily avait vu avant de partir. Je t'ai souvent imaginée, sur le bord de cette maudite route où ma femme est tombée sous les balles des stukas. Lorsque nous parlions, installés tranquillement dans la cuisine des Roccetti, je déroulais le film de ses derniers instants, je te voyais près d'elle, comme si j'y avais été, et dans mon esprit se formaient des images et des sons qui me mettaient au supplice, qui me donnaient l'envie de t'infliger la même blessure et les mêmes tourments. J'ai souffert cent fois chacune des minutes de son calvaire comme si je l'avais vécu moi-même. Savoir qu'elle n'est pas morte sur cette route, qu'elle respirait encore lorsque les brancardiers l'ont transportée à l'hôpital ambulant de Lussac, a été le plus dur à supporter. Le médecin qui a essayé de la sauver et que j'ai interrogé m'a affirmé qu'elle aurait probablement survécu à sa blessure si elle avait reçu de l'aide.

Mais tu n'as rien fait. Ou plutôt si. Tu lui as volé notre enfant.

Si seulement tu m'avais rendu Camille. Si seulement j'avais pu embrasser mon fils. J'aurais peut-être pu te pardonner. Mais je n'ai retrouvé, dans le cimetière de Royan, qu'une pierre grise sur laquelle je n'ai pas réussi à me recueillir, parce qu'elle porte le nom d'un enfant qui me sera pour toujours inconnu : Théophile Magne.

Voilà, je t'ai tout dit. Je n'ai rien arrangé, rien falsifié, rien oublié.

J'aurais pu te tuer. J'y ai pensé. J'ai préféré te prendre ta sœur, comme tu m'avais pris Camille. Une vie pour une autre. Ta souffrance contre la mienne.

55

J'ai remis la lettre dans la boîte en fer. Les larmes brouillaient ma vue comme des lunettes aux verres trop puissants. Félicien n'a fait aucun commentaire. Sa main est venue caresser la mienne mais je n'étais plus là, j'étais très loin, dans la Vienne, sur la route de Chauvigny.

Je me souviens de son léger accent britannique. Je me rappelle ses cheveux longs, de la même couleur que les châtaignes que Denis et moi allions ramasser dans les allées ombragées du bois de Boulogne. C'est vrai, je n'ai pas pris le temps de la regarder, elle n'était qu'un visage éreinté parmi des tas d'autres visages éreintés, surmonté d'un chapeau cloche écossais.

Elle poussait une voiture d'enfant bleu marine. De temps en temps, elle soulevait la capote du landau, s'assurait d'un coup d'œil rapide que son nourrisson allait bien, puis faisait de nouveau avancer la petite caisse en grimaçant, tant cet effort semblait la vider de ses dernières forces. Parfois, alors que tous nous marchions comme des automates, elle seule s'immobilisait sur la route et arrêtait les exilés pour leur demander d'une voix inquiète où nous étions, le nom de la ville ou du village le plus proche, les kilomètres qui restaient à parcourir avant de rencontrer un point d'eau, une gendarmerie ou un panneau de signalisation. Les gens passaient sans la remarquer, dédaigneux de toute réponse, de tout renseignement, occupés à poursuivre leur marche sans fin ni but. Elle semblait perdue, paniquée, frêle et fragile, une brindille emportée par la houle humaine. Je me souviens de la dame au cochon qui lui disait « Allons, allons, ma petite, marchez… Ne restez pas plantée là, au milieu de la route, vous voyez bien que vous gênez… ».

J'ai déjà raconté le raid des stukas. Le sifflement sourd des balles qui déchire le ciel, disperse la foule comme un calot tapant dans un tas de billes. Et puis les hommes et les femmes qui, après la panique, sortent des taillis et des fossés, le grand silence de mort, l'hébètement, la joie fourbe de se sentir vivant, la surprise de voir sur le bas-côté une silhouette entrevue mais déjà familière couchée soudain dans une posture incongrue, les genoux repliés, les bras en croix, mordant la poussière.

Le vieux monsieur qui voyageait avec ses livres était allongé sur l'asphalte. Il avait essayé de se protéger avec l'un de ses ouvrages. *Anthologie de la poésie française.* Il tenait entre ses mains un gros volume havane, certainement le plus épais qu'il avait pu trouver. Mais les balles avaient troué les rimes et les vers, et lui avaient dessiné, au milieu de la poitrine, une large fleur écarlate. Le gars du Nord et les autres se sont emparés du cochon. Ils l'ont mis en pièces et il y a eu ce grand tumulte furieux, cette joyeuse orgie qui soudain a mis des sourires gourmands et obscènes sur les visages en deuil.

Le landau était là. Il n'avait pas bougé de place. Elle l'avait laissé exposé au danger, sans plus s'en soucier que d'un paquet encombrant, dénué de valeur. Elle avait laissé son tout-petit sous la mitraille, trop occupée à courir et à plonger dans le premier abri qui la sauverait.

Après le partage du cochon, la foule s'est remise en marche. Le landau est resté au milieu de la route. Les gens l'ont contourné comme un objet sans intérêt, un vulgaire obstacle qui entravait leur marche grégaire.

À l'intérieur, comme un miracle, l'enfant dormait paisiblement, la tête posée sur un oreiller blanc, son corps minuscule emmailloté dans des langes compliqués de broderies fines et de festons. Le bruit des stukas n'avait pas réussi à le sortir du sommeil des anges.

Je me suis souvent demandé à quoi rêvent les bébés, eux qui ont vécu si peu, qui n'ont pas les yeux assez ouverts pour voir le monde, dont l'univers se résume au mamelon tiède qui les allaite et à la douceur du berceau. Quel genre de songes leur cerveau, à peine ébauché, peut-il concevoir ?

L'Anglaise ne s'est pas relevée du fossé dans lequel elle s'était réfugiée.

J'ai fait rouler le landau. J'ai avancé droit devant. La jeune femme était morte, tout était terminé pour elle, la fatigue, la faim, l'inquiétude, elle reposait en paix, je ne m'en suis pas réjouie, je le jure, mais je me suis dit qu'au fond, c'était sans doute mieux comme ça.

Et puis, j'ai éprouvé tout à coup une force nouvelle, une énergie formidable, immense, qui s'est mise à irriguer mes membres, à circuler dans mon ventre, une chaleur inconnue, presque une douleur, un élancement lent et puissant qui m'a fait peur et qui m'a fait rire, qui a gonflé mes seins, qui m'a donné un grand appétit de vivre.

La guerre et la méchanceté des hommes portent en eux des contradictions dont on ne peut que s'étonner. Elles m'avaient fait ce cadeau, je l'ai reçu sans songer à mal. Sans songer que j'étais en faute. Cela aussi, je le jure.

Personne ne m'avait jamais rien donné. Et voilà que j'avais ce merveilleux présent, un enfant, un enfant à moi, et je voyais l'horizon dérouler sous mes yeux l'espoir d'être heureuse, de n'être plus jamais seule, seule à parler aux cigales ou aux pigeons.

J'ai pris le bébé, j'ai pris ce que j'ai cru, à tort, être ma consolation pour tant d'années de privations, de larmes contenues, de solitude.

Je n'ai pas imaginé un seul instant qu'il me faudrait payer si cher pour avoir reçu seulement une promesse de bonheur, une promesse vite effacée, balayée par le souffle d'une bombe, une promesse d'ivrogne, qui vaudrait le prix du sang. Le prix d'une vie. Celle de Lou.

56

Dix ans que je n'ai pas dit un mot. Je n'ai jamais raconté cette histoire. Elle m'appartient, comme le crépuscule appartient à la nuit, comme la bruyère appartient aux garrigues.

La vieille yeuse plie ses branches basses pour cueillir la fraîcheur de la terre. Pietro me salue et puis s'en va. Il a pris l'habitude de me voir chez lui, je crois qu'il s'en est accommodé.

La lumière vient de s'éteindre dans notre cuisine. La mère doit être en train de coucher Jean.

Parfois, je vois sa silhouette devant notre ferme. Elle se tient sur le seuil, les bras le long du corps, raide comme un santon dans sa robe d'argile. Je me demande alors si elle regarde par ici, si elle me voit. Ou si elle regarde simplement la grande dalle de terre aride endormie au pied des collines.

DU MÊME AUTEUR

Aux Éditions Albin Michel

HÉLIOGABALE, Éditions du Nouveau Monde, 2006.

MALEFICUS, Éditions du Nouveau Monde, 2007 ; Pocket, 2009.

Composition IGS
Impression CPI Bussière en février 2013
à Saint-Amand-Montrond (Cher)
Éditions Albin Michel
22, rue Huyghens, 75014 Paris
www.albin-michel.fr

ISBN : 978-2-226-24687-5
N° d'édition : 20215/01. – N° d'impression : 125059/4.
Dépôt légal : mars 2013.
Imprimé en France.